KB019446

북한문학예술 8

한민족 문화예술
감성용어 사전 · 용례집 I

북한편

북한문학예술 8

한민족 문화예술 감성용어 사전·용례집 I: 북한편

1판 1쇄 인쇄_2014년 09월 15일
1판 1쇄 발행_2014년 09월 25일

엮은이_단국대학교 부설 한국문화기술연구소
펴낸이_양정섭
펴낸곳_도서출판 경진
등록_제2010-000004호
블로그_http://kyungjinmunhwa.tistory.com
이메일_mykorea01@naver.com

공급처_(주)글로벌콘텐츠출판그룹
대표_홍정표
편집_김다솜 노경민 김현열 디자인_김미미 기획·마케팅_이용기 경영지원_안선영
주소_서울특별시 강동구 천중로 196 정일빌딩 401호
전화_02-488-3280 팩스_02-488-3281
홈페이지_http://www.gcbook.co.kr

값 18,000원
ISBN 978-89-5996-421-5 94810
978-89-5996-423-9 94810 (set)

북한문학예술 8

한민족 문화예술 감성용어 사전·용례집 I

북한편

경진출판

책머리에

『한민족 문화예술 감성용어 사전·용례집』은 세계 각 지역에서 한민족이 생산한 문화예술 텍스트를 대상으로 삼아 그 텍스트에 반영된 개개 한민족 문화권의 사회문화적 감성을 파악하려는 시도다. 즉, 『한민족 문화예술 감성용어 사전·용례집』은 남한과 북한, 재일조선인, 재미한인, 조선족, 고려인 등 세계 각 지역의 한민족 공동체들의 문화예술 텍스트를 감성용어의 수준에서 검토하여 한민족 고유의 감성을 파악하는 동시에 주어진 사회문화적 조건에 따라 개개(지역별) 한민족 공동체들이 갖게 된 감성의 차이를 도출하는 작업이다.

『한민족 문화예술 감성용어 사전·용례집』은 미, 추, 우미, 숭고, 비극, 희극 등 감성표현의 기본이 되는 미적 범주들과 관련 감성용어들이 해당 문화권의 작품, 문예비평 등에 사용된 사례들을 수집하고, 수집된 사례들과 관련 텍스트들에 대한 독해와 분석을 통해 그 문화권에 부합하는 미적 범주들의 정의와 용례를 서술하는 사전·용례집이다.

『한민족 문화예술 감성용어 사전·용례집』 1권 '북한편'은 북한 문예담론에서 통용되는 감성용어들에 대한 정의와 용례를 사전·용례집의 형태로 정리한 책이다. 이 책은 미, 추, 숭고, 비극, 희극 등 잘 알려진 미적 범주들이 북한에서 정의되고 문예작품과 담론에서 통용되는 방식과 양상을 관찰, 정리한 것이다. 이러한 작업은 1) 북한의 지배이데올로기가 감성 수준에서 작동하는 방식을 확인하는 일이며, 2) 감성 수준에서 남북한 문예의 차이와 공통점을 확인하는 작업의 기초인 동시에, 3) 북한문예의 특수성을 규명하는 작업으로서의 의의를 갖는다.

이 책은 다음과 같은 절차를 거쳐 제작되었다. 먼저 북한의 미학관련 텍스트를 검토하여 북한미학의 미적 범주에 관한 논의들을 검토하고 북한문예에서 중시되는 미적 범주 및 감성용어를 도출하였다. 북한에서 본격적인 미학관계 저술들이 출판된 것은 1990년대 이후로 이 가운데 우리가 검토한 주요 텍스트들은 다음과 같다.

김정본, 『미학개론』, 평양: 사회과학출판사, 1991.
김정본, 『청년과 미학관』, 평양: 금성청년출판사, 1991.
김재홍, 『주체의 미학관과 조형미』, 평양: 문학예술종합출판사, 1992.
김재홍, 『주체의 미론』, 평양: 문학예술종합출판사, 1993.
리기도, 『조선사회과학학술집 철학편 45: 주체의 미학』, 평양: 사회과학출판사, 2010.

위에서 열거한 텍스트들에 대한 검토를 통해 우리는 1) 아름다운 것, 2) 추한 것, 3) 숭고한 것, 4) 영웅적인 것, 5) 비극적인 것, 6) 희극적인 것이라는 여섯 개의 미적 범주가 북한미학의 미적 범주론을 구성하는 기본 범주임을 확인하였다. 다음으로 북한의 미학관계 저술들과 국내외 미학관계 저술들을 참조하여 기본 범주의 파생범주, 또는 관련 감성용어들을 도출했다. 그 결과를 표로 정리하면 다음과 같다.

1차 (기본 용어)	2차 (관련 용어)
미(아름다움)	고움, 귀여움, 매력, 사랑, 아담, 예쁨, 우아, 유쾌, 이쁨, 쾌, 황홀
숭고	고상, 숭엄, 웅심, 웅장, 위대, 장엄
비극	비장, 슬픔, 우울
희극	웃음, 유모아, 익살, 풍자, 해학
추(醜)	고통, 공포, 끔찍함, 두려움, 무서움, 불쾌, 비속, 비참, 저렬, 저속
영웅	용감, 용맹

다음으로 북한미학의 미적 범주론에 대한 검토를 통해 개개 범주들이 북한에서 정의되고 통용되는 문맥을 확인했다. 책의 맨 앞에 배치한 논문 「북한미학의 미적 범주론」은 그 결과물이며 이 논문에서 우리는 북한 미적 범주론의 구조와 특성, 사회주의 미적 범주론과의 관련성 및 남한미학과의 차별성을 검토했다. 다음으로 우리는 소위 선군시대로 지칭되는 2000년대 북한 문학작품에서 해당 미적(감성)용어들이 사용된 문맥을 검토하였다. 「웃음과 숭고, 그리고 숭엄: 선군시대 북한문학의 감성」은 그 결과물이며 이 논문에서 우리는 감성용어들이 북한의 문학텍스트에 적용되는 방식, 그리고 그 기저에 자리하는 감성의 이데올로기적 통제 양상을 확인하고자 했다. 이 논문은 북한에서 감성용어의 의미가 역사적으로 규정되고 있음을 확인시켜줌과 동시에 감성용어의 수준에서 북한문예를 연구할 가능성을 제시하고 있다.

이러한 이론적 검토와 병행하여 개개 미적 범주와 감성용어들에 대한 북한문예의 정의와 용례를 확인하는 작업을 진행했다.

우선 개개 용어들에 대한 북한식 정의는 주로 『조선말대사전(증보판)』(평양: 사회과학출판사, 2006~2007)에서 확인했다. 다음으로 감성용어들의 용례를 확인할 텍스트 선정에 착수했다. 검토대상이 될 텍스트는 시, 소설, 비평(문학·음악·영화·연극·미술), 노래가사 등 북한문예 전반에서 택하되 선택한 텍스트 목록이 시기별로 1940년대에서 현재까지 북한문예의 전 시기를 폭넓게 아우를 수 있게끔 했다. 아울러 우리는 북한문예에서 역사적, 사회적으로 중요한 의의를 갖는 텍스트, 또는 예술적인 의미를 갖는 작품들을 검토대상으로 선택하고자 노력했다. 이를 위해 시, 소설 등 문학작품의 경우 『조선문학사(1959~1975)』(평양: 과학백과사전출판사, 1977), 1990년대 발행된 『조선문학사』(과학백과사전종합출판사, 사회과학출판사) 등 북한 문학사에서 거론된 주요 작품 및 신형기·오성호·이선미 편, 『북한문학』(문학과지성사, 2007) 등 국내 북한 문학선집에 소개된 작품들을 우선 검토대상으로 삼았다. 문예비평은 『조선예술』, 『조선문학』 등 북한의 핵심 문예잡지에 게재된 비평텍스트를 대상으로 삼았고 노래가사의 경우 〈문학예술대사전(DVD)〉(평양: 사회과학원, 2006)에서 취했다. 이러한 작업을 통해 '고상함'에서 '희극적인 것'에 이르는 43개의 감성용어들 각각의 북한식 정의와 용례를 정리할 수 있었다.

북한 문예작품과 텍스트의 감성용어 사용에서 두드러진 특성은 미, 숭고, 영웅 등 긍정 범주에 속하는 용어들이—'위대한 수령'이라는 상투어에서 단적으로 드러나듯—지배체제의 이데올로기적 정당화와 지배자의 미화를 위해 도구적으로 사용되는 경우가 태반이라는 점이다. 이 책에서는 이러한 이데올로기적 특성을 왜곡하지 않는 선에서 정치적, 선전적 성격이 두드러진 용어사용은 가급적 배제하고자 했다. 이러한 접근은 "문화예술 텍스트에 반영된 개개 한민족 문화권의 사회문화적 감성을 파악한다"는 이 책의 본래 기획에 충실하기 위해 불가피한 것이다. 물론 이 책 곳곳에서 분명히 드러나듯 지배이데올로기의 전면적 통제하에 있는 북한문예 텍스트의 내용과 형식은 노골적인 경우가 아니라도 언제나 정치적, 선전적 성격을 지닌다는 것은 분명한 사실이다. 그런 점에서 이 책은 북한체제가 문화예술을 도구로 인간의 감성/몸을 지배하는 양상을 드러내는 작업으로서의 의의도 갖는다. 하지만 동시에 북한문예의 감성용어를 검토하는 우리의 작업은 북한사람들의 취향과 감수성, 몸에 대한 인식을 확인하는 작업이기도 하다. 그 과정에서 우리는 감성차원에서 진행된 어떤 '해방'의 몸짓, 억압에서 벗어나려는 의지를 확인할 수 있을지도 모른다. 무엇보다 우리의 작업은 감성, 문화예술의 견지에서 남북한의 동질성과 이질성을 확인하는 작업으로서 가치를 갖는다. 물론 그러한 동질성과 이질성의 확인이 남북한의 문화적 소통과 정서적 유대를 회복하기 위한 기초 작업이라는 것은 두말할 필요가 없다.

끝으로 이 책의 한계를 짚어두어야겠다. 먼저 이 책은 북한문예에 통용되는 감성용어를 모두 아우르지 못했다. 예컨대 엄숙함, 진지함, 기괴함, 엉뚱함, 기지, 낭만 등 아직 검토되지 못한 많은 단어들이 있다. 게다가 검토될 필요가 있는 작품과 비평 텍스트들도 아직 많이 남아 있다. 그런 의미에서 이 책은 향후 보다 많은 단어와 용례들로 보완될 필요가 있다.

이 책은 한국연구재단 중점연구소 지원으로 단국대학교 부설 한국문화기술연구소에서 진행 중인 〈통일시대를 대비한 남북한 문화예술의 소통과 융합방안 연구〉의 연구 성과다. 특히 이 책은 지난 수년간 연구소에 축적된 북한 문예이론과 작품, 작가들의 데이터베이스를 기초로 제작되었다. 이 책의 제작과정에서 정말 많은 분들의 도움을 받았지만 특히 용례 수집을 위해 방대한 텍스트를 꼼꼼히 검토해준 황희정·김보경·최은혁·박은혜·김지현에게 깊은 감사를 전한다. 또한 이 책의 출판을 흔쾌히 승낙해준 도서출판 경진의 양정섭 대표와 편집과 교정을 맡아준 김다솜 님, 디자인을 담당한 김미미 님께 감사의 마음을 전하고자 한다.
이제 막 첫걸음을 뗀 『한민족 문화예술 감성용어 사전·용례집』에 관련 연구자와 독자들의 많은 관심과 조언을 부탁드린다.

2014년 9월

단국대학교 부설 한국문화기술연구소

소장 김수복

목 차

2부 감성용어들

제1부

북한문예의 감성과 미적 범주

북한미학의 미적 범주론
: 리기도 『주체의 미학』(2010)을 중심으로

홍지석·전영선

1. 북한미학의 미적 범주론과 북한문예

이 글은 미적 범주론의 관점에서 북한문예의 감성론, 또는 북한식 미학에 접근하려는 데 목적이 있다. 이 글은 다음과 같은 질문에서 시작한다. 북한에서는 무엇을 아름답다고 하고 또 무엇을 추하다고 할까? 또 그들은 무엇을 숭고하다고 할까? 그들은 비극성과 희극성을 어떻게 이해하고 있는가? 그리고 그러한 이해는 북한체제의 문예와 문예비평에 어떻게 반영되고 있을까?

이러한 질문에 답하는 일은 여러 의의를 갖는다. 첫째, 그것은 북한체제가 인간의 몸과 연관된 '감성'의 영역을 지배이데올로기의 틀 속에 편입시켜 통제하는 방식을 확인하는 작업의 기초가 된다. 둘째, 북한 문예담론의 미적 범주론을 관찰하는 작업은 북한문예의 형태(장르 구조)와 특성을 이해하는 데 필수적이다. 예컨대 우리는 북한미학의 '숭고'나 '비극'의 담론을 파악함으로써 이 체제에 '공포영화'가 존재하지 않는 이유를 알 수 있고, '희극'에 대한 논의를 독해하여 북한에서 '경희극'이라는 독특한 장르가 부각된 까닭을 알 수 있다. 셋째, 북한의 미적 범주론을 독해하는 작업은 감성의 수준에서 반세기의 분단이 초래한 남북한의 문화적 차이를 파악하는 작업의 출발점이 될 수 있다. 예컨대 우리는 그들의 '美'에 대한 인식을 파악하여 '한국의 美'에 대한 남북한의 시각차를 확인하고 두 문화의 소통을 위한 최소한의 접점을 찾을 수 있다.

1940년대 후반부터 북한의 문예비평에는 '미학' 또는 '사상미학'에 대한 언급이 있었다. 하지만 본격적인 미학이론서는 1990년 전후에 출판되었다. 이글은 1990년 전후 북한에서 발행된 미학이론서의 독해를 통해서 북한체제에 특화된 '미적 범주'를 파악하고자 한다. 주요 분석 대상은 리기도의 『주체의 미학』(사회과학출판사, 2010)이다.[1] 현재 남한에서 확인 가능한 북한의 미학관계 저술은 여럿이 있다.[2] 그 가운데 리기도의 저작은 김정본의 『미학개론』(사회과학출판사, 1991)과 더불어 북한에서 본격적으로 미적 범주론을 다룬 있는 드문 사례이다. 뿐만 아니라 가장 최근에 북한에서 발행된 미학관계 이론서이다. 이런 점에서 해당 주제에 접근하는 가장 중요하고 효과적인 텍스트라고 할 수 있다.

이 글에서는 리기도의 텍스트를 중심으로 북한 미적 범주론의 개요를 파악하면서 관련 미학서와 문예작품들을 통해 그 실천

---

1) 리기도, 『조선사회과학학술집 철학편 45: 주체의 미학』, 평양: 사회과학출판사, 2010. 이 책은 1988년 1판이 2010년에 2판이 나왔다. 이 가운데 우리가 살펴볼 텍스트는 2판이다. 이 책의 심사는 김경록(박사, 부교수)이 맡았다. 이하에서 이 저술은 각주 표기 없이 '(리기도: 10)'의 형태로 출처를 명기하고자 한다.

2) 김재홍, 『주체의 미론』, 평양: 문학예술종합출판사, 1993; 김재홍, 『주체의 미학관과 조형미』, 평양: 문학예술종합출판사, 1992; 김정본, 『청년과 미학관』, 평양: 금성청년출판사, 1991; 김정본, 『미학개론』, 평양: 사회과학출판사, 1991.

양상을 분석하고자 한다. 먼저 리기도의 텍스트 독해를 통해 북한 체제가 내세우는 미적 범주론의 전반적인 특성을 확인하고 이를 기초로 관련 문예작품을 참조하면서 그들이 말하는 미적 범주를 살필 것이다. 주요 분석 대상이 된 미적 범주는 '아름다운 것', '숭고한 것', '영웅적인 것', '비극적인 것'과 '희극적인 것'이다. 각각의 미적 범주에 대한 구체적인 의미와 작품과의 관련 양상을 분석할 것이다. 북한문예를 미적 범주의 수준에서 고찰한 선행 연구로는 오양열·이춘길·오성호·진창영 등의 연구가 있었다.

주체미학에 관한 오양렬과 이춘길의 논의는 대부분 1991년에 발행된 김정본의 『미학개론』을 참조하고 있다.[3] 오성호와 진창영의 연구는 칸트, 데스와르(Max Dessoir), 조동일 등의 미적 범주론을 일반론의 수준에서 수용한 후 이를 북한 시의 분석에 적용하였다.[4] 이상의 선행연구들은 모두 유의미한 논의를 제공하지만 아직까지 북한의 미학 텍스트를 미적 범주에 집중하여 구체적으로 검토하고 이를 북한문예의 실천양상과 관련하여 논한 사례가 없는 것은 아쉽다. 우리의 연구는 이상의 선행연구를 참조하여 북한미학의 미적 범주론과 북한문예의 상관성을 다루려 한다.

---

3) 오양열은 남북한 사회의 가치정향을 비교하려는 의도에서 주체미학의 미적 범주론을 고찰한다. 그에 의하면 미의 범주 구분은 남북한이 대체로 일치하나 미의 실질적인 내용에 있어서는 남북 간에 큰 차이가 있고 이러한 차이는 두 사회의 기본적인 가치관의 차이에서 유래한다(오양열, 「남·북한 사회의 가치정향과 북한의 미적가치 수용방향」, 『통일과 문화』 창간호, 2001, 41~49쪽). 이춘길은 '미학' 일반의 관점에서 "미의 본질과 미학적 범주들은 사람, 곧 인민대중의 지향과 요구를 척도로 한다"는 이른바 주체미학의 관점이 수립되는 과정을 고찰한 바 있다(이춘길, 「북한미학의 이해」, 『민족미학』 창간호, 2003; 이춘길, 「북한 문예미학에 대한 비교적 고찰: 동구 문예미학과의 차이를 중심으로」, 『동서비교문학저널』 제22호, 2010).

4) 오성호, 「북한 시의 수사학과 그 미학적 기초」, 『현대문학의 연구』 제24집, 2004; 진창영, 「미적 범주에서 본 남북한 시의 비교」, 『비평문학』 제13호, 1999.

2. 미적인 것의 역사성과 미적 범주의 구조

미적 범주론은 서구미학에서 '미' 또는 '미적인 것'의 다양성을 분류하려는 의도에서 시작되었다. 물론 김수현이 지적한 대로 그 과제는 단순히 미의 분류에 있다기보다는 그러한 분류를 통해 미적인 것들의 합법칙적 상호관계를 밝혀 그 체계를 수립하는 데 있다.[5] 이러한 논의의 핵심문제 가운데 하나는 시대를 초월하여 유효한 미적 범주론의 정립이 가능한가 하는 것이다. 어떤 이론가들은 미적 범주론을 시대초월적인 원리구조 내지 성격에 대한 탐구로 간주하여 그것을 역사적 관점 또는 양식론에 대립적인 것으로 보았다.[6] 또 어떤 이들은 미적인 것들을 민족, 인종, 계급에 구속된 것으로, 또는 역사적으로 형성된 것으로 보기도 하였다. 예컨대 소비에트 미학자 모이세이 까간(Moissej S. Kagan)은 "미, 혹은 추에 관한 한 절대적이며 초민족적인 규준을 설정할 가능성이란 존재하지 않는다"면서 "인간의 미는 상대적이며 그것의 구체적 현상형태는 언제나 특정의 민족적, 인종규정적, 계급구속적 징표를 갖게 된다"고 주장한다. 그가 보기에 사회적 이상으로부터 독립한 절대적 미란 존재하지도 존재할 수도 없고 "각 시대는 실재적 세계를 자신의 이상과 결합시킴으로써…모든 가치에 대한 가치전도를 수행해" 왔다고 보았다.[7]

북한의 미적 범주론은 이 두 가지 입장 가운데 후자, 곧 미적인 것의 역사성을 인정하는 방향을 따르고 있다. 예컨대 리기도는

5) 김수현, 「서양의 미적 범주체계 구성 방법론」, 『민족미학』 제7집, 2007, 38쪽.
6) 백기수, 『미학』, 서울대학교출판부, 1993, 70쪽; 다께우치 도시오, 『미학예술학사전』, 미진사, 2003, 271쪽.
7) M. S. 까간, 진중권 역, 『미학강의 I』(1963, 1975), 새길, 2012, 148~150쪽.

“사람의 미의식, 미적사상감정은 민족의 력사와 련결되여 있으며 력사적시대의 사회제도와 사람들의 정치생활, 경제생활, 생활풍습 등을 반영한다”(리기도: 50)면서 이렇듯 시대에 의하여 제약되는 미의식, 미적 견해는 “필연적으로 력사적 성격을 띠게 된다”(리기도: 50)고 주장한다. 미적 범주의 경우도 마찬가지이다. 리기도가 보기에 “미적 범주는 고정불변한 것이 아니라 끊임없이 변화발전한다”(리기도: 68). 이러한 견해는 확실히 까간의 다음과 같은 주장, 곧 “사회주의사회 속에서 자연에 대한 인간의 미적 태도는 새로운 사회적 이상과 특히 노동에 대한 새로운 미적관계의 영향을 받아 완전히 변화되었다”[8]는 주장과 맥을 같이한다. 리기도의 시각에서 이러한 변화발전은 “사람의 사회적 실천활동이 심화발전되고 인식능력이 끊임없이 증대되는 사정과 관련”(리기도: 69)된다. 리기도는 ‘고대사회에서는 아름다운 것, 추한 것, 비극적인 것, 희극적인 것 등에 대한 논의가 미적 범주’론의 중심에 있었다면, ‘근세에 와서 숭고한 것과 저렬한 것에 대한 논의가 미적 범주론’에 들어왔다고 주장한다. 그리고 이른바 ‘주체시대에는 주체시대의 역사적인 시대상을 반영’하여 ‘영웅적인 것’이라는 ‘새로운 미적 범주’가 발생했다는 것이다(리기도: 69~70). 따라서 “영웅적인 것에 대한 리론은 주체적미학리론에 의하여 력사상 처음으로 발견되고 미학적으로 일반화된 독창적인 이론분야”(리기도: 135)라는 것이다.

하지만 미적 범주로서 ‘영웅적인 것’이 ‘주체적 미학이론’에 의하여 역사상 처음으로 발견되었다는 주장은 사실에 어긋난다. 일례로 까간은 자신의 『미학강의』(1976)에서 ‘인간 속의 숭고’로서

8) 위의 책, 151쪽.

영웅적인 것에 대하여 집중적으로 설명한다. 리기도 역시 이 사실을 인정한다. "현대의 일부 사회주의미학에서 영웅적인 것에 대한 부분적인 의견이 제기(지어 어떤 론자들이 영웅적인 것을 미학적 범주로 설정한 경우마저)"되었다고 하였다. 하지만 리기도는 그것들은 "영웅적인 것에 대한 극히 일면적이고 단편적이고 부분적인 그리고 정확치 못한 것"(리기도: 135)이었다고 비판한다. 하지만 이 책의 어디에서도 일부 사회주의 미학의 논의에 대한 그 이상의 검토와 비판은 찾아볼 수 없다.

미적 범주론의 구성에서 또 다른 중요한 문제는 미적 범주를 체계적으로 분류하는 일이다. 미적 범주의 분류 문제에 대하여 리기도는 미학적 범주가 미적 현상에 대한 긍부정을 전제로 하고 있다고 주장한다(리기도: 70). 즉 "사람의 자주적 요구와 지향에 맞는 대상, 현상을 긍정적인 미학적범주로, 그리고 그 지향과 요구에 어긋나는것을 부정적인 미학적범주로 구분하게 된다"(리기도: 70)는 것이다.[9] 이러한 기준에 따라 미적 범주를 분류하면 '아름다운 것', '숭고한 것', '비극적인 것', '영웅적인 것'은 긍정적 범주에, '추한 것', '저렬한 것(저속한 것)',[10] '희극적인 것'은 부정적 범주에 속하게 된다(리기도: 72). 이러한 구별 방식은 인간의 인식능력, 또는 예술적 완성도에 기초해 '조화'와 '완전성'을 기준으로 미적 범주를 분류한 샤를 랄로(Charles Lalo), 에티엔느 수리

9) 김정본에 의하면 북한의 미학, 곧 주체미학은 "사람의 요구, 리해관계를 기본으로 미적현상들을 고찰하는 미학, 사람의 요구를 척도로 하여 가치적 측면에서 고찰하는 가치론적 미학"이고 이것이 주체미학이 다른 미학과 구별되는 특성이다(김정본, 『미학개론』, 평양: 사회과학출판사, 1991, 20~21쪽). 하지만 이하에서 보듯 이런 종류의 가치론적 미학은 북한에 고유한 것이 아니라 이미 소비에트미학에서 제기된 것이다.

10) 김정본은 이것을 '저속한 것'으로 지칭한다(위의 책, 93쪽).

오(Etienne Souriau)의 사례를 떠올리게 한다. 랄로와 수리오는 기준을 달성하거나 기준에 부합하는 것을 아름다운 것으로, 그에 못 미치거나 상실된 것을 추한 것으로 분류했던 것이다.[11] 하지만 '사람의 자주적 요구'와의 일치를 긍정/부정의 미학적 범주 분류의 기준으로 삼는 북한미학의 관점에 보다 근접하는 선례는 까간의 관점이다.[12] 이런 관점에서 보자면 미와 숭고는 긍정가치이며 추와 비속은 부정가치로서 미적 '반가치'에 해당한다.

미적 범주론의 구성에서 또 다른 문제는 개별 범주의 상호관계, 미적 변형(범주간의 상호전화 계기)을 밝혀 미적인 것들의 체계를 수립하는 일이다. 이에 관해 북한미학은 긍정범주가 "사람들의 자주적 요구를 어느정도 반영하고 있으며 또 그 요구의 어느 측면을 주로 반영하고 있는가"(리기도: 71)에 따라 '아름다운 것', '숭고한 것', '영웅적인 것'으로 구분된다고 주장한다. 리기도에 의하면 아름다운 것은 '모든 긍정적인 것을 포괄하는 것'인 데 반하여 숭고한 것은 긍정적인 미적 현상 가운데 정신도덕적 측면과 보다 많이 연결된 것으로 "사람의 자주적 요구를 끊임없이 높여주고 그 실현에로 이끌어주는 대상에 대하여 느끼는 숭고한 감정"과 결부된 것이다. 한편 영웅적인 것은 긍정적인 미적 현상 중에도 "사람의 자주적 요구를 실현하기 위하여 적극 투쟁하는

11) 박성현, 「미적 범주체계의 철학적 의미」, 『미학』 제24집, 1998, 61~62쪽.

12) 까간에 의하면 "우리는 인간이 자신에 의해 지각된 대상과 자신의 이상의 일치를 감지할 때 그 대상으로 아름다운 것으로 감지한다" 마찬가지로 "인간이 대상 속에서 자신의 이상에 모순되고 자신의 이상에 소원한 어떤 것을 확인할 때는 그 대상이 추하고 아름답지 않게 보인다"고 그는 주장한다. 까간이 보기에 미적 현상들의 영역은—여타 가치 영역과 마찬가지로—그와 유사한 반가치를 자체 내에 내포한다. 왜냐하면 "그 어떤 특질의 긍정적 의미를 추출해내는 것 자체가 부정적 의미를 갖는 대립적 속성의 존재를 전제하기" 때문이다(M. S. 까간, 진중권 역, 앞의 책, 145~146쪽).

인간의 대담성, 용감성, 위훈 등 행동과 관련된 미적현상을 갈라낸 범주"다(리기도: 71). 따라서 "숭고한 것은 반드시 아름다운 것 속에 있으며 영웅적인 것은 언제나 숭고한 것을 체현하고 있다"(리기도: 71)는 식의 주장이 성립된다.

이렇듯 개별 범주의 상호관계, 특히 아름다운 것과 숭고한 것, 영웅적인 것의 상호관계를 "사람들의 자주적 요구를 어느 정도 반영하고 있으며 또 그 요구의 어느 측면을 주로 반영하고 있는가"(리기도: 71)에 초점을 두어 관찰하는 식의 접근은 다시금 까간에게서 선례를 찾을 수 있다. 까간에 의하면 "미(와 추)는 실재와 이상의 관계를 질적 관점에서 표현하고 숭고(와 비속)은 그것을 양적 관계에서 표현한 것이다".[13] 또한 까간의 시각에서 영웅적인 것은 "인간으로 하여금 육체적 괴로움, 고통, 개인적 소망을 극복하고 다른 사람들에게 인간 속의 초인적인 것의 모범을 보여줄 수 있게 해주는 인간정신력의 비범하며 보기 드문 크기"[14]이다.

이상에서 살펴본 바 북한미학 미적 범주론의 개요를 정리하면 다음과 같다. 첫째, 미의식, 미적 견해, 미적 범주는 역사성을 띠며 끊임없이 변화 발전한다. 둘째, 미적 범주는 사람의 자주적 요구와 지향과의 일치 여부에 따라 긍정범주와 부정범주로 나뉜다. 셋째, 긍정범주는 사람들의 자주적 요구를 어느 정도 반영하고 있으며 또 그 요구의 어느 측면을 주로 반영하고 있는가에 따라 '아름다운 것', '숭고한 것', '영웅적인 것'으로 구분된다. 긍정범주에 대립되는 부정범주는 '아름다운 것/추한 것', '숭고한 것/저렬(저속)한 것', '영웅적인 것/–', '비극적인 것/희극적인 것'

---

13) 위의 책, 168쪽.

14) 위의 책, 173쪽.

이다.

리기도 등 북한미학자들은 이른바 주체미학이론이 “미학리론 발전의 새 경지를 열어놓는 거대한 전변으로 되었다”(리기도: 340)고 주장한다. 하지만 미적 범주론에 관한 한 북한미학의 미학 이론은 까간, 또는 까간으로 대표되는 1960년대 소비에트 미학의 주류, 곧 가치론적 접근방법의 이해와 구조를 거의 그대로 따르고 있다.[15] ‘영웅적인 것’을 아름다운 것, 숭고한 것 등과 함께 중요성을 갖는 개별범주로 분류한 것 정도가 새로운 관점이라고 할 수 있다. 하지만 이 역시 소비에트의 선례가 있고 그 내용 자체도 예컨대 까간의 그것과 별반 다르지 않다. 이런 점에서 북한 미학의 독창성을 내세우는 근거가 되기에는 미약하다. 게다가 우리가 문제로 삼는 북한의 미학 텍스트들은 그들이 부정범주로 간주하는 추한 것, 저렬한 것(저속한 것, 비속한 것)과 그 상호관계에 대한 구체적인 검토를 대부분 생략하고 있어서, 미적 범주에 대한 논의를 미적 범주 체계의 온전한 모델로 판단하기에도 무리가 있다. 이상의 논의를 기반으로 개개 미적 범주와 북한문예의 상관성에 대해 검토해보면 다음과 같다.

---

15) ‘사람의 자주적 요구와 지향’을 강조하는 주체미학은 ‘누구에게의 가치인가’라는 목적의식적 태도를 전제한다는 점에서 1956년 이후 미학적 폭발 시기 이후 소비에트의 주류가 된 가치론적 접근과 몹시 닮았다. 이강은의 지적대로 “미학적 속성을 고정된 자연의 산물이 아니라 인간의 활동과 관련된 것으로 고찰하는 경향은 본질상 가치적 문제와 연관되어 있기” 때문이다. M. 까간 등 1960년대 소비에트미학의 가치론적 접근에 대한 논의는 다음 논문을 참조. 이강은, 「창조적 능동성과 미적 활동: 소련의 가치론 미학의 발전과정에 비추어」, 『문예미학』 2006년 12집, 31~34쪽.

1) 아름다운 것과 추한 것

리기도에 의하면 '아름다운 것'은 부정적인 것과 대립되는 모든 긍정적인 미적 현상을 포괄하는 범주로서 "인민대중의 자주적 지향과 요구에 맞는것이면 그것을 긍정하고 그 범주속에 다 포괄시키는" 것이다(리기도: 71). 그에 의하면 아름다운 것은 이러한 질적 규정과 더불어 자신의 고유한 정서적 특성을 갖는다. "미적현상의 파악이란 순수리성적 의식에 의하여 이루어지는 것이 아니라 반드시 강한 감성적 인식을 동반한다"(리기도: 79)는 것이다. 그가 보기에 아름다운 것의 정서적 특성은 '기쁨과 환희의 감정'이다. 하지만 리기도는 아름다운 것을 '감각적으로 유쾌한 것'과 동일시하는 입장에 대해 강하게 반대한다. "아름다운 것은 감각적으로 유쾌하기 때문에 환희의 정서를 불러일으키는 것이 아니라 인간의 자주적 지향과 요구와 관련됨으로써 환희의 정서를 불러일으킨다"(리기도: 80)는 것이다. 이런 관점에서 보면 순수자연의 미란 그 자체로서는 큰 의미가 없고 "인간생활과 결부되여 생활을 련상시킬 때", 또는 "사람들의 참된 생활과 위대한 목적을 이룩하기 위한 그들의 투쟁과 결부되였을 때" 더 큰 미학적 가치를 갖게 될 것이다(리기도: 93~84).

리기도가 보기에 "미적성질은 사회적 성질"(리기도: 83)인 것이다. 예컨대 그는 자연을 위한 자연을 그린 풍경화에는 아무런 예술적 가치가 없다고 주장한다. 풍경화가가 풍경화를 그릴 때는 "사람들의 사상의식발전과 사회적발전에 이바지되게 그려야"(리기도: 107) 한다는 것이다. 리기도의 어법으로 보자면 예술은 "창작가의 높은 사상미학적리상에 따라 포착되고 평가되고 다듬어진 현실"을 제시해야하며 사람들은 "예술작품을 통하여 창작가의 높은 사상미학적견지에서 다시보고 자기들이 현실에서 미처 포착하지 못했거나 느끼지 못했던 현실의 참뜻과 정서와 아름다움을 느끼게 되고 거기에서 교양된다"(리기도: 100). 이렇듯 북한 미학에는 善美合一(칼로카가디아)을 추구하는 고전주의적 입장이 두드러진다. 그래서 리기도는 아름다운 것과 도덕적인 것이 동일한 것은 아니라는 단서를 달면서도 "도덕적인것은 아름다운것"(리기도: 81)이라고 역설한다. 김정본에 의하면 이렇게 "선한것이 아름다운 것"은 "미와 추의 기준과 선악의 기준이 다 같이 인민대중의 지향과 요구이기" 때문이라고 설명한다.[16] 인민대중의 요구와 지향은 문화예술 창작에서 '인민성'으로 확인된다. 문학예술에서 인민성이란 인민의 생활에서 본질적이고 의미 있는 문제들을 진솔하게 반영하여 인민들이 인민의 이해관계에 투철한 투쟁을 전개하도록 이끌어야 하고, 인민대중의 사상 감정과 미학적 요구에 맞게 예술적 형식들과 표현수단들을 올바르게 이용하는 것을 말한다. 평이하고 소박한 언어, 인민들에게 친숙한 선율과 율동 등 인민대중들에게 이해되며 인민대중들이 즐기는 생동하고 아름다운 형식들을 다양하게 이용하는 것을 뜻한다.

북한미학에서 아름다운 것이 긍정적인 미적 현상을 포괄한다면 추한 것은 "자연과 사회의 부정적현상에 대한 미학적관계를 나타내고"(리기도: 82) 있다. 그래서 리기도는 추한 것을 '추악한 것'이라고 지칭한다. 그에 의하면 "추악한것은 인민대중의 자주적요구와 지향에 어긋나는 현상, 대상으로서 불쾌한 감정과 불만, 증오의 감정을 동반"(리기도: 82)한다. 예컨대 "자연현상에서

16) 김정본에 의하면 "선(善)은 사회적 관계에서 다른 사람에게 리익을 베푸는 행동"이라면 "미(美)는 그에 대한 감정정서적인 것이 표현된 것"이다(김정본, 앞의 책, 75쪽).

인민의 창조적 활동에 저애로 되거나 사회생활에서 온갖 낡고 진부한 것, 정치적반동 등은 추악한것”(리기도: 82)이다. 리기도에 의하면 아름다운 것과 추한 것은 “상용될 수 없는 모순적으로 대립된 범주들”이다. 주체사상에 따르면 인간은 기본적으로 자주성에 기초한 요구와 지향을 가지고 있는데, 인간의 창조적인 활동을 통하여 자주적인 요구를 실현하며 모든 것을 인간을 위하여 복무하도록 만들어 간다. 따라서 이 세상에서 인간의 이익보다 더 귀중한 것은 없으며, 인간의 위하여 복무하는 한도 안에서 가치를 갖는다. 사물이 인간을 위하여 복무한다는 것은 인간의 자주적인 요구와 지향에 부합된다는 것이다. 인간은 사물현상 가운데 자신의 지향과 요구에 맞는 것에 대해서는 기쁨과 만족, 사랑과 같은 긍정적인 감정을 갖게 되지만 맞지 않는 것에 대해서는 불만과 증오, 불쾌감 같은 부정적 감정을 갖게 된다는 것이다.

2) 숭고한 것과 저속한 것

앞서 보았듯 리기도는 아름다운 것이 ‘모든 긍정적인 것을 포괄하는 것’인 데 반하여 숭고한 것은 긍정적인 미적 현상 가운데 “정신도덕적 측면과 보다 많이 연결된 것”(리기도: 71)이라고 주장한다. 김정본에 따르면 현실과 예술의 아름다운 대상들 가운데서 아름답다고 하는 표현만으로는 만족할 수 없는 어떤 것들이 존재한다. 가령 예술영화 〈열네번째 겨울〉에 등장하는 주인공 류설경에게는 아름답다는 표현만으로는 충분치 않은 “우리들의 정신적 높이를 훨씬 뛰여넘어 우리를 보다 원대한 미래에로 지향시키는” 높은 정신세계가 있다는 것이다. 김정본은 숭고한 것을 “사람들의 자주적요구와 리상을 무한히 높여주며 그것으로 하여 사람들을 무한히 격동시키고 보다 높은곳에로 지향시키는 미적현상"[17]으로 규정한다.

또한 리기도는 숭고를 "아름다운 것보다 강한 긍정이며 자기사명에 대한 깊은 자각과 진보적인 사상, 고상하고 지조굳은 도덕적면모와 관련된 미적현상"(리기도: 117)이라고 규정한다. 더 나아가 숭고는 북한미학에서 "항상 미래와 련결되어 무한한 전망과 발전가능성을 가지고 있는 것"[18]으로 간주된다. 이렇듯 북한문예–주체미학–에서 숭고는 대개 현재보다는 장래에 구현될 이상적 미래에 관여하는 미적 범주다. 따라서 숭고에 반대되는 것은 전망이 결핍된 것, 발전 가능성이 없는 것이다. 그것을 북한미학은 저렬한 것, 저속한 것, 비속한 것이라고 칭한다. "몰락하여가는 착취계급에게는 미래가 없으며 현재의 기생충적인 생활을 유지하기 위하여 라태하고 저속한 생활을 하게 된다"[19]는 식이다. 북한 문학예술에서 '저속하다', '비속하다'는 표현은 주관(낙관적 전망)의 개입을 배제한 기계적 자연주의, 토대 하부가 상부를 결정한다는 결정론의 견지에서 예술을 바라보는 속류유물론을 공격하는 언어로 자주 사용되었다. 예컨대 엄호석은 1957년에 발표한 글에서 '사회학적 비속화'를 "생활의 진리를 예술적으로 표현할 무한한 문학적 가능성들을 주관주의와 독단, 정서적 결핍과 무미건조성, 사회학적 도식과 도해성으로써 안팎으로 압착하여 협착하게 하는 것"으로 비판했다.[20]

17) 위의 책, 122쪽.

18) 위의 책, 124쪽.

19) 위의 책, 129쪽.

20) 엄호석, 「문학평론에 있어서의 미학적인 것과 비속사회학적인 것」, 『조선문학』 1957년 2호, 124쪽.

북한미학의 숭고에 관한 논의에서 가장 두드러진 특징은 숭고를 양적크기(와 연관된 것)로 설명하는 기존 미학의 접근방식을 회피하고 있다는 점이다.[21] 숭고를 '단적으로 큰 것' 또는 '무한하고 절대적인 크기'와 연관 지었던 칸트는 물론이거니와 까간조차도 그것을 "자신의 미약한 힘으로는 측량할 수 없는 것으로 나타나는" 것과 연관 지어 설명했던 데[22] 반해 북한미학은 숭고가 양적으로 큰 것과 관계있음을 부정하지 않으면서도 그것을 양적 크기로 규정하는 것에 주저한다. 가령 다음과 같은 식이다.

> 숭고한 것은 또한 대비에서 반드시 량적으로 크고 강렬한 것이 아니다. (…중략…) 숭고한 것을 특이한 사실과 량적 크기에서 보는 견해는 숭고한 것의 객관성과 계급적 성격을 리론적으로 해명못할뿐만 아니라 실천적으로도 곤난을 일으킨다. 즉 이들의 주장대로 한다면 크고 월등하고 강렬하기만 하면 숭고한 것으로 되는데 이렇게되면 사회발전에 저애를 주는 해독분자들, 부정적현상들과 인물들에게도 그것이 크고 강렬하기만 하면 숭고한 것으로 평가하게 된다. (리기도: 117)

---

21) 국내(남한)의 미학자들은 서구미학의 일반론을 따라 숭고를 양적 크기와 연관된 것으로 해석한다. 이 경우 숭고에 대립되는 미적 범주는 '저속', '비속'이 아니라 우미(優美), 또는 우아(優雅)다. 조요한에 따르면 숭고미는 강력한 것을 특징으로 하지만 우아미는 미약한 것을 특징으로 한다. "전자(숭고미)는 중압감을 주고 후자(우아미)는 경쾌함을 주며 전자는 엄숙한 것을 주지만 후자는 감미로운 것을 준다"는 것이다(조요한, 『예술철학』, 미술문화, 2011, 118쪽). 이에 반해 북한미학에서 우미, 우아는 아름다운 것의 가능한 표현 가운데 하나로 간주된다. 가령 김정본에 따르면 우미는 '아름다운 것의 하나의 형태'로서 '우아한 모든 것으로 선택된 우수한 것'이다. 그에 의하면 우미한 것의 중요한 특징은 "그것이 온화하고 조화적이며 우아하다는 것"이다(김정본, 앞의 책, 100쪽).

22) M. S. 까간, 진중권 역, 앞의 책, 169쪽.

이러한 애매한 설명을 어떻게 이해할 것인가. 이에 관해 숭고라는 미적 범주가 그것을 최초로 입안한 서구 미학이론가들에게서 두려움(공포), 또는 불쾌의 감정을 수반하는 것으로 생각됐다는 점에 주목할 수 있다. 예컨대 칸트는 자연이 오직 두려움의 대상으로 고찰되는 한에서만 위력으로 그러니까 역학적으로-숭고한 것으로 간주될 수 있다고 보았다.[23] 또 그는 숭고한 것의 감정이 미감적 크기 평가에서 상상력이 이성에 의한 평가의 부적합함에서 오는 불쾌의 감정이라고 주장했다.[24]

칸트에게서 숭고란 두려운 위력적인 것에서 그러한 위력을 두려움 없이 판정하는 능력과 연관된 것이다.[25] 하지만 북한의 미학담론은 숭고와 연관된 두려움·공포·불쾌의 감정을 애써 부정한다. 가령 김정본은 숭고에 대한 이런 접근 방식을 부르주아 미학으로 일축하며 숭고한 것이 사람들에게 주는 정서적 특성을 왜곡한다고 주장한다. 즉 그것이 "자주적이며 창조적인 존재로서의 인간의 창조적 능력을 부인하며 사람들을 자연에 순종시키려는 극히 반동적인 주장"이라는 것이다. 오히려 김정본이 보기에 사람들은 "숭고한 자연을 보면서 공포감에 잠기는 것이 아니라 그것이 아무리 크고 웅장하다 하더라도 반드시 인간의 위대한 힘에 의하여 정복되고 개조되고 만다는 굳은 신심과 용기로 가득찬 강렬한 충동을 받"는다.[26] 숭고한 것은 기쁨과 환희, 그리고

---

23) 임마누엘 칸트, 백종현 역, 『판단력 비판』, 아카넷, 2009, 270쪽.

24) 위의 책, 266쪽.

25) 위의 책, 273~274쪽. 김정본은 유물론의 견지에서 칸트의 이런 생각이 숭고를 주관적인 것으로 보는 주관관념론에 불과하다고 비판한다(김정본, 앞의 책, 118~119쪽).

26) 김정본, 위의 책, 131쪽.

경탄과 미적흥분을 가져다준다는 것이다. 이와 유사한 견지에서 리기도는 "숭고한 것을 공포의 감정이라고 규정짓는것은 궁극에 있어서 인민대중을 지배계급앞에 공포에 떨며 무릎을 꿇게 하는데 복무한다"(리기도: 115)고 주장한다.

이런 방식으로 북한미학은 숭고한 것으로부터 그와 연관된 두려움, 공포를 배제한다. 한편으로 숭고라는 미적 범주는 현재 주어진 한계를 벗어나는 힘과 연관된다. 아직 완결되지 않은 대자연의 정복을 위해, 주변세계의 압력에 굴하지 않기 위해 이러한 미적 감정은 고양될 필요가 있다. 그러나 칸트와 다른 서구 미학 이론가들이 말하는 숭고(두려운 것을 두려운 것으로 파악하는 능력)는 전체주의 사회의 통제와 유지를 위해 불필요한 것이다. 두려운 것을 두려운 것으로 인식하는 것이 아니라 주어진 한계를 극복하는 것만이 중요하다. 어떤 의미에서 두려움(또는 공포)은 북한문예, 더 나아가 북한체제에서 추방된 감정이라고 말할 수 있다. 북한 문학예술에 공포영화 같은 두려움, 공포 자체에 천착하는 예술형식, 또는 장르가 존재하지 않는 이유다.

3) 영웅적인 것

북한미학이 내세우는 미적 범주론의 가장 큰 특징은 '영웅적인 것'을 미, 숭고, 비극성 등과 함께 독자적인 미적 범주로 삼아 고찰하고 있다는 점이다. 김정본에 따르면 영웅적인 것과 숭고한 것 사이에는 질적 차이를 가려내기 어렵다. 그럼에도 양자의 차이를 언급한다면 영웅적인 것에는 숭고한 것에는 없는 행동적인 측면이 있다는 것이다.[27] 곧 그것은 '보다 완성된 숭고한 것의 최고표현'이라는 것이다. 여기서 좀 더 나아가 리기도는 영웅적인 것이 다른 미학적범주들과 차이나는 미학적특성은 그 '행동성'에 있다고 주장한다(리기도: 140). 반면 숭고한 것은 반드시 행동과 결부되는 것은 아니며 주로 사상정신적 생활과 결부된다는 것이 그의 생각이다. 정리하자면 "영웅적인것은 물론 제일차적으로는 아름답고 숭고한 정신세계를 체현하지만 이 범주의 미학적 특성은 그 행동성에 있다"(리기도: 142)는 것이다.

북한미학의 '영웅적인 것'에 대한 이해에서 가장 중요한 것은 그 '영웅'이 개인에게 귀속되는 개념이 아니라는 점이다. 영웅은 어디까지나 집단에 귀속되는 개념이다. 리기도에 의하면 북한의 영웅주의는 "지배(착취)계급의 사상적 표현인 개인영웅주의와 대립"되는 '대중적영웅주의'다(리기도: 152). 이렇게 개인주의와 이기주의에 대립되는 대중적영웅주의의 영웅은, 영웅은 영웅이로되 '숨은 영웅'이다(리기도: 154). 이와 동일한 시각에서 김정본은 영웅적인 것은 타고난 기질이 아니라 당과 수령에 대한 높은 충실성과 헌신성에서 유래하는 것이라고 주장한다.[28] 이런 방식으로 북한의 미학은 원칙적으로는 사람과 (사람의) 행동을 강조하면서도 그 내용에서는 현실에서 구체적으로 살면서 활동하는 사람-개인의 감각, 감성을 사실상 배제하는 방식으로 구성되어 있다.

김정본에 따르면 예술실천에서 영웅적인 것은 대작적인 형식을 취하게 된다. 영웅성은 고립적으로 발휘될 수 없고, "영웅의 혁명투쟁은 사회적인간들의 참가하에 벌어지며 대중의 지지와 도움 속에서 영웅적 위훈이 창조"되기 때문이다.[29] 이 경우 대작

27) 위의 책, 136쪽.
28) 위의 책, 141쪽.
29) 위의 책, 146쪽.

은 규모가 아니라 내용에서 해결되어야 하며 내용에 의하여 규정되어야 한다는 요구가 또한 존재한다.[30] 이것은 영웅의 개인초상화를 그릴 것을 요구받은 화가의 입장에서는 난감한 요구다. 예컨대 〈장군님의 호위전사 오백룡동지〉를 그린 화가는 화면에 영웅 오백룡을 그리면서 대작적인 형식을 관철하기 위해 그가 할 수 있는 모든 것을 했다. 즉 오백룡은 배경에 유화 〈보천보의 홰불〉의 전모가 그려진 화면을 두고 한 손에 군모를 벗어 들고 주먹쥔 다른 한 손은 "기관총보존유리함우에 올려 놓은채 경건한 자세로 화면에 서있게" 되었다. 또 화가는 뒤로 물러나 화면의 폭을 대담하게 옆으로 넓히고 묘사대상의 포괄범위도 크게 함으로써 화면에서 주인공이 차지하는 면적을 줄였다. 이에 대해 북한 미술비평가는 "배경을 포함한 화면전반이 수령님의 위대성을 보여주는데 적극 이바지되고 있으며 바로 그때문에 화면에서의 주인공의 지위도 더욱 명백해 지고 있다. 그리하여 사람들로 하여금 생동한 표상을 가지고 주인공이 발휘한 수령숭배정신과 결사관철의 투쟁정신도 따라 배워야 하겠다는 각오를 스스로 가질수 있게 한다"고 평한다.[31]

한편 북한미학이 제시하는 미적 범주로서 '영웅적인 것'에서 특기할 점은 그것이 희극적 양상과 절연되어 정극적, 비극적 양상과 배타적으로 관계를 맺고 있다는 점이다. 즉 "영웅적인 예술은 절대로 희극적인 양상을 잡을 수 없다".[32] 김정본에 따르면 영웅은 사람들의 긍정을 불러일으키는 귀감이 되어야 하는데 희

30) 김교련, 『주체미술건설』, 평양: 문학예술종합출판사, 1995, 63쪽.

31) 리영찬, 「초상그림형식의 참신한 화폭: 유화 〈장군님의 호위전사 오백룡동지〉의 형상적특징에 대하여」, 『조선예술』 2001년 11호, 28쪽.

32) 김정본, 앞의 책, 146쪽.

극적인 인물은 비판적 조소의 대상이기 때문이다. 비극적인 것과 희극적인 것에 대한 이러한 도식적인 이해는 북한미학의 미적 범주론이 갖는 중요한 특징인 바, 이하에서는 그 내용을 구체적으로 검토하기로 한다.

4) 비극적인 것과 희극적인 것

김정본에 따르면 '비극적인 것'은 "자주성을 유린당한 인간들이 겪게 되는 고통과 불행, 죽음으로 하여 사람들에게 동정과 련민, 비분과 격분의 정서를 불러일으키는 미적현상"[33]이다. 따라서 그것은 일반적으로 고통과 죽음으로 표현될 것이다. 그러나 인간의 모든 고통과 죽음이 모두 비극적인 것은 아니다. 예컨대 김정본의 견지에서 '생리적 요인에 의하여 당하는 죽음과 불행, 우연적으로 일어난 불상사들'은 사람들에게 일정한 슬픔, 고통을 주지만 사회미학적 현상으로서는 비극적인 것으로 되지는 않는다. 그것은 "사회의 본질적 관계로부터 산생되는 것이 아닌"[34] 이유에서다. 그 죽음과 고통은 동정할 만한 가치가 있는 긍정적 인물의 죽음과 고통인 한에서 다룰 만한 가치가 있다는 것이다.[35] 리기도에 의하면 "비극적인 것은 어디까지나 계급사회에 근원을 두고 계급들 사이의 사회계급적 모순에 의하여 산생된다"(리기도: 193). 따라서 그에게서 비극적인 것을 우연, 과실의 소산으로 보는 고전미학의 관점은 배척된다. 마찬가지로 여기에

---

33) 위의 책, 152쪽.
34) 위의 책, 153쪽.
35) 위의 책, 156쪽.

는 주인공의 '격렬한 고뇌, 내적갈등'으로 대변되는 비장미의 일반적 이해[36] 역시 배척된다. 태어났지만 죽게 될 것이라는 실존의 고통에 번뇌하는 개인 역시 여기서는 설자리가 없다. 이런 이유로 해서 예컨대 북한미술에는 일상적 죽음이나 병원의 환자들을 다룬 이미지가 존재하지 않는다. 병원이 등장한다면 그것은 박영숙의 그림(〈유치원어린이 건강진단〉, 1970)에서처럼 건강진단이라는 긍정적 이미지와 함께일 때다.

위에서 서술한 대로 북한에서 비극적인 것은 인간이 자주성을 유린당한 상태와 연관이 깊다. 따라서 여기에서 비극적인 것은 동시대와는 분리되어 다뤄진다. "사회주의 사회에서는 비극적인 것의 사회적 기원이 없다"[37]는 이유에서다. 따라서 비극적인 것의 주무대는 일제강점기 내지는 6·25전쟁기가 된다. 예컨대 조선화 〈일자리를 얻고저〉에서 "부모를 잃고 방황하던 두 남매는 어느 광산 마을에서 일자리를 얻기 위하여 자기 몸에 맞지않는 무거운 돌을 들어보이는 눈물겨운 이야기"[38]를 펼치고 조선화 〈손녀의 소원〉에서는 "부모의 사랑을 받아보지 못한 어린것을 두고 그의 부모를 대신하여 손등이 터지고 등이 휘여지도록 궂은일 마른일 가리지 않고 일하였지만 고무신 한 켤레도 살수 없는 고령의 할아버지"는 손녀의 "랭혹한 바람과 추위에 갈라터져 얼어든 빨간 손과 발가락"을 무기력하게 바라보기만 한다.[39] 그리고 이렇게 비극적인 것들은 심각한 계급투쟁, 혁명투쟁의 무기로 될

---

36) 백기수, 『미학』, 서울대학교출판부, 1993, 89~92쪽.

37) 김정본, 앞의 책, 159쪽.

38) 본사기자, 「혁명적인 창작기풍, 높은 결실: 조선화 〈일자리를 얻고저〉를 두고」, 『조선예술』 1971년 11호, 96쪽.

39) 강승국, 「소박한 꿈마저 짓밟는 계급사회의 현실」, 『조선예술』 1991년 1호, 63쪽.

것이다. '비극적인 것'에 대한 북한미학의 이해는 "삶을 긍정하는 힘을 불러일으키는 계기로서 전체적으로 인류의 역사적 발전에 복무하는 비극적인 것"에 관한 소비에트 미학의 담론과 매우 유사하다.[40]

북한미학의 비극적인 것에 대한 서술에서 특기할 점은 그 비극이 우리가 알고 있는 대부분의 비극이 취하는 '주인공의 파멸'이라는 결말이 아니라 "로동계급의 혁명위업을 승리적으로 개척해 나가는 련속적과정"으로서의 결말을 취한다는 점이다. 비애나 공포가 아니라 혁명적 비장성을 고취시키기 위한 전략이다.[41] 사회주의 체제에 대한 낙관적 전망은 북한 문화예술의 공통된 주제의식이다. 미래에 대한 낙관적 전망은 역사적 합리성, 즉 역사는 사회주의로 발전해 나간다는 전망에 기초한 것이다. 여기에 민족사회주의적 성향이 결합된 것이다. 낙관적 감정은 설득적이고 논리적이기보다는 동일한 감성의 유지, 감성을 통한 일체감의 형성이 더욱 중요하다. 어떤 일을 함에 있어서 그 일을 해야 할 필요성을 설득하기보다는 그 일을 해야 하는 분위기를 만들어 주는 것이다.[42] 나아가 해피엔딩은 오랜 인민의 정서를 반영한 민족적

---

40) 소비에트 미학의 '비극적인 것'에 대한 논의는 다음 논문 참조.
박성현, 「미적 범주로서의 비극적인 것의 특성과 방법론적 문제」, 『외국문학연구』 제4호, 1998, 161~178쪽.

41) 김정본, 앞의 책, 168~169쪽.

42) 크리스토프 클라센, 권형진 옮김, 「두 가지 유형의 선전·선동?: '제3제국'과 동독에서의 대중 매체 방송의 의미에 대한 고찰」, 임지현·김용우 엮음, 비교역사문화연구소 기획, 『대중독재2 정치 종교와 헤게모니』, 책세상, 2005, 267~268쪽. "우리는 잠정적으로, 민족사회주의와 동독에서의 대중 매체의 형태가 두 가지 서로 상이한 모습을 보였다는 결론을 내릴 수 있다. 두 독재체제는 대중매체를 통제하고 그것을 넘어 전체적으로 공적 영역을 통제하는 것을 요구했다는 점에서는 차이가 없지만, 그러한 유사성이 있으면서도 민족사회주의의

인 것으로 인정한다. 즉 우리 식 문학에서 비극적인 결말로 끝나는 작품이 없는 것은 현실을 중요시하면서도 미래를 귀중히 여기는 민족적 정서의 반영으로 인식한다.43)

한편 죽음을 다루되 죽음 자체를 강조하지 않는 전략을 취한다는 점도 주목을 요한다. "필요없이 죽음을 강조하거나 주검을 화면에 많이 내놓거나 진창에 처박힌 시체라든가 죽은 인물의 이지러진 얼굴표정은 사람들에게 숭엄한 감정을 주는 것이 아니라

방송 형태는 '감정을 자극하는(emotional)' 것이었다고 말할 수 있는 반면에 공산주의의 방송 형태는 '대중을 설득하는(persuasive)' 것이었다고 말할 수 있다. 물론 이와 같은 형식적인 구분이 실제에서 항상 선명하게 나타나는 것은 아니다. 실제로 우리는 한 체제 안에서도 두 가지 형식을 모두 발견할 수 있지만, 그렇다고 두 체제 간의 근본적인 차이에 대해 의문이 제기되지는 않을 것이다. 민족사회주의에서는 이데올로기를 내용으로 하는 전통적인 선전·선동이 대중매체의 한 부분을 차지하지도 않았으며 오락적이고 외견상 비정치적인 것에 비해 중요시 되지도 않았다. 이에 그치지 않고, 전쟁 기간에 접어들면서는 괴벨스가 지원한 '낙관적인 대중가요'와 같은 형식으로 대중의 기호에 더욱 강하게 호소하는 오락물이 증가했고, 그것은 정권의 가치와 이익에 기여했다. 이런 가운데 내용과 사상의 일치가 최우선 의도는 아니었다. 오히려 긍정적인 분위기를 만들어 내고, 그 분위기를 통해 나치 운동과의 감정적 일체감, 독인들의 민족적 공동체 의식, 전시의 항전 의지 같은 것들을 촉진하거나 괴펠스가 특유의 냉소주의서 말한 대로 "전쟁 수행을 위해 좋은 기분을 유지하는 민족"을 갖는 것이 더욱 중요했다."

43) 리창유, 박헌균 편집, 「우리 식 문학건설에서 고전문학이 노는 중요한 역할」, 『조선고전문학연구 I』, 문학예술종합출판사, 1993, 15~16쪽. "우리 식 문학에서는 또한 주인공들의 생활이 비극적으로 처리되는 것을 찾아보기 어렵다. 우리 인민은 예로부터 작품에서 긍정적인물들의 리상적인 생활을 찬미하였으며 그들의 운명선을 비극적으로 처리하지 않고 반드시 행복을 성취하는 것으로 이야기의 끝을 맺는 형상방법을 썼다. 우리 인민은 이렇게 현실생활을 중시하면서도 미래를 귀중히 여겨왔다. (…중략…) 우리 나라 고전소설들의 대부분은 이처럼 이야기의 뒤끝이 랑만주의적대단원으로 끝나고 있다. 우리 인민의 이 랑만주의적대단원으로 끝나고있가. 우리 인민의 이 랑만적지향은 선을 긍정하고 인간의 선량한 량심을 그 무엇보다 소중히 여기는 미덕으로부터 출발한 것이다."

오히려 불쾌감과 혐오감을 주는"[44] 이유에서다. 유사한 견지에서 리기도는 "죽음으로부터 시작하여 죽음으로 끝이나는것과 같이 죽음을 강조해놓으면 우리 문학예술작품에 어두운 그늘을 진하게 깔아놓으며 인민대중을 혁명적으로 교양하여야 할 우리 문학예술의 창작목적에도 어긋나게 된다"(리기도: 205)고 주장한다. 이렇게 감각에 직접 호소하는 적나라한, 또는 감각적인 묘사를 기피하는 엄숙 또는 금욕적 경향은 지금 북한문예를 특징짓는 중요한 현상 가운데 하나다. 북한문예비평에서 '감각적 묘사' 같은 식의 찬사를 찾아볼 수 없는 이유도 여기에 있다.

북한미학에서 희극적인 것은 긍정범주인 비극적인 것에 대비되는 부정범주로 다뤄진다. 김정본에 따르면 희극은 "인민대중의 요구에 맞지 않는 것을 맞는 것으로 인정하거나 가장하는 것으로 하여 비판적 웃음을 자아내게 하는 미적현상"[45]이다. 여기서 희극이 관여하는 웃음이 '비판적 웃음'이라는 것이 중요하다. 왜냐하면 김정본이 말하는 희극적인 우스움은 '기쁘고 즐거울 때 웃는 웃음, 행복할 때 웃는 웃음, 환희와 랑만에 넘치는 웃음'과 같은 아름다운 웃음들뿐만 아니라 '서글픈 웃음, 쓰거운 웃음, 얄미운 웃음' 같은 보통의 웃음을 배제한 것이기 때문이다.

북한에서는 생리적 죽음이 비극의 주제가 될 수 없는 것과 마찬가지로 "생리적 웃음은 희극적웃음이 될수 없다"(리기도: 215). 희극적인 웃음은 "낡고 반동적인 것의 허위와 위선을 폭로하고 그 반동적본질을 조소하고 야유하는 비판적성격을 띤 웃음"(리기도: 215) 유화 〈딸〉(민병제)에 대한 한석호의 다음과 같은 묘사,

44) 김정본, 앞의 책, 169쪽.

45) 위의 책, 172쪽.

곧 "테없는 안경너머로 능글맞는 웃음을 띤 마름놈의 교활한 눈과 비대하고 징그러운 얼굴에는 인민들의 피땀을 짜내여 배를 불려온 착취자의 뻔뻔스럽고 요사스러운 성격이 표현되여 있다"[46]는 발언 같은 것이 그 예시가 될 것이다. 따라서 희극적인 것은 아름답고 고상한 미적 현상들과는 직접 대치되는 것이다. 그것은 "온갖 낡은 것을 웃음으로 불태우고 사람들을 아름답고 고상한 생활에로 이끌어가는데서 중요한 작용을"[47] 한다. 이렇듯 적개심, 비판의식을 내재한다는 점에서 북한미학이 내세우는 '희극적인 것'은 "희극은 보통인 이하의 악인의 모방으로서…타인에게 고통이나 해악을 끼치지 않는 과오 혹은 醜"라는 아리스토텔레스의 고전적 희극 정의[48]와 궤를 달리 하게 된다.

이런 관점에서 보자면 힘든 현실을 잠시 잊고 한바탕 웃어보자는 식의 논리는 북한문예에서 설자리가 없다. 또 이른바 '챠프린'(채플린)식 연기는 "진짜 조롱하여야 할 대상을 의도적으로 외면하고 인간의 생리적 기형성을 희극적인 것으로 내어놓는 것"[49]으로 비판된다. 오히려 소위 비판적 웃음을 통해 현실의 투쟁심을 고취시키는데 희극적인 것의 의의가 있다. 이를테면 기소, 조소 등을 아우르는 풍자적 웃음은 "인민대중의 리상에 상반되는 반동적인 것을 규탄하며 그 현실을 파멸과 죽음에로 유인하는 웃음"이고 경희극의 웃음은 근로자들의 머릿속에 남아 있는 낡은 사상잔재, 결함들을 극복하는 웃음이다. 전자가 무거운 웃음

---

46) 한석호, 「미술작품창작에서 얼굴묘사와 행동묘사는 심리묘사의 기본」, 『조선예술』 1998년 10호, 56쪽.

47) 김정본, 앞의 책, 181쪽.

48) 백기수, 앞의 책, 93쪽.

49) 김정본, 앞의 책, 193쪽.

이라면 후자는 가벼운 웃음이다. 이 가운데 경희극과 가벼운 웃음은 북한문예에서 매우 중요하다. 리기도에 의하면 "긍정적인 것이 사회의 기본을 이루는 사회주의 현실"에서는 "낡은 사회에서 말하는 희극적인 것이란 있을 수 없고" 단지 "부분적으로 남아있는 낡고 부정적인 측면"만이 존재한다(리기도: 230~232). 리기도에 의하면 이런 부정적인 것들은 "가벼운 웃음을 가지고 동지적으로 비판함"으로써 "결함이 고쳐지고 동지적 통일과 단결이 강화되는것"(리기도: 231)이다. 이런 가벼운 웃음을 목적으로 등장한 장르가 바로 경희극이다. 리기도에 따르면 경희극은 "우리 인민의 미학적 감정을 반영하여 우리 시대에 발생한 새로운 예술형태"(리기도: 230)다.

3. 북한 미적 범주론의 특성

지금까지 살펴본 바 북한미학(또는 이른바 주체미학)의 미적 범주론에 대한 검토 결과는 대략 다음과 같이 세 가지로 요약할 수 있다.

첫째, 북한미학은 미적 범주를 "사람의 자주적 요구와 지향"이라는 기준과의 일치 여부에 따라 긍정범주(아름다운 것, 숭고한 것, 영웅적인 것, 비극적인 것)와 부정범주(추한 것, 저속한 것, 희극적인 것)로 나눈다. 다음으로 긍정범주는 "사람들의 자주적 요구를 어느 정도 반영하고 있으며 또 그 요구의 어느 측면을 주로 반영하고 있는가"에 따라 아름다운 것, 숭고한 것, 영웅적인 것으로 구분된다고 주장한다. 특히 '행동성'을 특징으로 하는 영웅적인 것을 독자적인 미적 범주로 다루고 있는 것이 북한미학의 큰 특징이다. 이러한 미적 범주론은 소비에트 미학의 가치론적 관점을 자기 나름의 방식으로 수용, 변화시킨 것이다. 국내(남한)학계의 미적 범주에 대한 논의가 대부분 서구(서유럽)지향적이라면 북한 미학의 미적 범주론은 그 구조와 내용에 있어서 동구(소비에트) 지향적이라고 해도 무방할 것이다.

둘째, 북한미학의 미적 범주론은 생리적, 감각적인 것들이 대부분 배제된 의식적-사상미학적 수준에서 구성된다. 즉 감각적 快, 공포, 생리적 죽음, 생리적 웃음은 간과되거나 무시되고 대신 사상의식발전에 기여하는 것, 착취계급에 대한 분노, 낡고 반동적인 것에 대한 조소 같은 것들이 미적 범주론의 핵심을 구성한다. 그런 의미에서 북한미학의 미적 범주론은 감각보다는 이데올로기-도덕(윤리)을 내세우는 엄숙하고 금욕적인 성격이 매우 강하다고 할 수 있다.

셋째, 둘째와 같은 이유에서 북한의 문예에는 감각에 직접 호소하는 예술 장르나 형식이 발전될 수 없다. 예를 들어 감각적인 묘사에 치중하는 詩, 공포영화, 슬랩스틱처럼 웃음자체를 겨냥하는 희극을 북한에서는 거의 찾아볼 수 없다. 대신 애국심에 호소하는 진지한 비극, 풍자극, 경희극 같은 것들이 북한문예의 주류를 이룬다. 이것은 미적담론이 체제의 이데올로기적 요구에 따라 형식/장르의 구성/배치에 관여한 매우 독특한 사례다.

참고문헌

김교련, 『주체미술건설』, 평양: 문학예술종합출판사, 1995.

김수현, 「서양의 미적 범주체계 구성 방법론」, 『민족미학』 2007년 7집.

김정본, 『미학개론』, 평양: 사회과학출판사, 1991.

김재홍, 『주체의 미론』, 평양: 문학예술종합출판사, 1993.

______, 『주체의 미학관과 조형미』, 평양: 문학예술종합출판사, 1992.

리기도, 『조선사회과학학술집 철학편 45: 주체의 미학』, 평양: 사회과학출판사, 2010.

리영찬, 「초상그림형식의 참신한 화폭: 유화 〈장군님의 호위전사 오백룡동지〉의 형상적특징에 대하여」, 『조선예술』 2001년 11호.

박성현, 「미적 범주체계의 철학적 의미」, 『미학』 1998년 24집.

백기수, 『미학』, 서울대학교출판부, 1993.

오양열, 「남·북한 사회의 가치정향과 북한의 미적가치 수용방향」, 『통일과 문화』 2001년 창간호.

이강은, 「창조적 능동성과 미적 활동: 소련의 가치론 미학의 발전과정에 비추어」, 『문예미학』 2006년 12집.

이춘길, 「북한 문예미학에 대한 비교적 고찰: 동구 문예미학과의 차이를 중심으로」, 『동서비교문학저널』 2010년 22호.

조요한, 『예술철학』, 미술문화, 2011.

한석호, 「미술작품창작에서 얼굴묘사와 행동묘사는 심리묘사의 기본」, 『조선예술』 1998년 10호.

M. S, 까간, 진중권 역, 『미학강의 I』(1963, 1975), 새길, 2012.

임마누엘 칸트, 백종현 역, 『판단력비판』, 아카넷, 2009.

웃음과 숭고, 그리고 숭엄

: 선군시대 북한문학의 감성

임옥규

1. 선군시대와 북한문예 감성

북한은 1990년대 중·후반에 겪었던 '고난의 행군' 시기를 체제위기로 진단하면서 2000년대에 들어서 이를 이겨내고 새로운 국면에 접어들었음을 시사한 바 있다.[1] 북한은 '고난의 행군'의 원인을 자연재해, 군사위협, 경제봉쇄, 사상 문화적 침투전략 탓으로 돌리고 있으며 이는 문학작품에서도 표현되고 있다.[2] 이에 대해서는 1인 숭배적 정치사상이 김일성 사후 북한체제 위기의 주요 원인이 되었으며 이에 대한 대응논리로서 수령후계자에 대한 변함없는 '충성과 효성'을 다하는 것만이 '인민의 고상한 사상 감정'이며 이를 고취하는 것이 문학의 사명으로 강변되었다고 설명하는 논의가 있다.[3] 또한 북한이 김일성 사망 이후 '고난의 행군'

1) 사설, 「당 창건 55돐기념」, ≪로동신문≫, 2000.10.10, 1면.

2) 권정웅, 「눈보라 만리」, 『천리마』 1호, 2001, 32쪽.

3) 김성수, 「북한의 '선군혁명문학'과 통일문학의 이상」, 『통일과 문화』 1, 통일문화학회, 2001, 93~94쪽.

을 이겨낸 힘은 선군정치와 자주국방으로 조국과 민족의 운명을 구원해 준 김정일의 위대한 은혜라고 하면서, 보은과 섬김의 정당성을 극대화하고 있다고 평하는 논의도 있다.[4] 선군시대의 이면에 대해서는 고난의 행군에 주목하면서 고난의 행군이 북한 주민의 일상에 끼친 영향으로 조성된 공포와 강박, 혁신에 대한 열망 등을 문학작품 속에서 분석한 논의도 있다. 이 글에서는 현재를 추동하는 힘으로 과거의 상처를 동원하는 북한 사회의 위기 극복 양상의 문제를 진단한다.[5]

이러한 연구들을 통해 생각해 볼 수 있는 것은 북한이 현실의 위기를 극복해 나가는 방법으로 활용하는 북한 대중의 감성에 관한 것이다. 북한문학에서의 작품 형상화는 인간의 사상 감정과 생활 흐름의 합법칙적 과정과 밀접하게 연관된다. 특히 북한은 주체의 문예이론을 통해 예술의 역할이 시대의 요구와 인민대중의 지향을 옳게 반영하여 사람들에게 생활의 본질과 아름다움, 사회발전의 합법칙성을 밝혀주는 데[6] 있음을 천명하고 있다.

이 글은 선군시대 북한문학에 표출된 주요한 감성에 대해 분석하고 이를 통해 구현되는 선군시대의 특징에 대해 논하고자 한다.

북한의 선군시대는 김일성 사망 이후 김정일의 통치체제가 시작된 1995년 이후로 볼 수 있다. 김정일 통치이념으로 선군사상, 선군정치를 들 수 있는데, 여기에서 선군의 의미는 군대를 앞세워 수령결사옹위정신, 결사관철의 정신, 영웅적 희생정신을 구현

4) 박영자, 「선군시대 북한 여성의 섹슈얼러티 연구: 군사주의 국가권력의 성(性) 정체성 구성을 중심으로」, 『통일정책연구』 15권 2호, 2006, 158쪽.

5) 오창은, 「선군시대 북한 농촌 여성의 형상화 연구」, 『현대북한연구』 제13권 2호, 북한대학원대학교, 2010.

6) 김정일, 『미술론』, 평양: 조선로동당출판사, 1992, 1쪽.

한다는 의미를 지니고 있다. 북한은 선군정치를 변함없이 고수해 나갈 방침을 계속 밝히고 있을 뿐만 아니라 선군사상을 주체사상의 하위 이데올로기로 규정하고 있지만 시간이 갈수록 '선군사상-선군혁명노선-선군정치' 등이 '주체사상의 사상-이론-방법체계'와 유사한 형태로 체계화되고 있다.[7]

북한의 '선군혁명'의 의미에 대해서는 고난의 행군으로 불리는 1990년대 중후반의 체제 붕괴 위기의 극복을 반영하는 문학적 슬로건이며 수령형상문학론의 현실적 변이형태라고 보는 견해가 지배적이다.[8] '선군혁명문학'이라는 용어는 「위인의 손길 아래 빛나는 선군혁명문학」(『천리마』, 2000.11)에서 공식적으로 사용되었다.

선군시대 북한문학은 강성대국 건설의 3대 기둥인 '사상중시', '총대중시', '과학기술중시' 노선을 관철하고자 하는데 이 중 사상중시는 당의 '제일 생명선'으로 중요시되고[9] 있으며 이러한 사상중시는 북한 문학예술에서 선군노선을 구현하는 것으로 나타난다. 2000년대 북한 소설에서는 선군시대[10] 선군 사상이 중요한

7) 정창현, 「선군시대 경제노선 굳건히, 자본주의적 개혁은 없다」, 『민족21』 46호, 2005. 1, 107쪽.

8) 김성수, 「통일의 이상과 선군혁명문학의 현실: 선군문학은 주체사실주의가 낳은 새 형의 문학」, 『민족21』, 56호, 2005. 11, 149쪽.

9) 머리글 「공동사설에서 제시된 당의 방침을 높이 받들고 문학작품창작에서 새로운 앙양을 일으키자」, 『조선문학』 2000년 3호, 4쪽.

10) 이 어구는 '선군시대'를 논의하면서 반복적으로 등장한다. 한정길은 이에 대해 다음과 같이 설명한다. "오늘 우리 시대는 우리 군인들의 혁명적 군인정신 다시 말하여 수령결사옹위정신, 결사관철의 정신, 영웅적 희생정신을 닮아가는 선군 시대이다. 오늘 (…중략…) 구현되고 있는 주체사상적 내용은 (…중략…) 선군사상과 령도를 충성으로 받들어나가는 우리 군인들과 인민들의 감정정서로 되고 있으며 커다란 고무적 기치로 되고 있는 것이다."(한정길, 「선군시대 혁명군가들에 구현된 사상예술적특성」, 『조선예술』 2004년 12호, 56쪽; 오창

담론으로 제기되고 있다. 선군시대 단편소설 문학을 분석한 글[11]에서도 "우리 조국이 가장 어려운 시련의 고비를 넘어야 했던 '고난의 행군', 강행군 시기에 결사관철의 정신을 발휘한 인간전형들은 례외없이 자력갱생, 간고분투의 혁명정신의 소유자들"이라며 선군의 정신을 강조한다. 선군시대에 요구되는 북한문학의 과제는 "수령형상소설들과 선군의 현실에서 제기되는 절실하고도 의의 있는 문제들을 반영한 훌륭한 작품들을 보다 많이 써내는 것"이다. 이를 위해서는 문학적으로 형상하는 문제가 중요하게 제기될 수밖에 없다. 북한문학에서 형상화는 "인간의 사상감정과 생활흐름의 합법칙적 과정을 생활 그대로 표현하는 론리"를 가져야 한다고 본다.

북한에서 문학예술은 "인간의 창조적 활동의 특수한 형태로서 현실의 미적 현상을 창작가의 높은 사상미학적 이상을 거쳐 재현한 현실에 대한 미적 평가이며 사람들을 숭고한 미적정서와 감정, 미적이상으로 교양하는 사회의식의 한 형태"로 간주되어 문학예술은 현실의 미적 파악의 가장 높은 형태로 된다. 이러한 북한문예의 감성은 『주체의 미학』을 통해 살펴볼 수 있다. 선군 시대의 미학관을 반영하는 『주체미학』에서는 주체적 미학이론의 철학적 기초로 현실에 대한 사람의 미학적 관계를 중시한다.

> 그 어떤 문학예술도 시대와 사회제도를 떠나서는 인간을 시대의 전형으로 그릴 수 없으며 력사발전의 본질이 체현된 전형적인 생활

은, 「선군시대 북한 농촌 여성의 형상화 연구」, 『현대북한연구』 13(2), 북한대학원대학교, 2010, 84쪽 재인용)

11) 리창유, 「선군시대의 요구와 작가의 탐구정신: 지난해 하반년도 『조선문학』 잡지에 실린 단편소설들을 두고」, 『조선문학』 2008년 3호, 22쪽.

을 담을 수 없습니다.

시대가 변하고 사회제도가 달라지면 사람도 생활도 달라지게 됩니다. 시대정신은 생활의 기본지향을 반영합니다.[12]

북한미학의 범주는 아름다운 것, 숭고한 것, 영웅적인 것, 비극적인 것, 희극적인 것으로 나누어진다. 아름다운 것의 본질은 자연미와 사회적인 미에서 나타나는데 문학에서는 송가를 예로 들고 있다.

우리 인민의 사상감정에 맞는 것이란 우리 인민의 아름답고 숭고한 정신도덕적 풍모를 옳게 반영한 고상한 사상상과 우리 인민의 정서와 미감에 맞는 높은 예술성을 가진 문학예술작품을 말한다.[13]

숭고한 것의 본질은 정서적 특징에서 기쁨과 환희의 정서를 찾고 있으며 아름다운 것을 전제로 한다고 설명한다.

숭고한 것의 미학적 특질은 인민대중의 지향과 요구를 무한히 높여주고 그 실현에로 이끌어주며 미래에로 지향시키는 미적 현상이며 숭고한 것의 정서적 특성은 즐거움, 희열, 황홀감 등 기쁨의 정서를 넘어선, 사람들을 격동시키고 감동시키며 흥분시키는 정서적 앙양이다.[14]

「주체의 미학」에 의하면 자연에서 숭고한 것은 자연 그 자체에

---

12) 리기도, 『조선사회과학학술집 85 철학편: 주체의 미학』, 평양: 사회과학출판사, 2010, 25쪽.

13) 위의 책, 85쪽.

14) 위의 책, 112~113쪽.

서 일어나는 것이 아니라 인간의 정신생활과 결부될 때에만 숭고한 것으로 된다.[15] 주체형 인간의 숭고한 성격은 또한 높은 인간애, 혁명적 동지애와 겸손하고 소탈한 품성에서 나타난다. 현실에서 숭고한 것은 다양한 형태로 나타나는데 자연에 대하여 느끼는 숭고한 감정은 인간의 정신생활을 떠나서 생각할 수 없다고 한다. 백두산이나 금강산은 북한 대중에게 숭고하게 다가간다. 숭고한 것의 예술적 형상은 "새것에 대한 지향, 미래에 대한 랑만"[16]이라고 표현한다. 또한 숭고한 인간성은 혁명적 동지애에서 가장 높은 수준으로 표현된다고 한다.[17]

『주체의 미학』에서는 영웅적인 것에 대한 이론이 "주체적 미학리론에 의하여 력사상 처음으로 발견되고 미학적으로 일반화된 독창적인 리론분야"[18]라고 강조하고 있다. 영웅적인 것의 특징으로는 "무엇보다 먼저 숭고한 것을 체현"[19]하고 다른 미학적 범주와는 구별되는 점으로 사상 정신적 생활과의 결부를 들고 있다. 영웅적인 것의 발현으로 대중적 영웅주의, 숨은 영웅 등을 예로 들고 있다.

> 숨은 영웅들의 사상정신적 특질은 당과 혁명에 대한 높은 충실성이며 조국과 인민에 대한 끝없는 헌신성입니다.[20] (≪김일성전집≫ 72권, 282쪽)

---

15) 위의 책, 120쪽.
16) 위의 책, 123쪽.
17) 위의 책, 130쪽.
18) 위의 책, 135쪽.
19) 위의 책, 138쪽.
20) 위의 책, 166쪽.

이 미학이론에 의하면 비극적인 것은 사람에 의한 사람의 착취와 억압이 허용되고 근로 인민대중의 자주성을 무참히 짓밟는 착취 사회제도와 그 제도의 유지에 이해관계를 가진 계급에 의해서 생긴다고 한다. 반대로 희극적인 것의 범주에는 사람들의 자주적인 이상과 모순되는 미적 현상들이 반영되는 것에 있다고 한다. 그렇기 때문에 사람들은 희극적인 것의 범주를 통해서 모순되고 부정될 대상을 폭로하고 비판하고 극복하는 것이라고 한다.[21]

> 희극적인 것의 정서적 특성은 웃음과 밀접히 련관되여 있다. 웃음은 희극적인 것을 느끼고 받아들이는 사람들의 미적 감정의 주요한 표현형태이다.[22]

이러한 북한의 미학의 범주 안에서 선군시대 인간의 사상 감정의 표출양상을 살펴볼 수 있다. 북한 문화예술에서 선군시대를 이끌어나가는 기본 바탕이 되는 감성으로는 숭고한 것과 희극적인 양상이 주를 이루고 있다. 특히 문학을 살펴보면 '웃음'과 '숭고', '숭엄'의 감성이 주요하게 표출되어 선군시대 문학예술의 지향점을 파악해 볼 수 있다. 이에 이 글에서는 선군시대 북한문학의 주된 감성으로서의 웃음, 숭고, 숭엄 양상을 고찰하고자 한다.

---

21) 위의 책, 201쪽.
22) 위의 책, 212쪽.

2. 웃음과 낙관

북한문학에서 선군시대에 고난의 행군 시기를 이겨내고 새로운 강성대국의 길로 들어서기 위해 강조되는 것은 혁명적 낙관주의다. 『조선문학』 2000년 1호 사설에서는 '락원의 봉화'를 언급한다. 이는 제2의 천리마 대진군의 봉화를 의미하는데 1999년 평안북도 토지정리사업의 구상을 '락원기계 공장'에서 펼치던 김정일에게서 비롯된다고 이야기하고 있다. 서설에서는 낙원의 당원들의 결사관철의 정신, 노동계급의 영웅적 투쟁, 전통, 자력갱생을 옳게 밝혀 전후 천리마대고조 시기에 나온 짧고 전투적인 형식의 작품들처럼 작가의 창작적 재능과 열정을 발휘해야 한다고 당부한다. 연단 「길, 우리, 봄의 고향이 안고 있는 심오한 철학의 세계」(김용부, 『조선문학』 2002년 6호)에서는 가사 「승리의 길」에 형상된 "고난의 천리를 가면 행복의 만리가 온다"라는 가사를 통해 1930년대 '고난의 행군' 시기 수령과 항일투사들의 낙관주의 정신을 기리고 있다.

평론 「선군혁명시가문학에 나래치는 웃음의 정서」(김성우, 『조선문학』 2002년 2호)에서는 21세기 선군시대 시가문학을 웃음의 문학, 불의 문학, 정의 문학이라고 정의하고 있다. 이 글에서는 가요 〈강성부흥아리랑〉에 웃음의 철학이 담겨 있다며 "넘어야 할 시련의 고비, 겪어야 할 곡절의 굽이들을 몰라 웃는 웃음, 위안의 웃음도 아니다."라고 전제한 뒤 장군이 있기에 "주체강국은 반드시 일떠선다는 불패의 신념을 안고 제 힘으로 무릉도원을 꽃 피우는 흥미며 멋인 것이다."(63쪽)라고 설명하고 있다. 또한 "선군혁명시가에 차 넘치는 웃음의 정서는 참된 사랑이다. 동지의 의리로 하고 배신 없는 충대로 하는 진실한 사랑이다", "필승의 웃음", "웃음은 장군님이다", "믿음이 있을 때 그리움은 웃음을 낳는다", "가는 길 험난해도 웃으며 가며" 등의 어구를 사용하여 선군시대 웃음의 의미를 중시하고 있음을 알 수 있다.

평론 「단편소설의 매혹과 감동은 어디에서 오는가: 올해 상반년 『조선문학』 잡지에 실린 단편소설들을 읽고」(천재규, 『조선문학』 2006년 9호)에서는 소설의 매혹과 감동의 연속은 생활탐구와 인생문제를 다루는 것에 있다고 평한다. 이 글에서는 단편소설 「밝은 웃음」(김명진, 『조선문학』 2006년 3호)이 가정과 거리, 직장에서의 웃음을 생활미의 견지에서 밝혀 신심과 낙관에 넘쳐 강성대국건설을 지향해나가는 인민의 고상한 정신 미, 자랑찬 선군시대 미를 발랄한 생활감정으로 잘 보여준다고 평한다.

> 소설은 가정에서의 어머니의 웃음, 거리와 직장에 차넘치는 녀성들의 밝은 웃음의 의미를 생활미의 견지에서 설득력있게 밝혔다. 그리항 적들의 고립압살속에서도 신심과 락관에 넘쳐 강성대국건설을 지향해나가는 우리 인민의 고상한 정신미, 자랑찬 선군시대미를 발랄한 생활감정으로 잘 보여주었다. 이것은 작가가 현실에 깊이 침투하여 시대미를 민감하게 감수하고 인간학적견지에서 독창적인 형상을 창조하기 위한 진지한 생활탐구결과에 얻어진 귀중한 결실이다. (30~31쪽)

평론 「시는 시로 되여야 한다: 올해 반년 『조선문학』 잡지에 실린 시들을 중심으로」(리동수, 『조선문학』 2006년 10호)에서는 시의 서정미를 살펴보면서 "오늘의 서정미는 거기에 시대생활의 기본지향과 시대미감이 선명하게 조명될 때라야 가치를 가진다.

격조높이 솟구치는 아름답고 숭엄하고 장엄한 서정, 시련을 맞받아 미래에로, 확신성 있게 줄달음치는 격렬하고 낭만적인 서정, 이것이 오늘 우리 선군시대의 주되는 서정이며 기상이다"라고 설명한다. 이 평론에 소개된 시초『웃으며 가는 길에 행복이 온다: 희천경질유리공장에서』(『조선문학』 2006년 1호)는 현지체험을 바탕으로 노래한 5편의 시로 특히 시「웃으며 온 길 웃으며 가자」(주광일)는 "가는 길 험난해도 웃으며 가자"라는 구호를 기본 정서로 삼고 있다.

> 아름다와라
> 시련속에서 웃을줄 안 사람만이
> 존엄높고 긍지높은 최후의 승리자로
> 행복앞에 밝고 떳떳하게 웃을 수 있나니
>
> 영원히 아름답고 영원히지지 않는
> 아, 행복의 봄꽃들이 여기에 만발한다.
> 승리자의 웃음이 여기에 밝고밝다.
> 조국이여 세상이 들썩하게
> 웃으며 온 길 웃으며 가자. (49쪽)

평론「랑만의 나래를 펴라, 선군시가여」(리동수, 『조선문학』 2009년 1호)에서는 시에서의 혁명적 낭만성을 다룬다. 이 글에서는 가요 〈높이 들자 붉은기〉, 〈승리의 길〉, 〈우리는 잊지 않으리〉, 통일주제를 다룬 시「생각해보라」,「통일된 평양의 거리에서」를 예로 들고, 선군시대 여인의 전형적인 모습을 노래한 시「산-녀인」 등을 평하고 있다. 이 시들이 "오늘을 위한 오늘을 살지 말고 내일을 위한 오늘을 살자!"라는 당의 구호처럼 그 어떤 폭풍도 격랑도 두렴 없이 고난을 웃음으로 헤쳐 나가는 군대와 인민의 강의한 의지와 랑만의 세계를 뚜렷이 확증하고 있다고 평한다.

> 미래를 향하여 비약하는 오늘의 선군시대는 사람들에게 고난을 웃음으로 맞받아나가는 의지의 세계, 최후에 웃는자가 승리자라는 만만한 배심과 락관을 심어주는 랑만적인 시와 노래들을 많이 창작해낼것을 절실히 요구하고있다. (17쪽)

이 글에서는 「산-녀인」(리연희, 『조선문학』 2007년 3호)이 "거창한 산악을 안고 산과 함께 살며 한생을 바쳐가는 선군시대 연인의 전형적인 모습"을 형상하면서 미래에 대한 희망과 신심과 낙관을 안겨주고 있다고 평한다. 이 시는 고난의 행군 시기에 시련을 견뎌내고 산을 가꾸어 온 여성관리위원장의 헌신과 사랑을 담고 있다.[23] 이 시는 수령예찬이나 경직된 구호 표현 없이 선군시대 웃음과 낙관의 정서를 잘 표현하고 있다.

> 녀인이 산을 안습니까
> 산이 녀인을 안습니까
> 나에겐 보여옵니다.
> 굽이굽이 산허리를 휘여감은 길들은
> 그대로 녀인의 손길처럼

23) 이 시의 서정적 주인공은 실제로 자강땅의 심심산골 농장을 잘 꾸린 데 대하여 장군의 치하를 받은 여성관리위원장이라고 한다(김해월, 「우리의 선군시대에 대한 시인의 체험과 사색」, 『조선문학』 2007년 10호, 72쪽).

주름주름 푸르러 흘러내린 산자락은
이슬에도 땀에도 눈비에도 함께 젖던
녀인의 그 치마자락처럼
(…중략…)
아,
녀인의 품에 안기여
태연히 웃고 있는 산
나는 산의 표정을 그리고 싶습니다. (75쪽)

고난의 행군 이후 북한이 '가는 길 험난해도 웃으며 갈 수 있는' 이유는 시대의 어려움을 이겨낼 수 있는 낭만적인 정서를 형성하기 때문이다. 이러한 낭만적인 정서는 김정일 장군을 받드는 기쁨에서도 비롯된다. 시 「신평휴게소」(최인덕, 『조선문학』 2009년 10호)에서는 신평휴게소에서 명산을 가꿔준 김정일의 노고로 "유람객들의 노래소리 웃음소리"(20쪽)가 끊이지 않을 수 있음을 노래한다. 시 「아기가 웃는 소리」(김명옥, 『조선문학』 2005년 11호)에서는 아기의 첫 걸음을 바라는 엄마의 마음이 수령의 발자취와 장군의 전선길에서 비롯된 감자농사의 풍년 기원으로 이어진다.

대홍단의 후손
나의 아가야
어서 이리온
아빠 엄마 두손 모아
너를 높이 추켜든다

보아라

캐득거라는
너의 웃음소리에
땅이, 온 벌이 움씰대며 따라웃는다
감자벌의 새 주인의 웃음을 간직한 이랑들이… (23쪽)

이러한 이면에는 현실의 행복을 포기하고 희생과 헌신으로 자신의 일과 사회의 일에 충실할 것이 요구된다. 웃음의 정서는 현실에서의 희생과 헌신으로 밝은 미래를 보장할 수 있다는 믿음에서 비롯된다.

평론 「선군시대 인간들의 철학적 형상」(오춘식, 『조선문학』 2009년 10호)에서는 단편소설 「뿌리와 열매」(최상기, 『조선문학』 2009년 1호)를 평하면서 이 작품이 웃음과 낭만이 넘치는 선군 시대 농장원들의 다정다감한 생활을 풍만하게 펼쳐 보이고 있다고 평한다. 이 글에서는 당의 과학농법을 실현하고자 하는 '김용범 기술원'과 동요하는 '조성덕 작업반장', 무작정 높은 수확만을 바라는 '오영순 관리위원장'의 관계를 통해 신념과 배짱이 있는 선군시대 인간을 극적으로 표현하고 있다고 평한다. 그런데 그 이면을 살펴보면 고난의 행군 시기 농촌에서의 생산력 증대에 대한 강박이 감지된다.

경기총화가 끝나자 작업반별로 야유회가 벌어졌다. (…중략…) 버들가지가 휘휘 그네를 뛰는 방축우에서의 더없이 유쾌하고 흥겨운 연회, 익살과 웃음과 서로 음식을 권하는 행복한 싱갱이로 하여 좌석에서는 흥그러움이 떠날줄 모른다. (…중략…) 조성덕은 웃음과 랑만이 넘실거리는 생활의 바다에 융합되지 못하는 자신에게 짜증이 났다. 너는 무엇때문에 불안해하느냐. 혹은 다른 일로도 갔을수 있지

않느냐. 그렇다면 무슨 일? (65쪽)

≪어쩐지 미흡한 포전을 보여드린것만 같아 마음 한구석이 괴로웠습니다. 벼가 잘되였다고는 하지만 알알이 잘 여물지 못했고 이삭들이 충실히 못했으니까요. 생육후반기락하때문에 어쩔수 없는 일이라고 일부 사람들은 말하지만 전 거기에 위안을 가지고싶지 않더군요. 우리 아버지도 분조장을 할 때 늘 그 걱정을 하면서 어떻게 하든 그걸 퇴치해야 알속있는 농사로 될수 있다고 자주 뇌이군 했었습니다.≫

(…중략…)

그 나날에 일찌기 수령님을 모시고 찾으셨던 오성땅을 바라보시며 감회깊은 추억을 더듬으시지 않았던가…

≪이 신성한 땅에…≫

성덕은 마음이 아파 쓰러질 듯 비칠했다. 잠시 말을 끊은 오영순은 무언의 질책으로 두사람의 뺨을 호되게 갈기고있다.

≪우리가 … 어떤 땅을 가꾸고있는가를 잊지 말자요.≫

(…중략…)

어지러운 환영이 성덕이 눈앞을 어지럽게 했다. 곯아빠진 벼씨앗들, 기형적으로 머리를 내민 불충실한 싹들, 불탄 산천처럼 황량한 들판에 벼대인지 풀대인지 엉성한데 그나마 폭풍이 태질하며 산산이 쪼각낸다. (67쪽)

단편소설 「별들이 웃는다」(김영선, 『조선문학』 2008년 10호)는 선군시대 남녀가 총각 아버지와 처녀 어머니로 맺어지는 과정을 통해 고아를 미혼 남녀가 맡아 키우는 북한의 사회 단면을 보여준다. 이 소설에서의 웃음은 젊은 남녀의 사회에 대한 헌신 속에서 피어난다.

사랑이 없이는 헌신이 있을수 없다. 최진호는 아이들과 이웃들을 사랑하고 자기가 사는 이 거리와 사회주의 내 조국을 끝없이 사랑하기에 자기 육체와 넋까지도 깡그리 바쳐가는것이 아닌가.

사랑하자, 나도 최진호처럼 내가 사는 도시와 사회주의 내 조국의 모든것을 열렬히 사랑하고 아름다움을 창조하는데 헌신하자.

애정은 최진호의 모습에 자신을 비추어보며 마음속 결심을 다지고 또 다지였다.

(…중략…)

문득 노래소리가 끊어지며 문이 벌컥 열리였다.

17쌍의 초롱초롱한 눈들이 일제히 밖을 내다보았다. 애정의 손풍금소리가 저도 모르게 높아진 모양이였다.

≪애들아, 너희들의 어머니가 왔다.≫

한부영은 의아해하는 아이들앞으로 애정을 떠밀었다.

≪어머니?≫

아이들이 와르르 뛰쳐나와 애정을 둘러쌌다. 너무도 뜻밖인듯 최진호는 문앞에 조각상처럼 굳어져있었다.

≪이 사람 총각아버지, 어서 나와 처녀어머니를 맞아들여야지.≫

한부영이가 먼저 마루에 올라서며 최진호의 팔을 끌었다.

≪엄마!≫

문득 뢰성이가 두팔을 벌리고 다가왔다. 손풍금을 내려놓은 애정은 뢰성이를 꼭 그러안았다. 왜서인지 눈물이 왈칵 쏟아졌다. 엄마란 부름이 귀설기도 하고 행복스럽게 느껴지기도 하였다.

그날 최진호의 집에서는 밤이 깊도록 노래소리, 웃음소리가 그칠줄 몰랐다.

노래소리가 끝없이 울려퍼지는 맑은 하늘가에는 태양의 빛을 받은 무수한 별들이 반짝이며 웃고있었다. … (79~80쪽)

시 「탐사대원의 노래」(리영복, 『조선문학』 2008년 12호)는 가족과 조국을 위해 힘든 일도 마다하지 않는 탐사대원의 긍지를 노래한다. 탐사대원은 일상적 행복보다 그들의 웃음을 책임지기 위해 헌신하면서 선군시대의 이상적 인간이 되려고 노력한다.

단란한 가정의 남편으로, 아버지로
휴식일이면 공원과 유원지로
행복의 노를 한껏 저어가고싶다만
어찌하랴
나의 직업이 탐사대원인데야
조국의 ≪척후병≫인데야
(…중략…)

사람들이 행복의 지붕아래서
웃음의 꽃을 떨기떨기 피울 때
우리는 탄전과 제철소
이 나라 천만초소들이 기다리는
≪탄약≫을 섬기려
밀림과 초원, 계곡과 절벽을 톺아오른다
이슬에 옷자락 적시며

버들개지 움틀무렵 산에 오르면
첫눈이 내릴 때 시료배낭 지고 산을 내린다
폭우에 젖어 사나운 번개와 마주 웃으며
생소한 골짜기와 산마루에 탐사의 발자국 찍어갔거니

변덕많고 심술궂은 자연과 싸우며
수억만년 완고히 숨겨온
지하의 보물을 찾아내여
조국의 미래에 넘겨주는
탐사대원 우리보다
더 긍지로운 직업 나는 모른다

우리의 로동과 위훈
사람들 다는 몰라도
그때문에 깨끗한 량심과
애국의 마음을 날마다 비춰보며 산다
사람들 무심히 대하는 발파소리도
새 광산, 새 생활이 태여나는 고고성으로
우리는 긍지높이 들으며 사나니

섭섭해말라
안해여 자식들이여
선군시대에 보다 떳떳한
남편이 되고 아버지가 되고저
이 시각 집 떠나 멀리 있음을

무성한 숲처럼 가득차 빛을 뿜는
조국의 거창한 근로의 창조물들은
탐사대원의 발자욱에서 시작되였음을
나는 한해와 속삭이며
정든 집에 편지를 부치노라 (75쪽)

한편으로는 북한문학에 형상된 웃음의 정서는 단순히 웃음 자체만을 의미해서는 안 된다. 평론 「값높이 떨치라, 조선지식인의 빛나는 삶을: 장편소설 『달라진 선택』을 두고」(김선일, 『조선문학』 2009년 2호)에서는 신심과 낙관에 넘치는 교원, 의사, 기자 등 지식인들의 평범한 세계를 밝고 숭고하게 형상하고 있다고 평하면서 부정적 인물의 웃음 형상에 대해서는 비판한다.

> 물론 소설의 형상세계가 완벽하다고 말할수는 없다. 타협할수 없는 인물들에게 가차없이 ≪불침≫을 놓는 고원초의 성격에서 풍기는 비양조적인 색채, 웃음을 살린다고 하여 웃음을 위한 웃음으로 될수 있는 경향은 앞으로의 창작에서 경계해야 할 요소라고 본다. (37쪽)

이상의 글들을 통해 선군시대 북한문학에서 체제 위기를 극복하기 위해 강조되는 사상은 자력갱생, 혁명적 낙관주의, 군민일치 사상이며 여기에는 웃음과 낙관의 정서가 핵심적으로 작용한다는 것을 확인할 수 있다.

3. 숭고, 숭엄과 신심

북한문학에서 숭고의 감성은 숭고한 동지애로 발현된다. 선군시대 숭고의 감정은 혁명적 군인정신과 총대미학에 구현되고 있다. '선군'의 의미가 군인들의 혁명적 수령관과 동지애를 포함하고 있기에 숭고한 감성은 숭고한 동지애와 수령 결사관철의 정서로 흐른다.

이에 관련된 글로 평론 「종자의 탐구와 성격형상: 지난 하반년

『조선문학』 7~12호를 두고」(박성국, 『조선문학』 2002년 3호), 「절세의 위인의 숭고한 정서세계와 불멸의 송가」(김려숙, 『조선문학』 2002년 4호)와 「동지애의 력사는 오늘도 흐른다!」(리용일, 『조선문학』 2002년 7호) 등이 있다. 평론 「숭고한 정서, 열렬한 추억의 세계」(『조선문학』 2001년 11호)에서는 1990년대 후반기 송년 시문학이 혁명적 수령관에 기초하고 있음을 전제로 하면서 송년시 「눈이 내린다」, 「잊을수 없어라 1998년이여」, 「아름다운 추억의 해 1999년이여」 등이 장군에 대한 충성과 숭배심을 형상하고 있다고 평한다. 「눈이 내린다」는 고난의 행군인 1997년을 돌이켜보며 장군에 대한 인민의 그리움이 굽이친다고 평한다. 「아름다운 추억의 해 1999년이여」에서는 수령에 대한 추억의 세계를 감명 깊게 그려내고 있다고 평하면서 이 시기 송년 시문학은 장군의 풍모를 보여주는 생활세부들을 취사선택하여 예술적으로 형상하고 있다고 평한다.

이를 통해서 알 수 있는 것은 북한문학에 형상된 숭고의 감성은 기본적으로는 수령과 장군의 숭고함을 말하는 것이며 인민들이 혁명적 군인정신과 결사관철의 정신 등으로 무장될 때 비로소 숭고의 감성을 따라 배울 수 있다는 것이다.

선군시대 숭고의 감성은 수령형상문학, 총대문학이라고 일컬어지는 문학의 형태에서 좀 더 구체적으로 살펴볼 수 있으며 이를 평한 글들을 통해 그 양상을 분석해 볼 수 있다. 이러한 글들은 시, 소설, 총서 등에서 형상화된 김정일의 숭고함의 양상을 평가하고 있다.

평론 「선군혁명시가문학에 흐르는 미래 사랑의 세계」(김일수, 『조선문학』 2002년 8호)에서는 "이 세상 가장 뜨거운 불의 문학, 가장 위력한 총대의 문학이 있다면 그것은 두말할 것도 없이 선군혁명시가문학이다"(16쪽)고 하면서 시가 「혁명의 수뇌부 결사옹위하리라」, 「무장으로 받들자 우리의 최고사령관」 등이 백두산 총대문학의 위력을 말해준다고 설명한다.

평론 「선군소설의 매력」(김선일, 『조선문학』 2003년 3호)에서는 수령형상에서의 풍모 형상과 생활묘사의 매력을 설명한다. 단평 「천만군민의 심장에 불을 단 위력한 전투적 무기」(김순림, 『조선문학』 2003년 5호)는 가요 〈선군의 기치 따라 계속혁명 한길로〉를 소개하면서 이 가요에서의 선군의 정서적 분출 의미를 분석한다.

평론 「붉은기 수호의 철령에 대한 시의 철학세계」(김덕선, 『조선문학』 2003년 6호)에서는 서사시 「철령을 넘어」(김만영 작)가 김정일의 선군혁명에 대한 깊은 철학적 세계를 정서적으로 일반화한 또 하나의 명작이라고 평가한다. 이 서사시는 종군기행시 형식을 띠고 장군의 전선시찰 노정을 따라가면서 시인의 서정을 통한 장군의 사상정서 세계인 사랑과 믿음을 펼쳐 보이고 있다고 평한다.

평론 「선군으로 위용 떨치는 조국과 문학적 형상」(최길상, 『조선문학』 2003년 9호)에서는 총서 『불멸의 향도』 중 장편소설 『총대』, 『총검 들고』, 서사시 「조국은 무엇으로 빛나는가」, 단편소설 「생활의 격류」, 「풋강냉이」, 「결승선」 등을 분석한다. 이 글에서는 총서의 장편소설이 김정일의 선군 업적을 칭송하고 있고 서사시는 백두산 3대장군의 업적을 폭넓게 보여주고 있다고 평한다. 또한 「생활의 격류」는 제염소를 건설한 돌격대원들의 혁명적 군인정신을 형상하고 「풋강냉이」는 장군의 선군 장정의 길을 생각하며 지하 막장을 견뎌나가는 노동계급을 형상하고 「결승선」은 장군의 그리움으로 결승선에 들어선 '마라손녀왕'의 뜨거운 마음을 형상하고 있다고 평한다.

평론 「선군정치로 빛나는 조국에 대한 찬가」(류만, 『조선문학』 2003년 9호)는 서사시 「조국은 무엇으로 빛나는가」가 '백두의 선군정치', '김정일, 그 이름'으로 빛나는 조국을 노래하면서 극적 정황 속에서 다양한 체험세계를 정서적으로 깊이 있게 펼치고 있다고 평한다.

선군시대 북한문학에 형상된 숭고의 감성이 수령과 장군의 '고매한' 사상 정서에 관계된다면 숭엄의 감성은 숭고한 대상에 대한 대중의 감정 고양으로 나타난다. 여기에는 자연이나 음악 등이 매개로 작용한다.

평론 「시인의 열정의 분출, 시대의 메아리」(차수, 『조선문학』 2001년 2호)에서는 「백두산의 눈보라」가 고난의 행군, 강행군 길을 헤쳐 온 인민의 생활을 노래하면서도 그 음조를 숭엄하고 격동적인 것으로 하여 혁명적 수령관에 기초한 신념과 낭만을 보여주었다고 평한다. 단평 「숭고한 정서세계: 노래의 철학」(박애숙, 『조선문학』 2001년 5호)에서는 음악을 생활의 활력으로 여기고 노래 속에서 사색을 익히며 강성대국 건설을 구상하는 김정일의 모습을 형상한 시를 분석하고 있다.

평론 「선군정치로 빛나는 조국에 대한 찬가」(류만, 『조선문학』 2004년 9호)에서는 서사시「조국은 무엇으로 빛나는가」를 분석하면서 숭엄한 '백두산 총대 정신'을 기리고 있다. 이 서사시가 공화국이 창건되던 날의 백두산 3대장군의 숭엄한 모습을 잘 형상하고 있다고 평한다. 평론 「수령영생위업의 빛나는 10년 세월에 대한 감동적인 서사시적 화폭」(김봉민, 『조선문학』 2005년 7호)에서는 서사시 「백년이 가도 천년이 가도」가 수령을 생각하며 만수대 언덕에 오르는 인민의 숭엄함과 경건함을 담고 있다고 평한다. 평론 「시는 시로 되여야 한다」(리동수, 『조선문학』 2006년 10호)는 상반기 『조선문학』 잡지에 실린 시들을 분석하면서 선군시대 주된 정서는 숭엄, 낭만적 서정이라고 평한다.

> 격조높이 솟구치는 아름답고 숭엄하고 장엄한 서정, 시련을 맞받아 미래에로, 확신성있게 줄달음치는 격렬하고 랑만적인 서정, 이것이 오늘 우리 선군시대의 주되는 서정이며 기상이다. (72쪽)

단평 묶음 「조국송가가 주는 의미 깊은 서정」(김창조, 『조선문학』 2007년 2호)은 서정시 「나의 조국」에 형상된 조국이 단지 자연이 아름답고 사람들이 정다운 곳만이 아닌 더없이 숭엄하고 신성한 그 무엇이라고 해명하고 있다고 평한다. 단평 「태양의 꽃에 대한 심오한 예술적형상」(신경애, 『조선문학』 2008년 2호)에서는 '김정일화'를 다루는 가사를 분석하면서 자연현상이 더해주는 숭엄한 감정을 소개한다.

2000년대 전후로 발표된 선군시대 사회주의 현실주제 작품에는 숭엄의 양상이 많이 드러난다. 그중 대표적인 작품이라 할 수 있는 단편소설 「폭설이 내린 뒤」(리평, 『조선문학』 2007년 10호)는 '철산봉의 겨울풍경(1)'이란 소제목으로 시작하여 '기사장 최석', '비상협의회', '문화회관 관장 리성욱', '마지막 전투', '철산봉의 겨울풍경(2)'으로 이어지면서 내용이 전개된다. 소설의 첫 부분은 자연경관의 위엄을 소개하는 것에서부터 시작한다.

> 두만강의 유유한 흐름을 옆허리에 두르고 천여메터의 높이로 아아하게 솟아있는 북방의 거봉 철산봉에는 10월 하순경이면 벌써 첫눈이 내린다.
>
> 산밑의 광산마을에는 아직 그리 차지 않은 가을비가 추덕추덕 날

리는데 철산봉은 서둘러 겨울의 흰옷을 갈아입는것이다.

눈이 내린 뒤에는 겨울의 첫 정서를 미처 감득할새도 없이 사나운 칼바람이 기습적으로 달려든다. 그러면 나무 한대 없는 백리채굴장은 삽시에 눈보라의 란무장으로 변해버린다.

흰 머리를 산산이 풀어헤친 눈보라는 땅바닥을 핥고 물어뜯는가 하면 하늘중천으로 허궁 뛰여올라 곤두박히고 솟구쳐오르며 길길이 날뛴다.

두툼하게 눈이 덮였던 곳에 홀연 꺼먼 돌바닥이 드러나는가 하면 삽시에 흰 눈산이 무덕무덕 생겨나기도 한다.

눈에 묻히고 눈보라에 가리워 하늘도 땅도 사람도 기계도 거의나 형체를 가려볼수 없게 된다.

그래도 눈보라는 직성이 풀리지 않은듯 피유피유 윙윙 보이지 않는 입으로 맹수의 포효성같은것을 내지르며 천백가지 기광을 다 부린다.

(…중략…)

그날 밤 밤새 줄달아 쏟아지던 폭설이 뚝 그치였다. 그러자 철산봉 산날가지쪽에서 갑자기 흰 나래가 퍼드득 일어서더니 맹수무리의 비명소리같은 굉음이 터져올랐다.

필경 수십년래의 무서운 강추위와 눈보라가 들이닥친것이였다.

▷▷▷『조선문학』 2007년 10호, 26쪽

소설의 주인공 '최석'은 '정확하고 빈틈없는 일군, 다재다능한 실력가형의 일군'이라는 호평을 받지만 '가증스런 폭설과 눈보라'를 해결하기 위한 그만의 계산법에 틀리고 만다. 그만의 계산법이란 아래 일군들에 대한 평가에 따른 눈사태를 해결할 수 있는 시간 계산법이다. 그는 '성급하고 건망증이 심한 1직장장 조철호, 만사에 태평스러운 7직장장 박대평, 노상 웃음기가 헤픈 탓에 도무지 실속이 있어 보이지 않는 '롱구선수' 3직장장'(27쪽) 등을 생각하며 3일은 실히 걸려야 폭설의 피해를 가시고 생산을 정상화할 것 같았다. 그러나 1직장장은 천여 미터의 고지, 거리상으로는 거의 10리나 되는 가파로운 산길을 '굴진'으로 톺아올랐고, 3직장장도 고지에로의 통로를 개척하였다. 7직장장은 사생결단의 의지로 연유차구조전투를 벌인다. 또한 예술 공연에 관여하는 문화회관 관장 리성욱도 회의에 참여하고 눈 치우는 데 공을 세운다. 최석은 리성욱을 '장황한 사람, 어딘가 푼수 없는 사람'으로 생각했으나 이는 실책이었음을 깨닫는다.

> 최석은 지휘봉을 찾아들고 자기 ≪부대≫앞에 나서려는 성욱의 차겁게 언 손을 힘주어 틀어잡았다.
>
> ≪관장동무, 이런 때 고지우에 군가소리가 울리니 정말 힘이 나누만. 고맙소.≫
>
> ≪기사장동지, 음악이란 이래서 훌륭한게 아닙니까. 엄밀하게 따져보면 패배주의는 노래를 멀리하는데서부터 시작된다고 해도 과언이 아닐것입니다.
>
> 우리가 역경속에서도 련전련승하는 비결의 하나가 바로 이 노래…≫
>
> 열렬한 ≪음악지상주의자≫, 아니 누구보다 음악을 애호하고 음악으로 우리의 생활과 투쟁을 보다 랑만적으로 채색해나가는 리성욱은 또 한바탕 예술강의를 펴놓을 잡도리였다.
>
> 최석은 성욱의 강의가 싫지 않았다. (33쪽)

선군시대 북한문학에는 음악과 연관된 내용이 자주 등장한다. 이는 북한에서 음악이 혁명가극 등을 통해 민중들을 주체사상의

지도하에 단합시키고 교육시키려는 목적을 지니고 대중화시킬 요소들을 많이 지니고 있기 때문[24]으로 해석된다. 음악은 숭엄의 감정을 더욱 고조시키는 역할을 한다. 이 소설은 주인공 최석만큼이나 음악을 하는 리성욱의 일화를 강조하고 있다. 이는 선군시대 참된 인간상을 표현하면서 숭엄한 감정을 효과적으로 부각시키기 위해 음악을 효과적으로 활용한 것으로 해석된다. 이 소설에서는 선군시대 어려움을 이겨내는 요소로 일군들의 숭엄한 감정을 내세우면서 이를 북돋는 요소로 음악을 활용한다.

> 최석의 가슴은 류다른 환희로 높뛰였다. 사색은 하냥 폭을 넓히며 끝없이 나래쳐올랐다.
>
> (오늘날 파괴적인 자연재해는 이 행성 어디에나 빈번히 횡행한다. 물란리, 산불, 눈사태, 왕가물…
>
> 하지만 최첨단기술로 시시각각 놀라운 신비가 산생되는 현시대에 와서도 세상은 아직 재해를 요격하거나 그 후과를 일격에 가셔버리는 기술만은 발명하지 못했다.
>
> 하기에 자연재해로 하여 얼마나 많은 인간들과 창조물들이 참혹한 피해를 입고있는가.
>
> 하지만 우리는 오늘 수십년래의 엄혹한 폭설과 눈보라를 거의 ≪요격≫에 가까운 타격으로 일시에 걷어냈다.
>
> 남들은 상상도 할수 없는 이 큰 공격전이 어떻게 이처럼 빠른 시간안에 이처럼 완벽한 승리로 결속될수 있었는가?!)
>
> 등뒤에서 숱한 사람들이 부르는 절절한 노래소리가 들려왔다.

---

24) 이현주, 「〈꽃파는 처녀〉의 음악적 특성 연구」, 『남북문화예술연구』 통권 제6호, 남북문화예술학회, 2010, 98·119쪽.

(…중략…)

(그렇다! 시련이 닥쳐올 때마다 장군님에 대한 그리움, 장군님의 어깨에 실린 중하를 덜어드릴 열망이 더욱 불타오르는 우리 광부들의 열렬한 심장이 오늘의 기적을 창조하였다.

(…중략…) 선군정치로 하여 더더욱 신심 드높아지고 원기왕성해지고 슬기로와진 우리 사람들!

정녕 시련이 증대될수록 주접이 들거나 시들기는커녕 더더욱 아름다와지는 선군시대 인간들처럼 훌륭한 인간들이 이 세상 그 어디에 또 있겠는가.

헌데 나는 뜻밖의 시련이 닥쳐오자 일순이나마 당황했다.

일상적인 짐작과 판단에 기초하여 산수적으로, 통계적으로 눈치기 작전안을 세웠다. 바로 그런탓에 엄청나게도 3일이라는 시일을 빗보았다.

이것은 실로 엄중한 실책이다. 아니, 너무나 숭엄한 발견이 아닐수 없다.…)

최석의 뇌리속으로는 조철호와 리성욱, 박대평과 오늘은 한번도 보지 못한 직관원 그리고 사업소안의 알고 모르는 사람들의 각이한 모습이 언뜻언뜻 다가왔다.

하나같이 아름다운 심장을 지닌 선군시대 인간들의 자랑스러운 모습은 최석의 넓은 가슴에 한폭의 숭엄한 군상으로 아로새겨지였다. (35~36쪽)

이상에서 살펴본 바에 의하면 선군시대 북한문학에 형상화된 숭고와 숭엄의 감성은 대중이 생활 속에서 느끼는 정서적 감흥으로 발현되고 이를 고조시키기 위해 음악이나 자연 등이 활용되고 있음을 알 수 있다. 선군시대 문학 속에 형상된 숭고, 숭엄의 감성은 대중의 정신적 높이를 높이고 미래에의 낙관을 지향시키는 역할을 한다. 숭고와 숭엄의 감성은 대중의 수령에 대한 충성을 이끌고 시대적 아름다움에 대한 자각을 통해 미래에 대한 신심을 이끌어낸다.

4. 선군시대 지향과 감성

이 글은 북한문학 담론의 실천 양상을 북한 감성론과의 상관성 아래에서 고찰하였다. 북한문학에서 문학적 형상화는 인간의 사상 감정과 생활 흐름의 합법칙적 과정이 밀접하게 연관된다. 특히 북한은 주체의 문예이론을 통해 예술의 역할이 시대의 요구와 대중의 지향을 옳게 반영하여 사람들에게 생활의 본질과 아름다움, 사회발전의 합법칙성을 밝혀주는 데 있음을 천명하고 있다.

선군시대 북한문학은 고난의 행군을 이겨내고 미래에 대한 믿음과 낙관을 정립할 수 있는 기본 주조로 웃음의 정서와 숭고, 숭엄의 감정을 주되게 표출하고 있다. 고난의 행군 시기를 이겨내고 새로운 강성대국의 길에 들어서기 위해 강조되는 혁명적 낙관주의와 자력갱생의 밑바탕이 되는 것은 웃음의 정서이다. 특히 선군의 의미가 군인들의 혁명적 수령관과 동지애를 포함하고 있기에 숭고한 감성은 숭고한 동지애와 수령 결사관철의 정서로 흐른다. 특히 숭고한 동지애는 위인의 숭고한 정서로 정의된다. 또한 위인에 대한 감동과 시대 현실에 대한 자각으로 선군시대 인간형은 숭엄한 감성을 발현하고 있다.

이에 이 글에서는 선군시대 북한문학에 표출된 주된 감성으로 웃음, 숭고와 숭엄의 감성에 주목하였다. 선군시대 북한문학에서

체제 위기를 극복하기 위해 강조되는 사상은 자력갱생, 혁명적 낙관주의, 군민일치 사상이며 여기에는 웃음의 정서가 나타난다는 것을 확인할 수 있었다. 또한 선군시대 북한문학에 형상화된 숭고, 숭엄의 감성은 대중이 생활 속에서 느끼는 정서적 감흥으로 발현되고 이를 고조시키기 위해 음악이나 자연 등이 활용되고 있음을 알 수 있었다. 선군시대 문학 속에 형상된 숭고, 숭엄의 감성은 대중의 정신적 높이를 높이고 미래에의 신심을 지향시키는 역할을 한다. 숭고와 숭엄의 감성은 대중의 수령에 대한 충성을 이끌고 시대적 아름다움에 대한 자각을 통해 미래에 대한 신심을 이끌어낸다. 이와 같은 내용을 통해 북한은 문화예술에서의 감성을 활용하여 주민의 체제 순응과 자발적인 노동력 동원을 이끌어내고 있음을 확인할 수 있었다.

이 글은 이데올로기적 요소가 강한 북한문학을 감성의 측면에서 살펴보았다. 이러한 방법론을 통해 현재 북한이 내세우는 강성국가의 기치나 최첨단 돌파, 속도전의 이면에서의 동원과 충성의 논리를 해석할 수 있는 근거를 제시하고 선군의 구심력과 김정은 체제의 향후 전망에 대해 논할 수 있는 가능성을 제시하고자 하였다.

참고문헌

1. 기본자료

김정일, 『미술론』, 평양: 조선로동당출판사, 1992.

리기도, 『조선사회과학학술집 85 철학편: 주체의 미학』, 평양: 사회과학출판사, 2010.

조선작가동맹 중앙위원회, 『조선문학』, 평양: 문학예술종합출판사, 2000년 제1호~2009년 제12호.

사회과학원 주체문학연구소, 『총대와 문학』, 평양: 사회과학출판사, 2004.

2. 논저

김성수, 「북한의 '선군혁명문학'과 통일문학의 이상」, 『통일과 문화』 1, 통일문화학회, 2001.

김성수, 「통일문학의 이상과 '선군혁명문학'의 현실: 선군문학은 '주체사실주의'가 낳은 새 형의 문학」, 『민족21』 56호, 2005. 11.

박영자, 「선군시대 북한 여성의 섹슈얼러티 연구: 군사주의 국가권력의 성(性) 정체성 구성을 중심으로」, 『통일정책연구』 15권 2호, 2006.

오창은, 「선군시대 북한 농촌 여성의 형상화 연구」, 『현대북한연구』 13권 2호, 북한대학원대학교, 2010.

이현주, 「〈꽃파는 처녀〉의 음악적 특성 연구」, 『남북문화예술연구』 통권 제6호, 남북문화예술학회 2010.

정창현, 「선군시대 경제노선 굳건히, 자본주의적 개혁은 없다」, 『민족 21』 46, 2005. 1.

홍지석·전영선, 「북한미학의 미적 범주론: 리기도 『주체의 미학』(2010)을 중심으로」, 『통일인문학』 57집, 건국대학교 인문학연구원, 2014.

제2부

감성용어들

고상(高尙)

고상하다 형 ① 속되거나 야비하지 않고 품격이 높다. ⁋ 산듯하고 고상한 옷차림. 고상하고 정결한 성품. 사회주의생활양식에 맞게 고상하게 하다. ② 뜻이 높고 거룩하다. ⁋ 고상한 혁명가적 품성. 우리 시대 근로자로서 지녀야 할 고상한 사상정신적 풍모.

▷▷▷『조선말대사전(증보판)』 1, 평양: 사회과학출판사, 2006.

[참고 1] 김정본에 따르면 북한사회에서 숭고한 것과 고상한 것은 특별한 구별 없이 동의어로 쓰인다. 하지만 그는 미학적으로 쓰일 때는 두 단어가 구별된다고 주장한다. 그에 의하면 '고상한 인간', '숭고한 인간'에서와 같이 어떤 개별적 인간의 성격이나 행동을 말할 때에는 두 단어가 모두 유효하지만 형식미에 대하여 말할 때는 고상한 것만이 유효하다. 즉, "형식미에 대하여 말할 때에는 고상한 색갈이라든지 고상한 조화를 이루었다고 하지 숭고한 색갈이나 숭고한 선률이라고는 표현하지 않는다"는 것이다. 따라서 고상한 것은 "인간의 숭고함에서나 사물의 감성적 형식의 숭고함에서 표현되는" 단어라는 것이 그의 주장이다.

▷▷▷김정본, 『미학개론』, 평양: 사회과학출판사, 1991, 125쪽.

[참고 2] 1940년대 후반 북한문예에서 '고상한'이라는 단어는 각별한 의의를 갖는다. 오태호에 따르면 1947년 김일성이 신년사에서 해방 후 북한사회에서 이룩한 성과를 정확하게 반영하는 '고상한' 작품을 생산할 것을 요구한 이후 같은 해 1월 '북조선문학예술총동맹 제1차 확대상임위원회'는 '고상한 사상성'과 '고상한 예술성'을 천명했고, 이후 한국전쟁 무렵까지 '고상한 리얼리즘'

은 북한문학의 창작방법론을 지칭하는 용어로 널리 쓰였다. 하지만 전쟁이 마무리된 이후 '고상한 리얼리즘'이라는 단어는 '사회주의 리얼리즘'으로 대체되어 더 이상 쓰이지 않게 된다.

▷▷▷오태호, 「해방기(1945~1950) 북한문학의 "고상한 리얼리즘" 논의의 전개 과정 고찰: 『문화전선』, 『조선문학』, 『문학예술』 등을 중심으로」, 『우리어문연구』 46집, 2013.

• 한효, 「고상한 리알리즘의 체득: 문학창조에 대한 김일성장군의 교훈」, 『문학예술』 1947년 창간호, 282쪽.

오늘 북조선문학자들에게 있어 무조건으로 요청되는것은 높은 사상으로써 자기를 무장시키는 일이다. 문학자들이 고상한 사상으로써 무장됨이 없이는 문학의 영역에 침투하고 있는 반동파의 파괴적 음모(그것은 일본제국주의로부터 물러 가진 것이다)를 물리칠수 없으며 또한 노동대중의 뒤떠러진 의식을 민주주의적으로 개조할수없다. 우리는 먼저 문학예술이 수세기 걸치어 탐욕자 압제자 인하여 처참하게 더럽펴지고 어지러워진 인간의식을 개조하는 민주주의적 교육의 무기라는 것을 이해하여야 한다. 따라서 문학자와 예술가 자신이 사상적으로 무장하지 않고서는 이러한 교육의 무기로서의 작품은 창조될수 없는 것이다.

• 안함광, 「고상한 레알리즘의 논의와 창작발전도상의 문제」, 『문학예술』 1949년 10호, 15쪽.

오늘 우리의 고상한 레알리즘은 일체의 형식주의를 철저히 배격한다. 그것은 고상한 레알리즘은 사회주의레알리즘과 본질적으로는 동일한 것이니 고상한 레알리즘은 맑스 레닌주의의 과학적 세계관으로 굳게 무장하여 사회발전에 대한 역사적 필연법칙을 정확히 인식하는 것이며 따라서 현실을 정적으로 포착하는 것이 아니라 동적으로 발전적 본질 면에서 포착하는 것이며 그리함으로써 현실에 대한 정확극명한 반영 창조를 통하여 동시에 약속된 미래를 제시 촉진하는 것이니 이것은 우리의 고상한 레알리즘이 현실의 발전과 인민의 행복을 위한 실천적 투쟁과 굳게 연결되어 있다는 것을 말하는 것이다.

• 리원우, 『아동 문학 창작의 길』, 국립출판사, 1956, 181쪽.

결국 창작이란 인간 생활을 옳게 관찰하고 아름답게 느낀 것을 참된 마음으로, 고상한 것을 위하여 정직하게 쓰는 사업이다. 다시 말하면 관찰한 것을 머리 속에 간직하고 오랜 허구 과정을 통하여 무엇인지 창조한 것을 말을 가지고 글줄에 솜씨있게 재현시키는 사업인바 사상, 관찰, 허구, 언어, 기교들이 결합된 살아 있는 인간 생활을 그리는 로동이다.

• 김선옥, 「모두가 순실이면서도…」, 『조선예술』 1962년 7호, 25쪽.

순실 역 형상에서 가장 어려웠던 것은 위만군 중대장 앞에서 공산주의자의 고상한 품성과 높은 기개를 형상적으로 보여 주는 것이였습니다. 바로 공산주의자들만이 간직할 수 있는 인간의 가장 고상한 품성으로써 위만군 중대장을 탄복시켜야 했으며 가장 선진적인 공산주의 사상으로써 그의 낡고 부태한 사상 관점을 여지 없이 짓밟아 버리며 그의 정신 세계를 새롭게 움직이게 하여야 했던 것입니다.

• 리재덕, 「기술 혁명의 선구자들에 대한 진실한 형상: 연극 <지평선>을 보고」, 『조선예술』 1962년 12호, 17쪽.

그는 당적이며 고상한 정신적 특질을 소유한 역 인물의 내면 세계를 심오하게 추구하였으며 진실하게 구현하였다. 그리하여 그는 자기 역으로 하여금 지도자다운 정중성과 강한 의지를 풍기게 하였으며 레일의 공산주의 농촌을 체현케 하였다.

• 류만, 「(평론) 시인들의 얼굴을 생각하며」, 『조선문학』 1990년 2호, 70쪽.
시집 ≪행복한 땅에서≫와 그 이후의 시들을 통해서 시인 오영재는 무엇보다도 다정다감하고 열정적이며 랑만적인 시인으로 독자들에게 알려져있다. (…중략…) 그는 1963년에 시 ≪조국이 사랑하는 처녀≫를 통하여 마침내 자기의 시인적얼굴을 드러냈다고 말할수 있다. 이 시에서 시인은 우리 시대의 평범한 인간, 평범한 생활에서 아름다움을 찾는 고상한 시인적안목과 함께 생활의 진실을 다감한 정서로 류다른 열정과 흥분, 랑만적색채로 노래하는 특기를 보여주었다.

• 동춘옥, 「연극음악은 극형상의 중요한 수단」, 『조선예술』 1990년 7호, 9쪽.
음악이야말로 다른 예술로써는 도저히 표현할수 없는 인간의 미묘한 사상감정과 심리상태의 변화를 드러내며 인간생활에 뜨거운 열정과 풍부한 정서와 약동하는 생기를 안겨주는 고상한 예술로서 연극에 음악을 받아들이면 형상세계를 더욱 다양하고 풍부히 할수 있으며 작품에 뜨거운 열정과 정서가 충만되여 정서적감화력이 더욱 높아질 수 있다.

• 고희순, 「가극혁명에서 원칙을 지켜야 한다」, 『조선예술』 1990년 9호, 9쪽.
예술성을 내세우면서 통속화를 반대하는것은 예술지상주의의 표현이다. 진실한 예술은 인민적인 예술이다. 고상한 내용이 절가와 같이 통속화된 인민적인 음악창작과 결합된 가극이라야 인민들에게 쉽게 리해되고 그들의 사랑을 받을수 있다.

• 한정직, 「작품창작과 문화어」, 『조선문학』 1990년 11호, 67쪽.

작품창작에서 사투리를 포함한 비규범적인 언어수단을 고려없이 쓰는 현상을 없애고 고상하고 아름다운 문화어로 인물의 성격을 창조하는것은 인민들의 문화수준을 높이고 건전한 사회주의적문화생활양식을 더욱 철저히확립해나가는데서 특별히 중요한 자리를 차지한다.

• 정룡애, 「연주형상의 새로운 경지를 개척한 우리 식 전자음악」, 『조선예술』 1993년 6호, 42쪽.

보천보전자악단의 음악은 전자악기를 가지고 연주를 우리 식으로 하여 우리 인민의 취미와 정서에 맞는 조선식음악을 훌륭히 창조한 빛나는 모범으로 된다. 전자악기로 리듬을 위주로 하면서 거칠고 이지러지고 소란스러운 소리를 내는것이 아니라 조선장단을 타고 유순하며 고상한 우리의 선률을 기본으로 살리면서 음악을 아름답고 건전하고 정서있게 연주하는것이 보천보전자악단의 특색이다.

• 김기욱, 「풍성한 결실, 빛나는 예술적 화폭: 제5차 전국연극축전작품을 보고」, 『조선예술』 1994년 1호, 24쪽.

장막극 〈고발〉, 중막극 〈돈과 생명〉, 단막극 〈밤하늘에 울리는 나팔소리〉에서 연출가들이 배우들의 행동과 그것이 정지되는 군상형식을 배합하여 관중들을 극의 생활세계에로 정서적으로 안내한것이라든가, 단막극 〈우리 가정〉과 〈우리 어버이〉에서 말없는 감정교제를 강조하여 묘사함으로써 우리 인민의 고상한 정신세계를 감명깊게 드러낸 것, 또 록음으로 울리는 량심의 대사와 육송으로 발음되는 동요하는 마음의 대사를 혼자서 주고받으면서 인물의 미묘한 심리세계를 섬세하게 드러낸것 그리고 사회주의현실주제작품의 절정장면과 감정폭발의 계기점들에서 속도를 늦추면서 인물의 사상감정을 구체적이면서도 립체감이 나게 드러내는 방법으로 초점작업을 진행한것 등은 다연극의 극성과 견인력을 높이는데 기여한 형상 수단이였고 형상수법이였다.

• 리성덕, 「시대와 함께 개화발전하는 주체적연극예술: 제6차 전국연극축전작품을 보고」, 『조선예술』 1994년 2호, 32쪽.

이러한 참신한 연기형상은 단막극 〈세 처녀의 약속〉에서도 찾아볼 수 있었다. 이 연극의 주인공들인 고등중학교졸업생 효심, 은정, 국화를 형상한 배우들은 사춘기 청년들의 년령심리적특성을 깊이 파악한데 기초하여 그들의 다정다감하고 생기발랄한 성격을 진실하게 개성적으로 개방하는데서 높은 형상적경지를 보여주었다. 한점의 그늘도 없이 행복한 사랑의 품에서 자라난 깨끗하고 고상하고 순진하면서도 높은 정신세계를 소유한 사춘기 청년들의 년령심리적특성을 그대로 꾸밈없이 생동하게 형상한 참신한 연기는 그들이 얼마나 사실주의적연기형상을 창조하기 위하여 깊이있게 체험하고 숙련을 거듭하였는가 하는것을 뚜렷이 보여주었다.

• 배정순, 「수채화의 양상」, 『조선예술』 1996년 3호, 62쪽.

우리 인민의 미감에 맞는 색갈은 어둡고 침침한 무거운것보다 맑고 부드러우면서도 밝으며 깨끗하고 선명한 색채이다. 색채에서 민족적인것은 맑고도 아름다운 조국산천과 우리 인민의 힘있고 고상한 혁명적생활감정에서 오는 정서적이며 독특한 색깔이다.

• 김순영, 「예술작품의 양상과 그를 살리는데서 나서는 사상미학적요구」, 『조선예술』 1998년 2호, 62쪽.

새로운 미의 세계의 탐구와 인연이 없는 순수 생산기술적문제의 탐구나 기타 다른 특성의 탐구는 현실에 대한 예술창작가의 탐구라고 말하기 어렵다. 창작가, 예술인들의 현실생활에 대한 전일적인 체험과 탐구는 어디까지나 보다 아름답고 고상한 세계의 탐구와 결부되여야 한다.

• 「(불멸의 자욱을 따라) 력사의 그날을 더듬어」, 『조선예술』 1998년 4호, 19쪽.

위대한 수령님께서는 조선화의 우수한 특징에 대하여 말씀하시면서 조선화는 고유한 미술형식으로서 힘있고 아름답고 고상한것이 특징이라고 밝혀주시였다. 그이께서는 이날 유화나 판하 같은것도 계속 발전시켜야 한다고 하시면서 유화도 조선사람의 정서와 감정에 맞게 우리 인민의 생활을 간결하고 선명하고 섬세하게 잘 묘사한것은 좋은작품으로 될수 있다고 하시였다.

• 서금렬, 「인민생활과 목칠공예」, 『조선예술』 1999년 5호, 54쪽.

목칠공예는 칠화나 나무상감장식풍경과 같이 벽면을 아름답고 고상하게 장식하는 형식이 있는가하면 여러 가지 형태의 장식함이나 건칠꽃병과 건칠조각, 나무공예조각과 같이 완전한 공간속에 창조하여 책상우나 진렬장안에 놓는 형식들은 실용적목적을 가지면서도 사상정서적 목적을 수행한다. 목칠공예의 모든 형식들은 방안의 아름답고 문화적인 갖춤새를 만족시키는 기능을 수행하면서 그 어떤 다른 유형의 공예미술작품보다 방안의 장식을 한층 돋구어 준다.

• 강명철, 「고려청자기에 반영된 우리 인민들의 상징적 감정표현」, 『조선예술』 1999년 제8호, 59쪽.

도자기의 3대구성요소가운데서 색갈이 얼마나 중요한 위치를 차지하고있는가 하는것은 고려자기가 일반적으로 고려청자, 비색청자로 불리워지고 있는 사실에서 잘 알수 있다. 고려청자의 색갈을 가리켜 세상사람들은 비색청자라고 부르고 있다. 그것은 비취옥의 아름다운 보석색갈과 같은 황홀한 비색을 나타내는 고상하고 웅심깊으면서도 정서를 자아내는 은은한 푸른색을 고려청자가 지니고있기 때문이다.

• 변창률, 「한 분조장의 수기」(2001), 『조선단편집』 5, 문예출판사, 2002, 415쪽.

땅과 산천은 예나 오늘이나 변함이 없다.

≪닦은 고개≫전설도 변함이 없다.

그러나 사람들은 해마다 달라 져 간다. 보다 더 아름답게, 고상하게, 훌륭하게 완성의 경지에로 달음쳐 간다.

한해가 가고 새봄이 오면 우리들은 또다시 땅에 씨앗을 묻는다. (…중략…) 우리 역시 인생의 터전에서 아름드리 거목으로 성장해 간다.

• 황정남, 「집단주의의 참모습을 보여준 감동깊은 화폭: 경희극 <생명>을 보고」, 『예술교육』 2005년 2호, 76쪽.

경희극 〈생명〉에서는 또한 전반적양상이 매우 밝고 명랑한것이 특징적이다.

집단주의를 떠나서는 우리들 개인의 운명도 사회주의의 운명도 생각할수 없다는 생활의 진리, 비록 어렵고 부족한것은 있어도 서로 돕고 이끌며 행복하게 사는 우리 시대 인간들의 순결하고 고상한 정신세계와 그것이 낳은 아름다운 생활은 필연코 명랑하고 즐거운 웃음으로 일관된 밝은 정서적색갈을 띠게 되는것이다.

• 김성호, 「조선영화의 진미와 그 특성」, 『예술교육』 2005년 3호, 19쪽.

우에서 본것처럼 조선영화의 진미는 우리 민족의 자주적인 운명개척에서 나서는 문제를 우리 인민의 민족적정서와 감정, 기호에 맞는 형식에 담은 영화의 맛과 향기이며 그 특성은 작품의 사상적내용이 건전하고 고상하고 혁명적이며 예술적형상이 소박하고 진실하며 선명한 것이다.

- 한설미, 「민족적특성을 구현한 배우의 화면얼굴은 어디에 기초를 두어야 하는가」, 『예술교육』 2011년 1호, 36~37쪽.

민족적특성을 구현한 전형적인 조선형의 얼굴이 기초하는 고상한 정신은 조선의 넋과 조선의 기상, 조선의 향취이다. (…중략…) 고상한 정신을 가진 사람의 얼굴은 고상하고 아름답게 보이기 마련이다. (…중략…) 우리 배우들은 고상한 정신세계와 지성도, 문화수준을 가지고 자기의 화면얼굴을 민족의 얼굴로 되게 하는데 끊임없는 사색과 열정을 다 바쳐 맡겨진 역인물을 훌륭하게 형상하여야 한다.

- 소희조, 「태양의 품속에서 영생하는 명배우 황철」, 『조선예술』 2012년 4호, 21~22쪽.

황철은 작곡가들도 놀라울만치 음정에 뛰여난 대사형상능력을 소유한 배우였다. (…중략…) 희곡에 대한 깊은 탐구, 생활에 대한 현실긍정, 인물의 개성에 대한 섬세한 연구, 화술과 연기에서 과정과 거짓을 허용치 않는 생활적인 연기지도, 혁명적인 창조기풍과 고상한 동지애의 발양정신은 그의 예술가로서의 품격과 자질을 그대로 보여주었다.

고움

곱다 형 ① (눈으로 보고 귀로 듣는 대상이) 마음에 들게 아름답다. ⁋ 얼굴이~. 장미꽃이~. 목소리가~. 종달새의 고운 울음소리. ② (만져보는 느낌이) 썩 보드랍고 거칠지 않다. ⁋ 살결이~. ③ 상냥하고 부드럽다. ⁋ 문화어로 곱게 말하다. 성품이 비단같이~. ④ 보람있고 훌륭하다. ⑤ (〈곱게〉형으로 쓰이여) 얌전하게 또는 점잖게. ⁋ 밥을 곱게 먹다. 잠을 곱게 자다. ⑥ (〈곱게〉형으로 쓰이여) 조금도 다치지 않고 고스란히. ⁋ 곱게 놓여나오다. ⑦ (〈곱게〉형으로 쓰이여) 순조롭게 또는 순순히. ⁋ 곱게 순응하다. 두말없이 곱게 물러가다. 빚을 곱게 갚다. ⑧ (〈곱게〉형으로 쓰이여) 정당하고 떳떳하게. ⁋ 마음을 더럽히지 않고 곱게 살다. ⑨ (〈곱게〉형으로 쓰이여) 손색이 없이 알뜰하게. ⁋ 자식을 곱게 키워 혁명에 바치다. 그릇을 곱게 쓰다. 진땅을 곱게 골라디디다. 우리 말로 곱게 번역해놓은 소설. ⑩ (〈곱게〉형으로 쓰이여) 흔적도 없이 모조리. ⁋ 기름때가 곱게 지워지다. 떠돌던 버릇이 곱게 없어지다.

▷▷▷『조선말대사전(증보판)』 1, 평양: 사회과학출판사, 2006.

[참고] 김재홍에 따르면 북한에서 '고운 것'은 '아름다운 것'과 개념상 매우 비슷하며 많은 경우에 같은 뜻으로 쓰인다. 즉 "이 두 단어의 뜻과 쓰임에는 별로 큰 차이가 없을뿐 아니라 사람들의 일상생활에서 그것들은 흔히 동의어로 리용되고 있다"는 것이다. 그러나 김재홍은 이 두 단어가 미학적 견지에서는 개념상 일정한 차이가 있다고 주장한다. 고운 것은 아름다운 것의 한 발현 형태로서 그 의미가 아름다운 것에 비해 협소하고 내용적 측면보다는 '사람의 고운 외모', '형태가 고운 도자기' 등에서와 같이 외적 측

면, 외적형식의 표현으로 주로 쓰인다는 것이 그의 주장이다.

▷▷▷김재홍, 『주체의 미론』, 평양: 문학예술종합출판사, 1993, 43쪽.

• 리원우, 「작아지지 않는 연필」(1949), 『보물고간』, 금성청년출판사, 1986, 106쪽.

용이네 집 마당에 서있는 오동나무는 참 아름다운 나무입니다. 땅에다 깊숙이 뿌리를 박은 나무이고 그 생기있는 가지들은 누구나 한 마음으로 손바닥만큼씩 넙적넙적한 파란 잎사귀들과 함께 고운 열매를 맺기 위하여 산답니다. 그뿐인가요뭐?

용이를 위하여 아침이면 종달새를 불러다 노래를 부르게도 하여주고 낮이면 신선한 그늘을 뜰 한가운데 만들어도 주고 불처럼 더운 오후가 되면 용이가 공부를 하지 않을가보아 퇴마루우에까지 그늘을 펴주기도 하는 나무입니다.

• 김정태, 「사랑하자 우리 공원」(1955), 『해바라기: 조선아동문학문고』 6, 금성청년출판사, 1981, 217~218쪽.

누가누가 잘 타나 열바퀴를 돌았다
일등한 애 받아라 꽃다발을 받아라

야 참 곱구나, 어디서 났니?
이 바보, 공원에 얼마든지 있지 않아

정말정말 기막혀, 누가 누굴 바보래
공원에 피는 꽃을 꺾는 애가 바보지

나비들도 춤을 추는 아름다운 우리 공원

한송이 꽃이라도 꺾지 말고 가꾸자

• 조령출 작사/안성현 작곡, <해당화>, 1954.

• 림금단, 「공작새야」(1964), 『해바라기: 조선아동문학문고』 6, 금성청년출판사, 1981, 126쪽.

나는야 꼬까옷 정말 많단다

팔랑팔랑 하늘빛 나비댕기옷

색동당리 수논것도 또 있다야

보르르한 털외투 꽃수건도 있다야

공작새야 우리보곤 옷자랑 말어
눈올 때 입는 옷 꽃필 때 입는 옷
꽃봉오리 우리모두 곱고고와서
원수님 주신 옷 많고만단다

• 동승태, 「풍어의 시대」, 『조선문학』 1971년 8~9호, 1971, 36쪽.

넓은 구내는 경축하는 기발줄같이 늘인 바줄들,
바줄우에는 물좋은 낙지가 편포로 되느라고
살이 끄스는 한여름 폭양아래
온종일 해바라기를 하고,

신이 난 가공반 처녀들은
노래없이야 견디겠느냐는듯
꾀꼬리같이 고운 목소리로 노래를 불러
포구의 화음을 이루며 한층 흥성이여라.

오늘은 물고기 공급날이다.
아주머니들은 허여멀건 방어를 한마리씩
땀을 흘리며 힘에 겨운듯 이고가도
입가에는 노상 행복한 웃음이 어렸어라

선창머리에 새로 나온 구내국수집에서는
배떠나기전 어서 한그릇 더하고 가라고
누님처럼 굳이굳이 붙들고 권하는
식당 아주머니들의 살뜰한 마음씨!

• 장준범, 「나의 책상」(1973), 『해바라기: 조선아동문학문고』 6, 금성청년출판사, 1981, 215~216쪽.

최우등의 영예안고 대학간 언니
군복입고 초소로 떠나간 언니
농장의 작업반장 언니들 얼굴
아침마다 책상우에 떠오르지요

떠나간 언니들의 얼굴 그리며
아침마다 책상을 닦고닦으면
알뜰한 언니들의 고운 마음이
샘물처럼 가슴에 솟아나지요

아침마다 책상을 알른알른 닦으며
물려받을 동생들도 생각하지요
내 얼굴도 그려볼 맑은 눈빛을
웃음속에 조용히 그려보지요

• 고병효, 「아이들의 나라」(1974), 『희망찬 나날: 조선아동문학문고』 3, 금성청년출판사, 1980, 173쪽.

남혜도 이제 조국에 돌아오면 여기에서 네가 좋아하는 그림공부를 마음껏 할수 있단다.

어찌 그뿐만이겠냐, 조국땅 그 어데 가나 제일 좋고 제일 아름다운 곳마다에 소년단야영소들이 있으며 소년회관들이 우뚝우뚝 솟아있다. 또한 도시로부터 수백리 떨어진 작은 어촌에도, 백두산속 깊은 림산마을에도 아담한 학교들이 세워져있다. 모든 아이들이 10년제고중의무교육의 은혜로운 혜택을 받으며 푸른 꿈을 꽃피워간다. 대학생들은 많은 장학금까지 국가에서 받으면서 공부를 한다. 철따라 더울세라 추울세라 고운옷까지 입혀주며 아이들을 키우는 나라… 이것은 돈이 있어야 학교에 가고 공부도 할수 있는 썩어빠진 일본땅에서는 상상조차 할수 없는 일이다.

• 김선혜, 「사랑의 짚신」(1979), 『해바라기: 조선아동문학문고』 6, 금성청년출판사, 1981, 24쪽.

할아버님 밤새도록 삼으시고요
어머님 노랑나비 새기신 짚신
설날에만 신어보신 고운 꽃짚신
원수님은 안으시고 문을 나섰죠

살길 찾아 정든 고향 떠나는 동무
눈보라에 얼지 말라 신겨주셨죠
울지 말고 엄마아빠 따라가거라
눈물을 닦아주며 신겨주셨죠

• 차용구, 「겉과 속」, 『행복의 동산: 조선아동문학문고』 4, 금성청년판사, 1981, 172쪽.

≪아—니? 이놈들이 그 무서운 독버섯이 아니예요?!≫
≪그래, 그놈들이 바로 독버섯이란다.≫
고슴도치의 말에 모든 버섯들이 웅성대기 시작했습니다.
그 고운 빛에만 홀려서, 그 현란한 요술빛에 반해서 자칫하면 제 신세를 망칠번한 참나무버섯은 솜털이 오싹하기까지 했습니다.
키다리송이가 나무그루터기우에 올라서서 웅성대는 동무들을 죽 훑어보면서 웨쳤습니다.

≪여러분! 봤습니까?!≫

그러나 서툰 연설군인 송이가 더 말할 필요는 없었습니다. 송이가 말 안해도 모두가 다 알아차렸으니까요.

≪그러니 거 겉만 보고 따르다가는 큰코 다치겠구만…≫

• 김정민, 「생의 축복」(1985), 『조선단편집』 3, 문예출판사, 1987, 146쪽.

유치원으로 가던 조무래기들이 가로수를 흔들어 서리꽃을 날리며 왁자글 떠들었다. 새끼곰같이 북실북실한 털옷으로 감싼 어린애를 안고 때마침 가로수밑을 걸어가던 애젊은 녀인이 그만 눈발같은 사리꽃을 함뿍 들썼다. 그 녀인은 꼬마들에게 짐짓 고운 눈을 흘겼다. 꼬마들이 줄행랑을 놓았다. 짧은 다리를 재게 놀려 달아나는 그들의 등뒤에서 노랗고 빨간 가방들이 앙증스럽게 달랑거렸다.

• 「그이께서 익혀 주신 우리 식 발성법」, 『조선예술』 2000년 5호, 8쪽.

그이께서는 목소리를 인위적으로 과장하지 말고 쉽게, 자연스럽게 그리고 순하게, 곱게 내라고 가르쳐 주시였다.

그제서야 가수들은 목소리를 인위적으로 과장하여 내는것이 ≪염소창≫이며 결코 그것이 성악가의 개성이 아니라는것을 똑똑히 깨닫게 되였다. (…중략…) 소리를 쉽게 자연스럽게, 유순하고 곱게, 사실상 이것은 아직까지 그 어떤 ≪스승≫에게서도 들어보지 못한 새로운 발성원리였다.

• 안경철, 「정다운 부름속에 빛나는 녀전사의 영웅적삶: 가요 <예쁜이>에 대하여」, 『조선예술』 2006년 7호, 18쪽.

1. 조국에 포연이 휘몰아칠 때
   처녀는 전선에 탄원해왔네

어머니 내 조국 기어이 지키리
처녀는 전선에 탄원해왔네
그 이름 예쁜이 간호원 예쁜이
처녀는 전선에 처녀는 전선에 탄원해왔네

2. 바위도 불타던 전호가에서
처녀는 병사들 누이되였네
뜨거운 그 정성 고지의 꽃처럼
처녀는 병사들 누이되였네
그 이름 예쁜이 간호원 예쁜이
처녀는 병사들 처녀는 병사들 누이되였네

3. 어느날 달려든 적땅크 향해
처녀는 나갔네 수류탄 안고
간악한 원쑤의 무리를 맞받아
처녀는 나갔네 수류탄 안고
그 이름 예쁜이 간호원 예쁜이
처녀는 나갔네 처녀는 나갔네 수류탄 안고

4. 처녀가 지켜선 조국땅우에
고운 새 우짖고 꽃은 만발해
영웅의 그 넋을 영원히 전하며
고운 새 우짖고 꽃은 만발해
그 이름 예쁜이 간호원 예쁜이
고운 새 우짖고 고운 새 우짖고 꽃은 만발해

• 리명근, 「조선은 아이들 세상이래요」(1993), 박춘선 편, 『조선아동문학문고 11: 꽃축포』, 금성청년출판사, 2010, 146~147쪽.

집집마다 밝게 피여나는 / 곱고고운 웃음 / 꽃봉오리 우리 얼굴에서 / 먼저 시작돼요 / 내 나라 찾아온 손님들은 / 행복한 우릴 보며 / 랄라 조선은 아이들 세상이래요

무럭무럭 어서 자라나라 / 어디나 공원이 있고 / 우리 희망 활짝 나래펴라 / 궁전이 솟아있죠 / 내 나라 찾아온 손님들은 / 행복한 우릴 보며 / 랄라 조선은 아이들 세상이래요

우리들의 밝은 웃음속에 / 대원수님 기쁨이 있고 / 우리들의 힘찬 노래속에 / 래일이 보인대요 / 내 나라 찾아온 손님들은 / 행복한 우릴 보며 / 랄라 조선은 아이들 세상이래요

• 장영·리연호, 『동심과 아동문학창작: 주체적문예리론연구』 19, 문학예술종합출판사, 1995, 123쪽.

주체적문예리론은 동화, 우화 문학에서 선한것과 악한것, 옳은것과 그른것, 고운것과 미운것을 기본내용으로 보여주되 그것을 언제나 로동계급적관점에서 교양적의의가 있게 보여주어야 한다고 함으로써 복잡하고 다양한 사회정치적 또는 계급적 문제들을 어린이들의 준비정도와 년령심리적특성에 맞게 형상할수 있는 미학적방도를 밝혀주었다.

• 안홍윤, 「칼도마소리」(1987), 『조선단편집』 5, 문예출판사, 2002, 197쪽.

이레밤을 지새운끝에 드디여 찬장의 마지막조립이 끝났다. 나무가 각이하다보니 문양도 각각이였고 색갈도 색색이였다. 곱게 다스리지

못하여 윤택도 없었다. 사개가 잘 맞지 않아 어설픈데도 많았다.

• 리태윤, 「가을」(1992), 『조선단편집』 5, 문예출판사, 2002, 295쪽.

(…전략…) 이렇게 빙 둘러 앉고 보니 쓰겁고 짭짤하던 과거지사는 한가닥 민요처럼 그윽한 추억만을 가져다줄뿐이다. 두다리 쭉펴고 앉은 저 몸가짐, 서로서로 부어 주고 잔을 나누며 거침없이 웃는 작업반장과 농장원 청년, 세상에 꽃이면 저보다 더 고운 꽃이 또 있으며 세상에 노래면 저 웃음소리보다 더 아름다운 노래가 있을가.

• 변창률, 「한 분조장의 수기」(2001), 『조선단편집』 5, 문예출판사, 2002, 411쪽.

입술이 부르트도록 감탕흙을 지고 뛰여 다닌 송이의 눈가에도 맑은것이 어려 있었다.

≪난 말이예요. 일 잘하고 마음 고운 사람들은 제일 값지고 훌륭한 옷을 입고 일하기 싫어 하고 마음이 검은 사람들은 누데기를 걸쳐야 한다는 법이 있으면 좋겠어요. 그러면 난 우리 분조사람들에게 제일 아름다운 옷을 내 손으로 지어 입히겠어요.≫

고통(苦痛)

고통 명 (몸이나 마음의) 괴로움과 아픔. ¶ ~을 겪다. 슬픔과 ~. ~을 이겨나가다.

▷▷▷『조선말대사전(증보판)』 1, 평양: 사회과학출판사, 2006.

• 조기천, 「두만강」(1946), 『조기천 선집』, 조선작가동맹출판사, 1955.

(…전략…)

원한의 강 피의 강

이 땅의 눈물과 고통의 강 두만강!

이제야 그대는 와— 와— 자유롭게

번쩍이는 파도의 칼로 앞길을 헤치며

하늘을 떠받는 대해로 흘러 흐르누나!

두만강이여 이것이

어느 해 어느 날부터냐?

(…하략…)

• 리원우, 『아동 문학 창작의 길』, 국립출판사, 1956, 108~109쪽.

기적을 발휘하는 놀라운 용사들과 장수들과 꾀 많은 주인공이 나오는 동화들은 모두 악에 대한 선의 승리와 비로력자에 대한 로력자의 승리를 주장하였다. 우리 나라 『한알때 이야기』와 기타 많은 구전 동화들의 내용을 형성하고 있는 것은 착하고 부지런한 사람들이 처음에는 비참하게 살다가 나중에는 귀한 사람이 되였다는 이야기들이다. 수 많은 옛말들의 결론은 대개 다음과 같다. 『그래서 그 후 고래등과 같은 기와집을 지어 놓고 아들 낳고 딸 낳고 떵기떵기 잘 살았다.』

이와 같이 동화의 결론은 인민들의 주장과 소원을 반영한 것으로 되는바 그 주장은 정당한 주장인 것이다. 그것은 인민이란 언제나 공정하기 때문이다.

인민들은 현재가 아무리 고통스럽고 비참하여도 항상 잘 살게 될 앞날을 꿈꾸었다. 그것이 인민동화의 기본 빠포스를 이루고 있다. 그렇기 때문에 항상 인민 동화에서는 선량한 인간들이 적대적인 인간들의 힘을 타승하고 있다. 욕심 많은 놀부는 선량한 흥부를 내 쫓지만 결국 흥부는 자기가 살려준 강남 제비가 물어다 준 박씨를 심어 그것으로 하여 행복하게 되고 놀부의 최후는 그와 반대의 것으로 된다. 이렇게 동화에는 새 것이 낡은 것을 승리하는 로력하는 인민들의 계급 투쟁이 반영되여 있기 때문에 로력자가 비로력자를 승리하는 계급적 각성과 함께 도덕적 교훈성이 있다.

• 강성만, 「항일 투사들의 영웅적 성격 창조를 위하여」, 『조선예술』 1963년 12호, 5쪽.

작가는 해빛 쪼인 들에 나와 주변에 핀 푸른 싹들을 바라보며 해방된 조국의 미래에 대하여 꿈 꾸는 리 두성과 김 순옥의 서정적인 대사를 통하여 그들의 락관주의를 천명하고 있는가 하면 박 부관의 발 절단과 관련하여 손 의사와의 사이에 벌어지는 그의 눈물겨운 이야기를 통하여 혁명의 승리를 위하여서는 어떠한 고통도 무릅쓰고 참아 나아가는 공산주의자들의 위대한 정신적 면모를 부각하였다.

• 오영재, 「복수자의 선언」(1966), 『행복한 땅에서』, 문예출판사, 1973.

가리라, 고향이여, 어머니여,
만나자, 아우여, 누이들이여,
목메여 부르기조차 괴로운 이름들이여,
듣고 싶다, 남해의 파도소리, 대나무 설레임 소리

감알이 빨갛게 무르익은 그 가을
전라도 아리랑의 구성진 노래가락—
아, 이 모든 것을 내가 안고 모대기기에는
나의 가슴이여, 너는 너무도 작았었다.

더는 이 쓰디쓴 세월을 깨물며
더는 나이를 먹을 수 없어라
친할머니를 모르고 자라는 어린 가슴들에
하나의 나이를 더 보태주는 괴로운 설과 설을 다시 더 맞을 수 없어라
이 무서운 고통과 비극을 안고 이제 더 가야 한다면
무정한 세월이여, 수억만 년 변함없던 지구의 공전이여,
우리는 장수의 노한 칼을 뽑아들고 너를 멈춰 세우리라

단두대도 교수대도 두려움 없이
우리는 혁명과 영원히 운명을 같이하리라
한목숨 기꺼이 바쳐 우리의 후대들이게
통일된 우리 땅을 물려준다면
우리의 한생은 삼천리 조국의 하늘 우에 영생하리라.

• 리종렬, 「해빛을 안고 온 청년」, 『조선문학』 1976년 9호, 19쪽.

≪…이렇게 되는 판인데 정신들이 있는가말이요! 그걸 막자고 로동자들보고는 호빠에서 먼지를 자주 털어내라고 한다는데 여기저기서 자동화, 원격조종화바람에 넥타이를 메고 일하게 됐다고 소리치는데 누가 그 일을 하기 좋아하겠소, 과연 누가 로동자들을 먼저 생각하오?≫

김준오는 놀라움에 얼굴이 해쓱해졌다.

≪그럼 누구나 수진실에 들어가봐야 하지 않겠습니까?≫

≪일이 옳자면 엄영선동지부터 들어가서 제눈으로 하나하나 확인해보고 그런 일을 벌려야지… 그러나 그걸 못하오…흠, 모두〈O〉가스를 꺼려하지, 수진실에 있는〈O〉가스는 얼마 안되오… 제정된 시간내에 나오면 아무 일도 없소. 그런데도 안들어가오.≫

≪유감스럽게도… 생활이 유족해지고 사회적지위도 마련되니 남의 고통쯤은 대수롭지 않게 여기게 됐소. 허허 글세 나야, 이래서 그랬다고치고 주인인 그 사람들은 어떻소? 로동자들을 사랑한다!

말로야 량심에 무슨 도색칠인들 못하겠소. 제대로 나가다가는 수진실이 어떻게 되는가 보오.≫

- **허원길, 「듣는 ≪귀머거리≫」(1983), 박춘선 편, 『조선아동문학문고 9: 불꽃 훈장』, 금성청년출판사, 2010, 90~91쪽.**

≪말하는 벙어리와 듣는 귀머거리라?≫

오소리는 놀랐습니다.

아무리 의술이 능하다고 하지만 이런 병은 아직 듣지도 고쳐보지도 못했기때문이였습니다.

더우기 놀라운것은 말하는 벙어리와 듣는 귀머거리가 함께 산다는것이였습니다.

≪서로 말을 주고받을수도 없을게구 얼마나 안타깝겠나.≫

남이 고통스러워하는것을 보면 더 참지 못하는 오소리는 그 소식을 듣고만 있을수 없었습니다.

그는 제가 직접 찾아가서 그 병을 고쳐보리라 마음먹었습니다.

• 김정민, 「생의 축복」(1985), 『조선단편집』 3, 문예출판사, 1987, 135쪽.

심한 동통으로 모지름을 쓰고있을 미지의 녀인에 대한 기우와 련민으로 저도 가슴이 아릿해진 설순은 인차 대답드리지 못했다. 참말 어쩌면 녀자들의 몸풀이란 그렇게도 어려운것인지… 그것은 녀성들만이 체험할수 있고 녀성들만이 리해할수 있는 고통속의 기쁨이라고 설순은 생각했다.

• 백남룡, 「생명」(1985), 『조선단편집』 3, 문예출판사, 1987, 339쪽.

그렇다. 그 사람이 비자루를 일생의 벗으로 삼고있다 해도, 얼굴로만 알고있는 사람이고, 사업상 관계도 인연도 없는 사람이며, 잘못을 사과하지 않아도, 후에 만나지 않아도 될 사람이라고 그들의 성실성과 희망을 롱간해선 안된다. 그럴바에는 차라리 내장을 들어내는듯한 아픔과 경련, 고통을 당하며 침대에 다시 누워 있는 것이 더 편안할 것이다.

• 한웅빈, 「채 쏘지못한 총탄」 1부, 『조선문학』 2005년 1호, 48쪽.

우리 전쟁로병들은 한순간도 반세기전의 7월 27일, 적진에 겨누어 진채 사격을 멈춘 총에 물려있던 탄띠를 잊은적이 없었습니다.

우리는 그 채 쏘지 못한 총탄을 가슴에 품고 그 아픔을 느끼며 반세기를 살아왔습니다. 우리를 항상 고통스럽게 한것은 옛상처의 아픔이 아니라 가슴에 품고 있는 그 총탄이 꿈틀거리며 주는 아픔이였습니다.

• 한웅빈, 「채 쏘지못한 총탄」 2부, 『조선문학』 2005년 2호, 77쪽.

백수십개의 총구에서 일제히 터져오르는 불빛과 총성, 허나 나는 그 총성을 듣지 못했다.

백수십개의 총구에서 불빛이 번쩍일 때마다 총구를 튀여나간 총알이 나의 심장으로 들어와 깊숙이 장진도는 격렬한 고통만을 똑똑히 느꼈다.

≪작은순재≫의 눈물에 젖은 얼굴로 초연이 흘러가고있었다. 이것은 그의 첫 사격이였다. 그가 병사로 태여나게 한 첫 사격이였다. …

• 차영희, 「김일성상계관작품 연극 <오늘을 추억하리>에서 통나무를 끌어내리는 주인공의 역형상을 보고」, 『예술교육』 2012년 1호, 35쪽.

배우는 우선 통나무를 끄는 장면에서 뜨거운 모성애를 지닌 어머니로서의 진실하고 생동한 형상을 창조하였다. 무거운 통나무의 무게에 눌리운듯 구부정한 자세, 한발자국 또 한발자국 힘겹게 내디디는 걸음, 눈을 감으며 머리를 가로젓는 행동… 이 장면에서 배우의 행동연기는 딸자식을 잃은 어머니의 헤아릴수 없는 상실의 아픔을 체현한 녀인의 고통을 예리하고 생동하게 드러내 보여주고있다. 딸애의 죽음이 가슴에 엄청난 무게로 실려오고 거기에 통나무의 무게가 덧실려 나무를 끌다가 쓰러지는 배우—강산옥의 형상은 어머니에게 있어서 가장 큰 고통, 자식을 잃은 절통한 심중을 집중적으로 보여준다.

공포(恐怖)

공포 명 두려움이나 무서움. ¶ 적들이 ~에 떨다. ~를 느끼다. 불안과 ~.

▷▷▷『조선말대사전(증보판)』 1, 평양: 사회과학출판사, 2006.

• 리원우, 『아동 문학 창작의 길』, 국립출판사, 1956, 129~130쪽.

박연암 선생이 쓴 『민옹전』 속에 다음과 같은 풍자적 이야기가 있다.

"그는 우수한 변사였다. 그때 누가 전언하기를 황해도에 황충(蝗虫)이 발생하였으므로 관가에서 황충 잡기에 백성을 동독한다고 한다. 민옹은 그 말을 듣고 「황충은 잡아 무엇하오?」하고 짐짓 물었다.

「황충은 잠자는 누예보다 작고 빛은 아롱진데 털이 있으며 날면 며루( )고 곡물에 붙으면 게심으로써 우리 농작물을 해롭게 하므로 이름을 멸곡(滅穀)이라 하는데 그것을 잡아 땅에 묻어 버립니다.」하고 그는 대답하였다.

「여보 그러면 그것은 조그만 벌레로군! 그것은 족히 걱정할 것없소. 나는 정말 큰 황충의 떼를 보았소. 종로 앞길에 꽉 차 있는 황충들은 모두 길이가 일곱자 이상이며 머리는 검고 눈은 반들반들 하며 입은 주먹을 넣어 휘두를만큼 큰 짐승들로서 왁자지껄 오락가락 발꿈치를 맞대고 궁둥이를 비비는데 농사를 방해하고 곡식을 손상시키는 것이 이 놈들 만한 것이 이 세상에는 없습니다. 나는 이 놈들을 잡으려 하나 도대체 이 놈들을 잡아 넣을 만한 큰 바가지가 없소 그려.」

이렇게 시침을 뚝 떼고 말하는 그의 어조에 돋는 사람들은 참으로 그런 괴상한 황충이가 종로 네거리에 발생한 것으로 생각하고 한참 동안 공포에 싸였던 것이다. 그러나 그의 말하는 의미는 도회 유식 계급과 시정 모리배들이 농민의 피땀으로 지어 놓은 곡식을 값없이 먹는 것을 풍자한 것이였다."

이것은 우화는 아니다. 그러나 우화에 있는 풍자와 폭로 정신으로 불타며 사회적 문제를 들고 육박하고 있으며 시침을 뚝 따고 말하는 해학적 웃음이 있다. 악은 이 웃음 앞에서 벌벌 떤다.

• 정창윤, 「정보로 걸어라」(1964), 『조선단편집』 3, 문예출판사, 1978, 283쪽.

어둡기 시작했다. 그리고 밤이 깊어졌다.

그때까지도 박선생은 돌아오지 않았다.

불길한 예감이 나를 괴롭혔다.

≪할머니, 웬일인가요?≫

그역시 이런 질문에 대답하기엔 힘들어했다.

그는 공포의 빛을 나타내고있었다.

바람이 싸리문을 흔들어도 우리는 밖을 내다보며 소리쳐보군했다.

두사람은 장마철의 험산에서 있을수 있는 온갖 불길한 징조들을 머리에 그렸으나 그것을 입밖에 내기를 서로가 저어했다.

• 안동춘, 「언약」(1982), 『조선단편집』 3, 문예출판사, 1987, 366쪽.

(그래. 나는 싸움터가 항상 이러리라는것을 알았지. 나는 바로 이 죽음의 마당을 웃으며 달리리라고 이미 속다짐하지 않았던가. 조국을 위한 이 싸움에 나는 목숨을 바치리라 맹세하지 않았던가.)

허나 폭음과 불과 포연은 부단히 공포의 바줄로 그를 얽으려 했다. 하여 그는 이 공포와 싸우지 않으면 안되였다.

• 김관일, 「청년개척자의 수기」(1985), 『조선단편집』 5, 2002, 129~130쪽.

(…전략…) 컴컴한 구름쪼각들이 하늘에 온통 음산한 빛을 던지며 저쪽 제방쪽으로 달음박질치고 있었다. 참, 여기 바다의 자연은 기괴하기도 하다. 어두운 구름장들이 때를 지어 제방쪽으로 달리고 있다.

말 그대로 달리고 있었다!

나는 공포에 질린 눈으로 뒤를 돌아 보았다.

하늘땅이 온통 맞붙은듯 뽀얀 눈가루가 이는 그 막막한 공간에는 아무것도 보이지 않았다.

• 한창규, 「회화색채와 양상」, 『조선예술』 1991년 8호, 56~57쪽.

유화 〈딸〉(민병제 작)에서 (…중략…) 어머니의 얼굴에는 분노와 격정을 표현하는 짙은 갈색과 붉은 색조가 지배하고 있다. 부조리한 세상에 그저 순종하는 성격이 아니라 착취자들에 대한 항거와 절규의 목소리가 얼굴형상에 집중되여있다. 아들의 허약하고 피기없는 해쓱한 색, 공포와 불안에 떠는 눈은 이불색과 어울려 찢기고 천대받던 지난날을 눈 앞에 보는것같이 그려놓았다. 이와 같이 화면의 색채적 양상은 매개인물, 매개 세부들에서 구체적으로 표현되여야 할뿐아니라 화가의 형상적 의도를 정확히 반영하는 것으로 되어야한다. 특히 지난날의 생활을 반영하는 작품들에서의 색채는 도식화되거나 개념화되여서는 안된다.

• 조봉국, 「<성황당>식 연극에서 흐름식립체무대를 리용한 감정조직」, 『조선예술』 1997년 10호, 49쪽.

혁명연극 〈성황당〉 물레방아간 장면에서 복순이의 안타까운 감정세계를 달밤의 분위기로 보여준것이라든지 혁명연극〈승리의 기차따라〉에서 적들의 대공세앞에서 불안과 공포에 젖은 서인호사단장의 복잡하고 착잡한 내면심리세계를 어둑컴컴한방에 홀로 세워놓고 국부조명과 대담한 역광처리로 형상한것 등은 립체적인 무대형상과 감정조직에서 조명의 형상적위력이 얼마나 큰가 하는것을 웅변적으로 잘 시사해주고 있다.

• 「영화계의 괴물: 공포영화」, 『조선예술』 2000년 2호, 11쪽.

공포영화에 물젖으면 극도의 염세와 타락, 정신적빈곤에 빠지게 되며 자기도 모르게 범죄의 길에 굴러떨어지게 된다는것은 각종 살인사건이 꼬리를 물고 일어나는 썩어빠진 자본주의사회현실이 똑똑히 보여주고 있다. 이렇듯 공포영화는 사람들의 공포적감정을 악용하여 인간의 건전한 의식을 병들게 하고 인민대중의 자주의식을 마비시키는 반동적인 영화형식이다. 그러므로 우리의 창작가, 예술인들은 공포영화의 반동적본질과 그 해독성을 똑똑히 인식하고 그 사소한 침습도 절대로 허용해서는 안된다.

• 김옥선, 「인물주제화창작에서 광선의 효과적리용」, 『조선예술』 2003년 9호, 76쪽.

인물성격을 두드러지게 보여주자면 광선의 방향과 각도, 반사현상을 효과적으로 리용하여야 한다. (…중략…) 광선이 정면으로 비칠 때에는 부드럽고 순한 인상으로 안겨오지만 옆으로 비치면 예리하면서도 심각한 느낌을 준다. 우에서 내리비칠 때에는 좀 무겁고 답답한 감이 있으며 반대로 아래에서 올려비칠 때에는 불안과 공포의 감정이 느껴진다. 광선의 방향과 각도에 따르는 이러한 느낌이 반사현상을 잘 맞추어 주면 해당 인물성격이 더욱 생동하게 살아날수 있다.

• 한웅빈, 「채 쏘지못한 총탄」 1부, 『조선문학』 2005년 1호, 50쪽.

그런데 내가 분대에 이르러 겨우 인사를 마쳤을 때 1시간후에 도하출발계선으로 진출하라는 명령이 내렸다.

전투…전투다!

나의 가슴은 후두둑 떨렸다. 긴장과 불안, 공포로 온몸이 조여들었다.

누군가 나의 어깨를 툭 쳤을 때 나는 껑충 뛰여올랐을 정도로 놀랬다.

귀여움

귀엽다 형 사랑스럽게 이쁘거나 곱다.

▷▷▷『조선말대사전(증보판)』 1, 평양: 사회과학출판사, 2006.

• 선우영, 「불굴의 50년대를 되새겨주는 화폭: 조선화 <락동강할아버지>에 대하여」, 『조선예술』 2008년 11호, 22쪽.

조선화 〈락동강할아버지〉는 특히 주인공들의 눈묘사에 큰 의의를 부여하고 형상의 초점을 집중시키고 있다. 일반적으로 사람들은 눈이 크면 겁이 많아 보인다고 한다. 그러나 작품에서는 주인공의 눈을 크게 형상하고 시선에 의한 초점조절로써 공포의 감정이 아니라 원쑤격멸의 분노가 불타오르게 하였으며 인물들의 내면세계를 진실하게 부각시켰다. 하여 작품은 구도와 인물성격형상에서 현대적 미감에 맞는 새로운 형상들을 창조할 수 있었다.

• 리북명, 「로동일가」(1947), 『조선단편집』 2, 문예출판사, 1978, 59쪽.

말씨를 삼가라! 남편의 증산의욕을 돋구어주라! 가정기풍을 개선하라! 민주녀성동맹은 이 운동을 매 가정에 침투시키기 위해서 선전해설사업을 진행하였다. 진구의 안해는 이 운동의 진행행정에서 많은것을 배우고 또한 많이 깨달았다. 하나를 배우고 둘을 깨닫고 하는 새에 그는 차츰 로동에 대한 기쁨과 희망을 가슴에 품게 되였던것이다.

김진구에게는 일 잘하는 안해가 한결 귀엽고 사랑스러웠다. 그러면 그럴수록 그는 또한 안해의 애국열에 져서는 면목이 없다고 자기의 증산의욕을 한결 돋구어가는것이였다. (…하략…)

• 강훈, 「지지와 배배」(1947), 『행복의 동산: 조선아동문학문고』 4, 금성청년출판사, 1981, 12쪽.

우리도 이번 새로 집을 지었습니다. 우리 집까지 기와집이 되니 우리 동네는 아주 기와집동네가 되고말았습니다. 기와집을 지어놓으니까 제비까지 와서 집을 지었습니다.

내가 공부하는 방 처마끝에말입니다.

예쁜 새끼까지 여섯마리를 까놓았습니다.

그리고 지지배배 즐거운 노래를 불러줍니다.

아주 사랑스러운 제비입니다.

내가 이 제비를 더 사랑하기는 〈제비야 전해다오〉라는 작품을 지어 선생님한테 칭찬을 들은 다음부터입니다.

그 작문의 내용은 남녘땅의 불쌍한 동무에게 보내는 편지글입니다.

북녘땅과 같은 훌륭한 세상을 세우려고 미국놈들과 싸우다가 옥에 갇힌 아버지와 언니를 잃어버리고 그리고 학교에서도 쫓겨난 불쌍한 동무들이 많을것을 생각해서 그 동무들을 위로하고 끝까지 우리들도 힘있게 싸우자고 맹세하는 편지글이였습니다.

이 편지글 〈제비야 전해다오〉를 정말 우리 집 지지배배가 남녘땅의 그런 불쌍한 동무들에게 전해주었으면 얼마나 좋을가요.

선생님, 언제 짬이 계신대로 새 집 구경도 하실겸 우리 집 제비를 와서 구경하십시요. 아주 예쁘장하고 귀여운 제비입니다.

• 황건, 「탄맥」(1949), 『조선단편집』 2, 문예출판사, 1978, 135쪽.

남일은 사택마을을 더듬어 채운이네 집으로 갔다. 민청에서 자주 만나게 되며부터 지금은 허물없는 사이가 되여버렸지만 반가운속에도 부끄러움을 감추지 못해하는 반짝거리는 검은 눈길이며 천진한 모습이 늘 가슴에 서성대였다.

(꽃처럼 귀여운 아이다.) 생각하며 류달리 그 얼굴에 눈길이 가지고 맑은 음성이며 티기 없는 웃음을 대하면 자신도모를 흐뭇한 마음이 되었었다.

• 김도빈, 「제일큰 힘」(1954), 『행복의 동산: 조선아동문학문고』 4, 금성청년출판사, 1981, 52쪽.

뜨락또르도 사람이 움직이고있는것을 본 두 다람쥐는 또 놀랐습니다.

두 아이는 준복이네 집에서 재미있게 놀다가 귀여운 새끼토끼 두마리를 선물로 받아가지고 입으로 돌아오는 길이였습니다.

정거장에서 내리자 이것저것 생각할새 없이 곧 공장으로 내달리다싶이 빠른 걸음으로 걸어갔습니다.

선물로 받은 토끼를 아버지에게 자랑하기 위해서였습니다.

다람쥐들은 이번에는 공장을 보게 되여 더욱 기뻤습니다.

• 김형교, 「검정보자기」(1956), 『조선단편집』 2, 문예출판사, 1978, 397쪽.

마침 치덕령감의 외딸 금순이가 일을 끝내고 길가에 나와 옷의 먼지를 털고있었다. 금순이는 후리후리한 몸매에다 흰저고리에 검은 꼬리치마를 받쳐입어선지 열일곱살로는 보이지 않는다. 코등이 오똑한 작은 얼굴에다 머리수건을 쓰고 나서니 마치 꾸며놓은 각시같아 귀염성이 더해뵈였다.

• 최창학, 「애착」(1966), 『조선단편집』 3, 문예출판사, 1978, 410~411쪽.

필시 나이가 듬직한 아주머니일것이라고만 생각한 길손은 갸름한 얼굴에 보기 좋게 자리잡은 새까만 눈동자며 오뚝한 코와 언제나 꼭 다물려져있을듯한 조그마한 입—그 모든것이 귀엽게만 보이는 십팔구살의 애어린 처녀였다. (…하략…)

• 조태현, 「궁전의 대리석층계를 내리며」(1969), 『해바라기: 조선아동문학문고』 6, 금성청년출판사, 1981, 262쪽.

용서하라 귀여운 어린이들아
남녘땅에서 온 나를 위해
이 밤이 즐거우라고
너희들은 행복의 노래 불렀지만
나는 으리으리한 층계를 내리며
쏟아지는 눈물을 어쩔수 없구나

너희들이 열두살이라면
나의 둘째와 동갑이
너희들은 이 한밤을 궁전에서
즐거이 노래를 불렀지만
내 아들은 구두닦이통을 메고
서울판자집거리를 맥없이 걷고있으리

• 최낙서, 「개구리 박사의 려행」, 『행복의 동산: 조선아동문학문고』 4, 금성청년출판사, 1981, 349쪽.

두 개구리박사가 천리마나라에 온지도 벌써 열흘나마 지나간 어느 저녁이였습니다. 그새 귀여운 풍년싹들도 몰라보게 자라났습니다.

온종일 따사로운 봄볕을 들판에 뿌려주던 해님이 서산을 넘어가자 애기별들이 하나 둘 돋아나고 휘영청 둥근달이 솟아올랐습니다.

정말 아름다운 저녁이였습니다. 해솟는 나라라더니 달도 솟고 별도 솟고 세상에 있는 모든 행복이 여기서 솟아나는듯 하였습니다.

• 백남룡, 「생명」(1985), 『조선단편집』 3, 문예출판사, 1987, 324쪽.

외과과장의 집은 역전광장옆의 3층 아빠트였다. 창문들이 작은 둔중한 옛건물이다. 과장은 집에 없었다.

키가 문손잡이에 닿지 못하는 귀엽게 생긴 소녀애가 나오더니 집안일을 순진하게 터놓는다. 아버지가 오빠때문에 성이 나서 야단을 하다가 집을 나갔다는 것이다.

• 최련, 「바다를 푸르게 하라」, 『조선문학』 2000년 8호, 71쪽.

하마트면 ≪빛의 흡수≫요 ≪반사≫요 하는 말이 튀여나갈번 했으나 제때에 말을 끊은 선장은 보다 알기 쉬운 말귀를 더듬어보았다. 그러다가 끝내 찾지 못한듯 한손을 홱 내젓고는 귀여운 딸을 움쭉 안아일으켰다.

≪해송아, 그러지 말구 우리 이제 아버지 배를 타구 저기 저 바다 한가운데까지 나가보자꾸나. 물이 정말 파란가.≫

끔찍함

끔찍하다 형 ① 진저리가 나도록 몹시 참혹하다. ⁋ 끔찍하게 파괴되다. ② 굉장히 크거나 많아서 놀랍다. ⁋ 체통이~. ③ (성의나 정성이) 몹시 대단하다. ⁋ 동지에 대한 생각이~. 끔찍하게 친절히 굴다. 인정이~.

▷▷▷『조선말대사전(증보판)』 3, 평양: 사회과학출판사, 2007.

• 리동규, 「그 전날 밤」(1948), 『조선단편집』 2, 문예출판사, 1978, 84쪽.

이날밤 이 공장 테로단들의 사형장으로 되여있는 창고안에 다시 피비린내나는 끔찍한 광경이 벌어졌다. 길룡과 경수와 그외 그들의 부하 여덟명이 쇠몽둥이와 가죽혁띠를 가지고 쭉 둘러앉고 그 가운데 열명의 직공을 묶어 앉혀놓았다. 그들은 한사람 한사람씩 문초를 하고서는 두드려패기를 시작했다.

• 김신복, 「영길이」(1957), 『희망찬 나날: 조선아동문학문고』 3, 금성청년출판사, 1980, 359쪽.

쩨임스놈은 처음 몇번 화가 나서 박령감에게 대들었다고 합니다. 그러나 지금은 모르는척하고 내버려둔다는것입니다.

쩨임스놈이 박령감에게 조금이라도 꼴사납게 놀 때는 박령감은 곧 괴나리보짐을 둘러메고 나서는것이였습니다.

과수원을 끔찍히 사랑하고 높은 기술을 가진 박령감이 나간다는것은 곧 쩨임스의 큰 손실이였습니다. 그래 별수없이 쩨임스놈은 박령감에게 지고말았습니다.

• 김기수, 「배우 예술과 현대성: 공훈 배우 최계식의 자서전 작성과 역 형상」, 『조선예술』 1963년 12호, 27쪽.

례를 들어 ≪…아버지는 내가 어렸을 때 세상을 떠났다…그후 나는 어린 몸으로 나이를 속이고 공장에 날품팔이'군으로 들어 갔다. …공장의 감독 놈은 몹시 악한 인간이였다.…선량하신 어머니는 나를 항상 애처롭게 여기면서 끔찍이 사랑하여 주셨다.…나 역시 모친을 편히 모시고 싶은 생각으로 늘 어머님을 공대하게 되었다.…≫등등

• 안동춘, 「언약」(1982), 『조선단편집』 3, 문예출판사, 1987, 377~378쪽.

경희는 가슴이 미여지는듯했다.

이제 헤여지면 다시 못만나리라는 생각이 뇌리를 때렸다.

그것이 너무나 명백한것 같음으로 하여 끔찍스러웠고 그만큼 그것을 부정하고싶었다.

두려움

두려움 명 두려워하는 것 또는 두려운 느낌. ¶ ~을 느끼다. ~을 모르는 용감한 청년.

▷▷▷『조선말대사전(증보판)』 1, 평양: 사회과학출판사, 2006.

두렵다 형 ① 위험이나 위협을 느끼여 마음이 무섭고 불안하다. ② 좋지 않은 일이 생길가 보아 조심스럽고 불안하다.

▷▷▷『조선말대사전(증보판)』 1, 평양: 사회과학출판사, 2006.

• 강창근, 「(우리 시대 연출가와 그의 작업) 무대 감독과 그의 역할」, 『조선예술』 1963년 7호, 11쪽.

나는 우선 무대 규률을 엄격히 준수하는 것으로부터 자기 사업을 시작하였다. 즉 두 시간 반의 전투에서 승리하자면 질서와 제도가 철저히 수립되여야 하며 강한 규률이 있어야 한다는 인식 밑에 사소한 결함도 묵과함이 없이 엄격한 무대 규률을 확립하는 길로 나아갔다.

그런데 웬 일인지 공연 총화 때 지적하면 접수도 하고 또 무대 감독이 원칙이 강하다고 말들은 하는데 사업에서는 전진이 없었다. 얼마 후 나는 매개 동무들이 나에게 곁을 주지 않을 뿐만 아니라 총화 때 비판이 두려워 움직이는 것 같은 감을 느꼈다.

• 황건, 「불타는 섬」(1952), 『조선단편집』 2, 문예출판사, 1978, 173쪽.

(…전략…) 비행기가 던지는 휘발유통이 터지며 타다 남은 나무그루에 또 불이 붙고 그 불이 다시 돌을 태웠다. 조국의 작은 섬은 악독한 짐승들의 발악앞에 할퀴우고 뒤집히우며 열번 스무번 불에 지지웠다.

이속에서 포중대동무들은 부상을 당하고 죽고 하였다.

그러나 정희와 그의 동무들은 해안포중대원들과 싸움을 같이 하는 가운데 환경에 익숙된것도 있겠지만 자기 두려움들은 어느사이에 잊어버렸다.

정희는 그 무서운 포화속에서 두려움도 없이 지칠줄도 모르고 싸우는 포중대동무들을 생각하면 눈물이 날 지경이였다.

• 강효순, 「행복의 열쇠」(1955), 『행복의 동산: 조선아동문학문고』 4, 금성청년출판사, 1981, 60쪽.

마을사람들은 눈이 둥그래졌습니다. 룡소는 새벽골 맞은편에 있는 큰못입니다. 그 못의 깊이는 몇백길 되는지 아직 아무도 모릅니다. 옛날 이곳에서 큰 물고기가 룡이 되여 하늘로 올라갔다고 하여 이 못이름을 룡소라고 합니다. 룡소근처에 가면 무서운 회오리바람이 일어나 사람을 룡소로 쓸어뜨린다는 이상한 전설때문에 누구나 이 근처에 가기를 꺼려했습니다.

그런데 은이는 룡소물속으로 첨벙 뛰여들어갔습니다. 마을사람들은 눈이 둥그래서 서로들 바라보았습니다. 모두들 못가에 둘러서서 두려운 눈초리로 물속을 들여다보았습니다.

얼마후였습니다. 은이는 큰 물고기를 붙들어안고 놔왔습니다. 마을사람들은 깜짝 놀랐습니다. 그물도 없이 물고기를 잡아내오는 은이의 재주에 모두들 혀를 찼습니다.

• 리명균, 「새초밭에서 만난 사람들」(1967), 『조선단편집』 3, 문예출판사, 1978, 458쪽.

≪듣기 싫다! 흥, 유격대루 가겠어? 너따위가 축지법을 쓰구 승천입지를 하는 유격대루 가겠어? 그따위 말투 이 애비가 속을줄 알았니? 네가 어디 달아나려구 그러지?! 내가 다 안다, 다 알아!≫

이 말에 딸은 얼굴이 새파랗게 질려 놀라움과 두려움이 가득찬 눈으로 아버지를 쳐다보면서 아무 대꾸를 못했다. 아버지가 이렇게까지 노염을 탈줄은 몰랐던것이다.

한생을 딸 하나 믿고 늙어온 로인은 이처럼 꽥하고 옹졸한데가 있었다.

• 백보흠, 「발걸음」, 『조선문학』 1978년 2호, 26쪽.

시추공들은 조금이라도 편차가 생기면 용서없이 추관을 끌어올려서 굴진을 새로 시작하게 하는 그 낮모를 아주머니의 만곡측정기를 제일 두려워했다. 그래 시추공들은 ≪만곡측정기아주머니≫가 나타나면 자기들의 간식, 사탕 과자와 가장 따뜻하고 편한 자리를 저마끔 내놓으면서 은근히 ≪타협≫을 기대하였다.

• 김관일, 「청년개척자의 수기」(1985), 『조선단편집』 5, 문예출판사, 2002, 123쪽.

저녁이면 마치 은하수가 땅우에 내려 앉기라도 한듯 불빛들이 총총한 로동자구의 문화주택들이 바라보이던 뭍은 (…중략…) 아득한 그리움과 추억의 상징으로 되여 있었다.

그런데 이제는 그것이 우리의 시야에서 사라졌고 나는 두려운 눈길로 뒤를 돌아 보았다. 저도 모르게 뒤를 돌아 보았다.

그러나 중대원들은… 그들은 앞을 바라보고 있었다. 수평선끝에서 발열 하는 태양의 마지막잔광으로 붉게 물든 얼굴들에 즐거움을 함뿍 담고 앞을 바라보고 있었다. 그들은 뭍과의 작별을 두려워 하지 않았고 오히려 눈앞에 바라보이는 쌍바위섬이 더욱 가까워진 것을 기뻐하고 있었다.

• 백영무, 「가극가사의 서정성과 극성문제」, 『조선예술』 1990년 1호, 55쪽.

지난날에는 새벽이슬을 맞으며 사립문밖에서 남편을 기다렸고 어제는 아이들을 기다리며 밤마다 근심과 두려움 속에 마음놓지 못하던 어머니가 유격대공작원으로부터 첫 임무를 받아안게 된 이 장면은 그의 성격발전에서 근본적인 질적변화가 일어나는 극적장면으로서 여기에는 인간의 가장 복잡한 심리적체험과 충격적인 인간체험세계를 객관적립장에서 정서적으로 깊이 밝혀내였다.

• 윤종영, 「시대정신이 구현된 화술작품을 더 많이 창작하자」, 『조선예술』 1997년 4호, 52쪽.

말하자면 위대한 김정일동지께서 계시는 한 그어떤 풍파가 닥쳐와도 두려울것이 없으며 언제나 승리한다는 필승의 신념을 간직하고 ≪고난의 행군≫을 승리적으로 결속하기 위하여 과감히 투쟁해나가는 우리 인민의 영웅적기상이 화술작품에 맥맥히 흐르도록 하여야 한다.

• 리금철, 「651호 항로」, 『조선문학』 2000년 8호, 34쪽.

≪저도 그것이 걱정돼요. 651호항로에서 화성이 멀지 않게 놓이게 될거예요. 사소한 항로편차만 생겨도 우리는 화성의 인력에 끌려 들어…≫

현아는 뒤말을 잇기가 두려운듯 말꼬리를 흐리였다.

≪포보스와 데이모스처럼 될수 있단 말이지.≫

진명은 혼자말처럼 중얼거리였다.

화성의 자연위성인 포보스와 데이모스도 태고적에는 소행성들이였다. 그런 두 소행성이 언젠가 화성자리길근방을 지나다 인력에 끌리여 들어 가 지금은 그 행성의 주위를 도는 위성으로 변해 버렸던 것이다.

• 서봉제, 「백두의 눈보라를 안으라 (장편서사시)」, 『2월의 봄우리』, 문학예술출판사, 2006.

사랑은
청춘시절에 끓는 사랑은
두려움 모르는 불길이더라

그것이
그것이 깊어지면
진함 모르는 힘으로 고여
퍼내고 퍼내여도 바닥없는 우물이더라
그래서 사랑은
용감성을 키우며
위훈을 낳고 영웅을 낳더라

그 사랑이
인간을 지성으로 가꾸기도 하고
그 사랑이
인간을 의지로 다듬기도 하더라

매력(魅力)

매력 명 사람의 마음이 쏠리여 사로잡히게 하는 힘. ⁋ ~있는 목소리.

▷▷▷『조선말대사전(증보판)』 2, 평양: 사회과학출판사, 2007.

• 김인, 「나의 연출적 지향: 연극 <지평선> 연출을 담당하고」, 『조선예술』 1962년 12호, 21쪽.

배우에 의하여 탐색되고 연출가와의 환상의 배합에 의하여 역의 지반이 잡히고 형상의 씨앗이 엿보이고 알맹이가 간직되고 그리고 그것이 빛과 매력을 형성하게 되는 과정에 배우는 수난의 과정(황홀, 번민)을 동반한다. 이 시기에는 필연코 작든 크든 간에 배우의 생활의 빈곤, 연기 기량의 빈약을 느끼게 되는 것이다.

• 오흥남, 「론쟁을 필요로 하는 문제」, 『조선예술』 1962년 19호, 26쪽.

연극 ≪월봉 마을 사람들≫의 연기자들은 조성된 극성을 체현하는데 있어서 ≪생활적으로 연기≫하였으나 그 생활과 성격을 형상적으로 전형화하지 못하였다. 그러한 현상은 배우들의 무대 언어 형상에서 집중적으로 표현되였는바 거의 모든 대화들에서 연기자들은 순개성식 방언(억양, 어투)을 그대로 사용하고 있다. 물론 방언적인 표현은 지방적 특성을 나타내는 데는 가장 합리적이고 매력있는 수단의 것만은 사실이다. 그러나 방언과 방어적인 표현을 전 대화를 통해 그대로 사용하는 것은 우리의 진정한 무대 화술과는 인연이 없는 것이다.

• 김재홍, 「조형과 형상」, 『조선예술』 1993년 4호, 13쪽.

얼굴을 형상화하는데서는 얼굴을 매력있게 그리는것이 중요하다. 조형적으로 형상된 얼굴의 매력은 인물의 내적미와 외적미가 개성적인 모습으로 부각되였을 때 안겨온다. 얼굴은 곱지 않더라도 인간의 정신도덕적미가 두드러지게 강조되고 얼굴의 륜곽선과 그 흐름새, 눈을 비롯한 부분의 비례가 조화로우며 총체적으로 조선사람의 전형적인 모습으로 형상되여야 한다.

• **소희조, 「회령출신의 인기배우 신동철 (2)」, 『조선예술』 2001년 4호, 35쪽.**

신동철이 영화부문에 진출하여 처음으로 주인공역을 맡은 정탐물 영화 ≪박쥐의 소굴에서≫는 세상에 나온지 30여년 되였지만 그가 남긴 연기형상은 지금도 사람들의 기억속에 지울수 없는 흔적을 남기고 있다. 그는 이 영화에서 주인공인 룡진의 성격을 강인한 투지와 지혜로써 중첩되는 난관을 뚫고 나가며 수시로 위험이 뒤따르는 정황들을 대담한 행동과 정확한 판단으로 극복타개해 나가는 인물로 매력있게 형상하였다.

• **변창률, 「한 분조장의 수기」(2001), 『조선단편집』 5, 문예출판사, 2002, 391쪽.**

키도 작고 눈, 코, 입이 모두가 자름자름하여 ≪자투리≫로 통하는 숙히아주머니에게도 처녀때는 그 어떤 매력이 있었는가보다.

그의 남편이 총각때 정신없이 반했었다고 하니말이다. 그런데 그 열정은 어데로 다 새버렸는지 (…중략…) 한가지로 대한다는 것이였다.

• **허창활, 「관현악 ≪아리랑≫의 감화력은 어디에 있는가」, 『조선예술』 2005년 5호, 25쪽.**

관현악 ≪아리랑≫은 바로 우리 인민의 민족적인 감정과 생활을 진실하면서도 철학성있게 민족적색채가 짙으면서도 조선사람이라면 누구나 리해할수 있게 통속적으로 형상하고있는데 그 예술적감화력과 매력이 있다.

• 조명철, 「진실한 생활이 가져온 형상의 매력」, 『예술교육』 2007년 4호, 50~51쪽.

≪형상의 매력은 작가의 의도를 생활속에 깊이 묻어두고 그속에서 자연스럽게 드러나도록 하는데 있다. 생동하고 인상깊은 생활속에서 철학적인것이 자연스럽게 느껴지도록 형상하는것이 작가의 재간이다≫ (…중략…) 한 과학자가정의 생활을 일기체형식으로 아담하게 펼쳐보인 예술영화 ≪한 녀학생의 일기≫는 선군시대 인간들의 기쁨과 행복은 어디에 있으며 새 세대 청년들의 참다운 리상은 어떤것이여야 하는가 하는 사회적 문제를 제기하고 매력있는 예술적 형상으로 밝혀내고 있다. 예술영화 ≪한 녀학생의 일기≫의 예술적매력은 우리 현실에서 늘쌍 보고 듣던 익숙된 생활들을 진실하게 보여주고 있는 데서 찾아볼수 있다. (…중략…) 예술영화 ≪한 녀학생의 일기≫가 거둔 형상의 매력은 다음으로 영화가 심오한 인간문제를 둘러싼 인물들의 관계에서 드러나는 사상감정을 있는 그대로 진실하게 묘사한것을 통하여서도 찾아볼 수 있다.

• 김호천, 「피아노연주에서 민족적음색의 구현」, 『조선예술』 2008년 1호, 56쪽.

피아노연주에서 민족적음색을 구현하기 위하여서는 다음으로 우리 민족악기의 고유한 음색적특성들을 잘 아는것이 중요하다. 조선장단의 독특한 매력과 률동적정서, 조선민요선률에 내재된 섬세한 기교와 고유한 특징, 민족악기의 부드럽고 우아한 소리색갈 등이 몸에 푹 배인 피아노연주가에 의해서만 시대가 요구하고 인민이 요구하는 참으로 인민적이고 통속적이며 민족적향취와 향토적랑만이 넘쳐흐르는 우리 식의 피아노음악이 창조될수 있다.

• 장춘금, 「조선춤의 기본보법과 그 숙련방법」, 『조선예술』 2009년 10호, 77쪽.

팔동작을 위주로 하면서 거기에 다리동작을 자연스럽게 결합하여 몸 전체가 조화롭게 움직이는 것은 조선춤의 독특한 모습이며 매력이다.

• 소희조, 「태양의 품속에서 영생하는 명배우 황철」, 『조선예술』 2012년 4호, 20쪽.

1912년 1월 11일 충청남도 청양군에서 태여난 황철은 7개월만에 어머니를 잃고 뒤이어 10살도 되기 전에 아버지를 잃었다. (…중략…) 천성적으로 배우적인 기질을 타고났다고 할지 그의 연기는 처음부터 남아다운 인물체격, 류창하고 매력적인 특이한 목소리로 하여 사람들의 이목을 집중시켰다.

무서움

무섭다 형 ① 위험이 닥쳐올 것 같아서 기를 펼수 없게 마음이 불안하다. ⁋ 무서운 꿈을 꾸다. 누가 볼가~. 토벌대놈들이 무서워하는 항일유격대. ② 해롭고 위험하다. ⁋ 앞길에 가로놓였던 무서운 장애를 헤쳐나가다. ③ 정도가 매우 대단하거나 매우 심하다. ⁋ 무서운 추위. 무서운 눈보라. 무서운 고통을 이겨내다. 무서운 속도로 지구의 둘레를 도는 인공지구위성. ④ (정도나 수준 등이) 비길데 없이 대단하거나 지독하다. ⁋ 무섭게 떠들다. 용광로에서 무섭게 끓어번지는 쇠물, 책이 무섭게 팔리다. 요구자가 무섭게 늘어나다. 언변이 무섭게 좋다. 기억력이 무섭게 좋다. ⑤ ('~기(가)무섭게' 형으로 쓰이여) ~자마자의 뜻. ⁋ 내가 집에 들어서기가 무섭게 어머니는 형에게서 온 편지 한장을 내주셨다.

▷▷▷『조선말대사전』 1, 평양: 사회과학출판사, 1992.

무서움 명 무서워하는 것, 또는 무서운 느낌.

▷▷▷『조선말대사전』 1, 평양: 사회과학출판사, 1992.

• 리원우, 「작아지지 않는 연필」(1947), 『행복의 동산: 조선아동문학문고』 4, 금성청년출판사, 1981, 22쪽.

용이는 그것들을 바라보면서

≪너희들, 떠들지 말아라. 나도 지금 뭔가 생각하는 중이다.≫

하고 머리를 숙이고 생각에 잠겨 걸어갔습니다.

(새연필들이 왜 나를 버리고 도망을 쳤을가? …

옳지, 인제야 생각이 난다.

그것들이 모두 내가 무서워 도망친거야. 나와 같이 있다가는 버림을 받을가봐… 나는 그것들을 사랑해주지 못했지. 꼬마도 채 되기전에 내동댕이치군했으니까. 그러니까 글을 쓰려고 하면 자꾸만 새 연필이 되군했구나.)

≪어이, 얘들아! 다시 친하자. 지금까진 미안하게 됐다…≫

용이는 이렇게 중얼거리며 걸어가다가 어딘지 그만 쿵 하고 떨어졌습니다.

• 황건, 「탄맥」(1949), 『조선단편집』 2, 문예출판사, 1978, 91쪽.

그러나 할아버지의 생각은 남일이가 생각하는것과는 아주 달랐다. 누구 하나 시키지 않아도 내몸 돌볼사이 없이 일에 미쳐 밤을 새우는 남일이요, 그 동무들이지만 할아버지에게는 그들이 말하는 ≪돌격주간≫이라는 말이 똑 이전에 일본놈들이 ≪출탄주간≫이라고 떠들던 말과 같게만 생각였다. 이것은 필경 무슨 일이 생길 징조라고 할아버지는 생각했다. 남일이가 이 2갱으로 옮겨온 이후 석달동안 자기가 매일같이 갱구, 이 휴계실옆에 나와앉아 불안한 예감에 쫓기고있는 그 무서운 날이 필경 다닥친것만 같이 생각되였다.

• 강훈, 「양논촘」(1950), 『희망찬 나날: 조선아동문학문고』 3, 금성청년출판사, 1980, 346쪽.

≪이놈의 자식아!≫

수돌이는 결이 머리끝까지 올라 큰 소리로 고함을 지르고나서 업었던 아기를 냉큼 내려놓고 작키에게로 달려갔습니다. 오늘은 그냥 참을수 없었습니다. 주인집아이라도, 미국놈새끼라도 무서울게 없습니다. 대들어 싸울수 있는 용기가 생겼습니다.

≪주인집아인 다 뭐이가!≫

≪미국놈이 뭐이가!≫

수돌이는 돌팔매질을 하며 쫓아가서 아직도 히죽거리며 자전거를 몰고가는 작키에게 달려들어 발길로 자전거를 힘껏 걷어찼습니다. 이바람에 자전거는 저만큼 가서 나딩굴었습니다. 그와 함께 작키란 놈은 길바닥에 꼬꾸라졌습니다.

• 윤세중, 「구대원과 신대원」(1952), 『조선단편집』 2, 문예출판사, 1978, 199쪽.

≪동무 보았지?≫

(…중략…)

≪지금 저우에 묻힌 동무말이요. 아침까지 펄펄 뛰던 그 동무가—≫

(…중략…)

≪—동무는 아까 포탄 터지는것을 좀 구경한다고 그랬지?… 전쟁이라는것은 장난이 아니요. 그러다가 사고가 나면 어떡할라구… 저 동무는 근무중에나 그랬지— 그렇게 장난이나 하다가 놈들의 파편에 맞으면 무엇이 되겠소… 나는 아까 참말 안타까왔소. 동무찾기에—≫

수철이가 이렇게 나무라듯 성구에게 말해보기는 이것이 처음이였다. 성구는 자기 혼자 해보려던 일인데 뜻밖에 걱정을 시켰구나—하고 생각하니 미안한 생각이 와락 들었다.

≪부분대장동무! 미안합니다. 앞으로는 절대로 그런 일이 없도록 하겠습니다.≫

성구는 정색으로 사과의 뜻을 표하였다.

≪나는 아무래도 동무가 그런 짓을 하고싶은 마음이 생긴 원인을 모르겠어! 동무는 무서운 생각이 없어? 그러다가 맞으면 어쩔번했어?≫

• 리북명, 「새날」, 『조선문학』 1954년 3호, 22쪽.

≪저 저를 도루 고향엘 보내주시던지 일자리를 바꿔주던지 해주시우다≫

천쇠는 노루가 제방구에 놀란다는 셈으로 제말에 놀라서 가슴이

띠끔했다. 이마와 등골에서 땀이 솟는 것이 알렸다. 하던 중 가장 무겁고 힘들고 무서운 말이였다.

• 리북명, 「빛나는 전망」, 『조선문학』 1954년 6호, 19쪽.

(…전략…) 그러나 아무 말도 없이 자기를 지키는 혜숙의 눈추리와 다시 부딪혔을 때 영희는 또 가슴이 선뜻하고 혜숙이를 쳐다보기가 무서웠다. 그러나 다음 순간 그의 가슴 속에서 아직 가시지 않은 그의 약혼자 박동무와 해방 공원을 거닐던 때의 야릇한 흥분이 그를 이러한 심정에서 구해주었다. (…하략…)

• 김룡익, 「길가에서 만난 소녀」(1960), 『희망찬 나날: 조선아동문학문고』 3, 금성청년출판사, 1980, 64~65쪽.

≪아차! 세멘트를…≫

그러나 그것은 때늦은 생각이였지. 자동차에는 세멘트를 덮을 만한 방수포도 없었고 또 이마을에서 가마니를 빌려쓴다해도 그 사이에는 세멘트가 이미 비에 흠뻑 젖어있을거란 말이다.

정말 큰일이거든. 글쎄 세멘트란 습기만 있어도 돌처럼 굳어져 못쓰게 마련인 물건인데 하물며 이 무서운 억수를 고스란히 맞고있을테니 어떻게 되였겠는가말이다.

나는 정신없이 마구 달리기 시작했단다. 하긴 내가 자동차있는데로 갔댔자 비맞은 세멘트가 본래대로 있을수는 만무하지만 그래도 마음만은 그렇지 않았거든. 그런데 웬걸! 동무들! 혹 동무들은 이런 뜻하지 않은 일을 생각해본 일이 있겠는지?

글쎄 그처럼 근심거리던 세멘트가마니우에는 같이 싣고온 널판자들이 가로세로 반드시 놓여있어 비물은 죄다 적재함밖으로 흘러내리고있으니 말이다.

• 리명균, 「새초밭에서 만난 사람들」(1967), 『조선단편집』 3, 문예출판사, 1978, 450쪽.

로인은 오는 사람인가 가는 사람인가를 가늠하려고 귀를 기울이면서 걸음을 내디디였다. 순간 ≪섯!≫하는 나직한 그러나 총알같은 소리가 로인의 귀를 찔렀다. 로인은 깜짝 놀라 걸음을 멈추었다.

≪누구요.≫

재차 이런 물음이 날아왔다. 로인은 미처 어떻게 대답하면 좋을지 몰랐다. 왈칵 무서운 생각이 들고 무르팍이 덜덜 떨리였다.

로인이 미처 대답을 못하자 철컥 하고 격발기 제끼는 소리가 나며 누가 급히 다가왔다. 안개속에서 총을 겨누어든 군대가 한사람 나타났다. 그 군대는 대여섯발자국앞에서 뚝 걸음을 멈추더니 총구를 겨누어든채, 놀라 장승처럼 굳어진 로인을 한참동안 훑어보았다. 그러더니 안심한듯 총구를 내리우고 로인에게로 가까이 다가왔다.

• 신종붕, 「온 마을이 보고있습니다」(1975), 『희망찬 나날: 조선아동문학문고』 3, 금성청년출판사, 1980, 231쪽.

나는 얼핏 공훈어부할아버지를 바라봤습니다. 할아버지는 조용히 기침을 짖은 다음 두툼한 입술을 꾹 다부시고 나를 똑바로 지켜보시였습니다. 그 눈길은 좀 엄엄해보였습니다. 그렇지만 나는 할아버지를 보기가 조금도 무섭지 않았습니다. 할아버지의 눈길에는 엄격하면서도 부드럽고 따뜻한 빛이 어려있었고 그 어떤 기대에 찬 마음이 담겨있음을 느낄수 있었기때문이지요.

얼핏 떠오르는 생각이 있어서 나는 손에 쥔 종이를 들여다봤습니다. 그제사 여겨보니 틀린 글자를 고친 글씨는 어머니의 글씨가 아니였지요.

(아! 그럼 할아버지가…)

나는 뜨거운것을 삼키며 할아버지를 바라봤습니다. 공훈어부할아버지의 모습이 어쩌면 어제밤 나를 앉혀놓고 차근차근 잘못을 타이르던 어머니의 표정과 꼭 같을가요. 나는 눈굽이 뜨거워지는것을 느끼며 종이를 펼쳐들었습니다. 그리고 종이에 쓰지 않은 일까지 다 이야기했습니다.…

- 리종렬, 「해빛을 안고 온 청년」, 『조선문학』 1976년 9호, 19쪽.

처음에는 관이 매더니 그다음엔 무서운 련쇄반응이 일어났소. 알겠지만 현대적기계설비는 사람의 유기체처럼 모든 부분들이 정교하게 련관되여있소. 사람의 구강이나 식도에 탈이 생긴걸 제때에 고치지 않으면 위를 해치고 그 영향이 간에로, 페로, 신장으로 퍼지며 합병증을 일으키는것처럼 기계에서도 마찬가지요.

- 백보흠, 「발걸음」, 『조선문학』 1978년 2호, 18쪽.

처녀측량공들이 표척을 세우며 다니던 그때는 이 끝없이 넓은 땅에 애오라지 보위색천막이 나래를 피고있었다. 거기서 밤이면 처녀들이 우등불을 지펴놓고 수리부엉이의 울음소리를 들으며 고적을 물리치느라 노래를 부르군했었다. 밝은 한낮에도 들리는 인적기란 측량선을 틔우기 위해 나무를 찍는 도끼소리와 측량기를 세워놓고 표척수를 부르는 처녀들의 애타는 목소리뿐이였다. 외롭고 무섭고 힘겨운 때가 많았다.

- 김신복, 「바다 고슴도치」, 『행복의 동산: 조선아동문학문고』 4, 금성청년출판사, 1981, 328~329쪽.

≪아저씨는 그리 큰 고기도 아닌데 힘이 세서 좋겠어요!≫

맹메기가 부럽게 가재미를 바라보며 말했습니다.

가재미가 등불아귀도 감히 건드릴수 없는 무서운 힘을 가지고 있다고 생각한것입니다.

≪아니다. 나도 저놈의 힘은 당해내지 못한다.≫

≪예?… 그런데 어째서 그놈이 그냥 지나갔어요?…≫

가재미는 빙긋이 웃으며 제몸과 모래를 가리켰습니다. 그의 몸빛갈과 모래빛이 비슷했습니다. 가재미는 보호색을 가지고있답니다. 두리의 빛갈에 매우 민감한 눈과 여러가지 빛갈로 변하는 살갗을 가지고있었습니다.

≪등불아귀놈이 아무리 불을 밝혀 들고다녀도 내앞에서야 눈뜬 장님이지!≫

• 명일식, 「5대 혁명연극의 다양한 양상적특성」, 『조선예술』 1992년 12호, 26쪽.

혁명연극 〈3인1당〉의 풍자희극적양상의 독특성은 우선 제가끔 룡상에 올라앉으려고 물고뜯으며 싸우고있는 세 정승의 독특한 성격에서 찾아볼수 있다. 세 정승은 왕이 죽자 겉으로는 왕의 죽음을 슬퍼하는척하면서 속으로는 이 기회를 리용하여 저마다 왕권을 쟁탈하기 위한 음흉한 생각을 품고있다. 박정승은 왕권을 쟁취하기 위하여 자기 패당의 군사를 대궐안에 끌어들여서 백주에 왕권까지 뒤집어엎으려던 <u>무서운</u> 폭도이면서도 자신을 충신으로 보이기 위하여 돼지 멱딴 피로 ≪혈서≫를 쓰기도 하고 죽은 왕의 대를 이어 순사하겠다고 목에 칼을 대고 얼림수를 쓰기도 한다. 그런가하면 문정승이란자는 송도국황제에게서 누거리인장을 받은 대가로 송도국의 땅인 해청도를 떼주고 해마다 수백명의 궁녀들을 섬겨바치겠다는 철저한 매국노이다. 그리고 최정승이란자는 사기협잡으로 제배속만 채우다못해 나중에는 왕에게 올려보내는 보약까지 잘못 처먹고 탈모증에 걸려 머리칼이 뭉청 빠지고서도 나라를 위해 너무 머리를 써서 대머리가 되었노라고 떠벌인다.

• 홍선화, 「혁명가극의 주제가와 그 중추적역할: 혁명가극 <피바다>의 주제가에 대하여」, 『조선예술』 1994년 3호, 18쪽.

처음부터 높은 음으로 치달아올라 비분의 격정을 터뜨린 다음 그것을 다잡고 축적하여 무서운 힘으로 고조되는 ≪피바다가≫의 특징적인 선률구성과 감정조직은 수난의 피바다와 투쟁의 피바다를 량극에 설정하고 심오하고도 폭넓게, 무게있게 전개되는 가극전반의 극구성과 감정조직의 축소판이라고 말할수 있다.

미(美)·아름다운 것

아름다움 명 ① 아름다운 것. ¶ 꽃의 ~. ② 인민대중의 자주적 지향과 요구에 맞는것으로서 사람들에게 기쁘고 즐거운 정서로 파악되는 것.

▷▷▷『조선말대사전(증보판)』 3, 평양: 사회과학출판사, 2007.

아름답다 형 ① 생김새가 균형과 조화를 이루어 눈으로 보기에 즐거움과 만족을 느낄만큼 훌륭하다. ¶ 아름다운 목란꽃. 아름답게 꾸민 거리. ② 소리가 조화로워 듣기에 즐거움과 만족감을 자아낼만큼 훌륭하다. ¶ 아름다운 노래소리. ③ 정신도덕적상태 언행, 소행 등이 바르고 훌륭하다. ¶ 아름다운 애정. 아름다운 동지애. 아름다운 이야기.

▷▷▷『조선말대사전(증보판)』 3, 평양: 사회과학출판사, 2007.

[참고] 리기도에 의하면 '아름다운 것'은 부정적인 것과 대립되는 모든 긍정적인 미적 현상을 포괄하는 범주로서 "인민대중의 자주적 지향과 요구에 맞는 것이면 그것을 긍정하고 그 범주 속에다 포괄시키는" 것이다. 그에 의하면 아름다운 것은 이러한 질적 규정과 더불어 자신의 고유한 정서적 특성을 갖는다. "미적현상의 파악이란 순수리성적 의식에 의하여 이루어지는 것이 아니라 반드시 강한 감성적 인식을 동반한다"는 것이다. 그가 보기에 아름다운 것의 정서적 특성은 '기쁨과 환희의 감정'이다. 하지만 리기도는 아름다운 것을 '감각적으로 유쾌한 것'과 동일시하는 입장에 대해 강하게 반대한다. "아름다운 것은 감각적으로 유쾌하기 때문에 환희의 정서를 불러일으키는 것이 아니라 인간의 자주적 지향과 요구와 관련됨으로써 환희의 정서를 불러일으킨다"는 것이다. 이런 관점에서 보면 순수 자연의 미란 그 자체로서는 큰 의미가 없고 "인간생활과 결부되어 생활을 련상시킬 때", 또

는 "사람들의 참된 생활과 위대한 목적을 이룩하기 위한 그들의 투쟁과 결부되였을 때" 더 큰 미학적 가치를 갖는다.

▷▷▷리기도, 『조선사회과학학술집 철학편 45: 주체의 미학』, 평양: 사회과학출판사, 2010, 71~84쪽.

• 박태민, 「벼랑에서」(1952), 『조선단편집』 2, 문예출판사, 1978년, 233쪽.

구배는 점점 높아간다. 밑을 내려다보니 아득한 절벽이다. 몸이 으쓱해진다.

굽인돌이 돌 때마다 맞은편 산허리의 아름다운 풍경이 차창에 어리고 푸른 하늘이 비껴온다.

얼마나 아름다운 조국인가! 그는 이때껏 조국의 이처럼 아름다움을 무심히 보고 살아온것이 죄스러웠다.

• 리북명, 「새날」, 『조선문학』 1954년 3호, 29쪽.

「과장」의 자신성 있는 말에 흥분되여 날래 잠을 청하지 못한 천쇠는 한 동안 두 손으로 머리를 고인채 천정에다 아름다운 공상을 그리다가 슬며시 일어나서 소지품 꾸러미를 풀었다. 백지 한 장을 끄집어냈다. 그는 연송 연필 끝에 침을 찍어가면서 편지를 써내려갔다. 사랑하는 처녀 박 삼례에게 보낼 것이였다.

• 리북명, 「새날」, 『조선문학』 1954년 3호, 31쪽.

(…전략…) 그가 비듬이 성한 머리 밑을 연필 끝으로 시월하게 긁적거리고 있을 때, 감감하던 어느 방에선지 낮으나마 아름다운 노래소리가 흘러왔다. 누구인지는 몰라도 아직 일하고 있는 것이 분명하다. 미심결에 책상다리에 붙은 전기 단추를 눌러보았다. 아니나 다를까 잠시 후에 녹크 소리를 내고 들어온 것은 젊은 녀성이였다.

• 리면상 작곡, <행복한 내 나라>, 1955.

• 김병훈, 「≪해주-하성≫」에서 온 편지, 『조선문학』 1960년 4호, 38쪽.

(…전략…) 국영 식당에서는 막 문을 닫으려던 참인데 해주-하성 건설장에서 왔다는 말을 듣자 주방 책임자는 쾌히 ≪기술 강습≫을 승낙하였대요. 그래서 온 밤 ≪리론 강습≫을 받고 오늘 아침엔 직접 식당 밥 하는 데 붙어서 실습을 세 가마나 해 보고 열시경에 떠나 왔다는 것이였어요. 글쎄 두 시간에 비가 억수로 퍼붓는 사십 리 길을 뛰어 왔대요! (…중략…) 무뚝뚝하고 지어 어리숙해 보이는 그의 어데서 저런 아름다운 생각과 열정이 솟구쳐 오를가?… 나는 돌격대를 조직하던 날 그에게 ≪어쩌자구 동문 식당엘…≫하던 내 말이 귀에 살아 나 스스로 얼굴이 붉어졌습니다.

• 김병훈, 「길동무들」, 『조선문학』 1960년 10호, 70쪽.

나는 푸른 수건자락을 팔팔 날리며 마치 걷는 것이 아니라 튕겨 나가듯이 가볍고 힘있게 걸어 가는 처녀의 뒤'모습을 오래오래 바라보며 서 있었다. 마치 암만 들여다 보아도 그 아름다움을 다 리해할 수 없는 한 폭의 그림을 바라보듯이…

• 진재환, 「고기떼는 강으로 나간다」, 『조선문학』 1964년 1호, 54쪽.

칠색 송어가 정보당을 백 톤씩 들어 욱실거릴터이니 무지개'빛을 띤 고기들이 충게충게 욱실거리는 강 풍경은 또한 얼마나 더 아름다와 질 것인가?! 맑은 물 속의 자갈만 보고도 탄복하던 사람들은 영원히 강에서 눈을 떼지 못하고 늙어 버리는 것도 아쉬워하지 않을 것이다…

• 정창윤, 「정보로 걸어라」(1964), 『조선단편집』 3, 문예출판사, 1978, 276쪽.

≪임자는 광석이 빛갈고운 꽃송이들로 보인 때가 있나? 나에겐 광석이 처녀들처럼 아름답게 보인다네. 내가 이렇게 말한다고 〈늙은 풍

각쟁이〉같은 놈팽이라고 비웃을는지 모르겠네만 이건 진실이거던.≫

• 안동춘, 「언약」(1982), 『조선단편집』 3, 문예출판사, 1987, 377쪽.

≪이 쪽지가 닿으면 우리의 부담은 한결 덜어질것입니다. 다른 동무를 보낼수 있으나 여긴 한명의 포수가 귀중합니다. 우린 놈들을 반드시 막아버립니다. 자, 그럼—≫

화력부관은 손을 내밀었다.

경희는 그 손을 보지 않았다. 다만 이 순간 무한히 선량하고 표정이 풍부한 아름다운 눈만을 쳐다보았다.

• 김관일, 「청년개척자의 수기」(1985), 『조선단편집』 5, 문예출판사, 2002, 134쪽.

그래, 우리는 이 거친 간석지와 뗄수 없는 연분을 가졌다.

화려하고 아름다운 공원도 불 밝은 도시도 없는 이 감사나운 바다, 우리의 땀과 창조적로력이 스며 있고 래일이면 어욱 휘황해 질 이 수십리 제방, 때로는 이 땅과 다투고 헤여졌다가도 그 어떤 불가사의한 힘에 이끌려 다시 돌아 오게 하는 이 성스러운 개척지…

• 고희선, 「가극무대미술」, 『조선예술』 1991년 5호, 8쪽.

넷째로 분장은 아름답게 하여야 한다. 분장을 아름답게 한다는것은 인물의 외모에서 그의 내면세계가 뚜렷이 나타나고 생기가 넘쳐나며 인물의 얼굴과 몸매가 조화되게 한다는것을 말한다. 분장을 아름답게 하는데서 기본은 인물의 정신세계를 뚜렷하게 돋구어주는것이다. 분장에서는 어디까지나 인물의 성격에 맞는 아름다움을 추구하여야 한다. 로동자에게는 기름내가 나고 농민에게는 흙내가 나게 그리면서도 그속에서 근로하는 사람의 아름다움이 나타나게 하여야 한다.

• 김재홍, 「주체의 미학관과 아름다움」, 『조선예술』 1993년 1호, 53쪽.

아름다운것이란 사람의 자주적인 요구와 지향에 맞을뿐아니라 사람에 의하여 정서적으로 파악되는 객관세계의 사물현상을 말한다. 사물현상이 아름다운것으로서 가지고있는 질적특성은 사람과의 관계에서 나타나는 상대적규정성이다. 그것으로하여 사물현상들은 아름다운것과 아름답지못한것으로 구별되며 인간생활과 다양한 미적관계를 맺고 있다. (…중략…) 사람은 자주성, 창조성, 의식성을 가진 사회적 존재로서 세계에서 가장 우월하고 힘있는 존재이며 세계의 유일한 지배자, 개조자이다. 세계에는 사람의 리익보다 더 귀중한것은 없으며 세계에 존재하는 모든 사물현상은 사람을 위하여 복무하는한에서만 가치를 가진다.

• 리희남, 「상봉」(1996), 『조선단편집』 5, 문예출판사, 2002, 3쪽.

속으로 줄곧 이렇게 뇌이시던 수령님께서는 의자등받이에 몸을 기대신채 차창밖으로 흘러 가는 북변의 아름다운 풍경을 바라보고 계시였다.

기묘하게 솟은 현무암절벽이며 수려한 자태를 드러내고 있는 수림들이며 파아란 하늘이 담겨 진 두만강이며 이 모든 것이 백두산줄기와 련결된 자연이여서 그이께서는 한숙난도 무심히 스쳐 보낼수가 없으시였다.

• 리희남, 「상봉」(1996), 『조선단편집』 5, 문예출판사, 2002, 22쪽.

저녁노을은 삽시에 철산봉일대를 신비롭고 아름다운 색채로 물 들였다. 해빛에 번쩍거리던 쇠돌바위들이 하나의 거대한 붉은 광원처럼 정열적으로 타고 있었다.

굴착기현장에서는 노을을 받아 유난히도 아름다와 보이는 여러대의 대형자동차들이 쇠돌을 싣느라고 붐비고 있었다.

• 리금철, 「651호 항로」, 『조선문학』 2000년 8호, 30쪽.

밀레르는 사진을 두손으로 덥석 집어 들었다.

이제는 헤여진지도 거의 7년 세월이 흘렀지만 외국인 류학생들속에서 미의 녀신인 비너스로 불리우던 현아의 그 미모는 여전하였다

• 최련, 「바다를 푸르게 하라」, 『조선문학』 2000년 8호, 30쪽.

≪그것이 어떻게 바다자원의 합리적인 리용으로 됩니까? 이제 일이 시작되면 생산을 늘이기 우해 바다풀을 거두어들이고도 모자랄 형편이예요. 모두가 이런 식으로 바다자원을 걷어만 들인다면 바다가 대체 어떻게 됩니까?≫

청년의 얼굴에는 이상야릇한 표정이 떠올랐다. 그 표정에는 뜻밖에 나타나 폭탄같은 말을 던지는 이 아름다운 처녀를 어떻게 대해야 할지 선뜻 결심할수 없는 듯 한 당혹감이 비껴있었다.

• 변창률, 「한 분조장의 수기」(2001), 『조선단편집』 5, 문예출판사, 2002, 414쪽.

누구도 알지 못하는 그 일이 종시 마음에 걸려 밤에 김 매러 나온 그것이 내 가슴을 울리였다. 달빛아래 앉아 있는 송이의 얼굴이 무척 아름답다는데 생각이 미치자 가슴이 불안스레 울렁거렸다.

• 변창률, 「듣고 싶은 목소리」, 『조선문학』 2006년 7호, 50쪽.

농사란 하루이틀에 마음먹은대로 채색해놓을수 있는 그림그리기가 아니다. 두엄을 장만하고 씨앗을 묻을때부터 오랜 나날 땀과 노력을 바쳐야만 이처럼 아름다운 화폭을 얻을수 있는것이다.

불쾌(不快)

불쾌하다 형 ① 못마땅하여 기분이 좋지 않다. ¶ 불쾌한 감정을 깨끗이 가시다. ② 몸이 찌뿌드드하고 불편하다.

▷▷▷『조선말대사전(증보판)』 2, 평양: 사회과학출판사, 2007.

• 리북명, 「로동일가」(1947), 『조선단편집』 2, 문예출판사, 1978, 35쪽.

바로 그때였다. 하하 하고 기운찬 너털웃음이 벽보판곁에서 터졌다. 그것은 『건달』이라는 제목으로 쓴 벽소설을 읽고있던 진구의 웃음소리가 틀림없었다.

≪뭐야? 뭐야?≫

호기심이 동한 선방공들은 그 웃음소리에 홀린듯 우르르 그리로 모여들었다. 그러나 달호만은 더욱 불쾌했다.

그에게는 진구의 웃음소리가 자기를 비웃는것만 같아서 슬며시 돌아앉으면서 얼굴을 찡그렸다. 그리고는 연거펴 담배를 세모금이나 들여빨아가지고는 후유-하고 한숨에 섞어서 길게 내뿜는 것이였다.

• 황건, 「탄맥」(1949), 『조선단편집』 2, 문예출판사, 1978, 117쪽.

령감은 남일이가 너무나 공손히 나오는것에 실망이라도 한듯 더 무엇을 말하려다가 마는 시늉으로 입술을 부르르 떨다가 씨무룩이 다시 외면해버렸다. 그러던 령감은 한참뒤에야 어성은 낮췄으나 여전히 불쾌한 태도로

≪그저 설명만으로 알 일인가? 원리루 한다면 기사장이 제일 잘하게?≫

하였다.

• 리북명, 「빛나는 전망」, 『조선문학』 1954년 6호, 조선작가동맹출판사, 39쪽.

『암 그렇지 그게 옳은 인사야……』

하고 만족해 하는 것이였다. 사실 최아바이는 누구든 간에 그가 늙었다는 말을 들을 때가 제일 불쾌했다. 그에게는 늙었다는 말이 더는 일을 못한다는 뜻으로 들려 언짢았던 것이다. 최아바이는 인차 시무룩해지며 주섬주섬 말을 이였다.

• 윤세중, 「구대원과 신대원」(1952), 『조선단편집』 2, 문예출판사, 1978, 197쪽.

수철은 잠시 생각해보았다. 이런 집중포격을 처음 당해보는 동무들에게는 간혹 있을수 있는 일이기는 하나 혹 대렬을 떠나 혼자 산우로 멀찌감치 피신하지나 않았을가—그러나 성구가 변이라도 당했으면… 이렇게 상상하는것조차 불쾌하였다. 그렇다고 해서 나타날 때까지 기다릴수는 없는 일이였다.

• 김형교, 「검정보자기」(1956), 『조선단편집』 2, 문예출판사, 1978, 386쪽.

달구지가 내리막길을 덜컹덜컹 들어놓으며 굴러간다. 한 삼십메타나 갔을가, 골짜기의 어귀에다 쌓아놓은 나무단앞에 이르러 소년은 문득 달구지를 세우고 기분좋은 얼굴로 흰 파도가 저녁 해별을 받아 아른거리는 먼 바다를 바라보고있는 방기풍을 돌아보며

≪다 왔다는데 그러지 헤… 참…≫

하고 불쾌한듯이 얼굴을 찡그린다.

• 김병훈, 「길동무들」, 『조선문학』 1960년 10호, 51~52쪽.

≪태워 주세요 동무, 오늘 못 가문 이게 몽땅 죽어요. 기계적으로 그러지 마세요…≫

≪뭐요? 기계적이라구요!…≫

기계적이라는 말에 개찰원 청년을 몹시 불쾌하게 한 모양이였다. 그의 얼굴이 시뻘개졌다.

• 장기성, 「우리 선생님」(1984), 『조선단편집』 3, 문예출판사, 1987, 248쪽.

금숙에게는 은희가 명환이를 두고 그처럼 상심하는 까닭이 잘 리해되지 않았다. 인계가 너무도 자세하고 오래다보니 따분하고 지루한감만이 시간을 따라 더해갔다. 혹시 신임교원이라고 나를 어리게만 보는것이 아닌가 하는 불쾌한 마음도 없지 않았다.

• 안동춘, 「언약」(1982), 『조선단편집』 3, 문예출판사, 1987, 382쪽.

경희는 그 말을 끝까지 들었으나 이미 자기의 비밀을 터놓은것을 뉘우쳤다. 머리가 뗑하고 불쾌했으며 녀학자마저 막 혐오스러웠다.

그는 다시는 자기 마음속의 비밀을 그 누구에게도 헤쳐놓지 않으리라 마음먹었다.

• 안홍윤, 「칼도마소리」(1987), 『조선단편집』 5, 문예출판사, 2002, 189쪽.

그런데 사실 내가 로친네에게 얼토당토않게 큰소리를 친것은 네거리에서 뺨 맞고 이불속에서 주먹질을 하는격이라고 할가, 낮에 있었던 불쾌한 일때문이였던것이다.

그날 낮에 나는 도수산관리국에 올라 갔었다.

사업소에 제기된 애로를 해결 받기 위해서였다.

• 김광숙, 「대사는 희곡의 기본형상수단」, 『조선예술』 1990년 2호, 11쪽.

희곡의 대사를 명대사로 만들려면 우선 이야기하려는 사상의 요점을 통속적인 말로 간명하게 표현하여야 한다. 백마디의 설명보다 씨가 박힌 통속적이며 간명한 한마디의 명대사가 더 힘있는 작용을 한다. 씨가 먹지 않은 빈말을 길게 늘어놓거나 같은 말을 곱씹으며 격에 어울리지 않게 성구와 속담을 쓰면서 말재간을 부리게 되면 오히려 대사가 까다롭게 되거나 저속하게 되어 사람들에게 불쾌감을 주게 되고 결국 작품의 품위를 떨어뜨리게 된다.

• 조창종, 「배우들의 화술형상과 문화어」, 『조선예술』 1990년 9호, 45쪽.

배우들의 화술형상에서 문화어의 본보기를 보여주려면 말을 대상의 특성에 맞게 설득력있고 친절하게 할줄 알아야 한다. 일부 지방의 사람들은 대상에는 관계없이 말을 지나치게 높고 큰 소리로 빨리 해버림으로써 상대방을 무시하거나 친절하지 못한듯한 인상을 주는가 하면 지어는 싸우는듯한 오해까지 주는 경우가 있다. 반대로 어떤 지방의 사람들은 말을 지나치게 느리게 낮은 소리로 볼부은듯 웅얼웅얼함으로써 상대방에게 불손한 감과 불쾌감을 주는 경우도 있다. 때문에 화술배우들은 우리 말의 우수한 특성과 문화어발음에 대한 지식을 풍부히 함으로써 문화어발음과 사투리발음을 정확히 가려볼줄 아는 능력을 가져야 한다.

• 전하진, 「전후복구건설시기의 연극활동과 극문학」, 『조선예술』 1991년 9호, 56쪽.

전후복구건설시기의 연극예술은 모든 작품들이 혁명적인 내용으로 일관되여있었으나 연출과 연기체계, 무대미술 등에서는 의연히 낡은 틀을 벗어나지 못하고있었다. 더구나 무대장치와 배경은 고착되고 정지되여있었으므로 막간마다 꺾쇠박는 소리가 소란스럽게 울려 관객들에게 불쾌감까지 주었다. 지난날의 낡은 연극은 자기의 존재를 끝마치고 주체시대가 낳은 새로운 〈성황당〉식 연극의 새 력사가 펼쳐지게 되었다.

• 김성희, 「<백옥>의 순결한 세계를 펼친 화폭을 두고」, 『예술교육』 2009년 4호, 25쪽.

영화에서는 애정선을 작품전반의 양상과 품격에 맞게 특색있게 형상하고 있다. 지난시기 적지않은 영화들에서는 애정선을 중요한 이야기선으로 설정하고 훌륭하게 형상하여 그것이 주체사상해명에 이바지하고 작품의 양상을 돋구어주는 중요한 요인으로 된다는 귀중한 경험을 보여주었다. 반면에 일부 영화들에서는 작품의 종자와는 무관계한 애정이야기를 설정하고 작품의 ≪맛≫을 내는 ≪양념감≫식으로 리용하여 오히려 불쾌감을 자아내는 경우도 간혹 있었다.

비극(悲劇)

비극 명 ① 〈연극〉 일반적으로 인간에 의한 인간의 착취가 지배하며 계급적 대립과 반목이 사회관계의 기본을 이루고있는 적대적계급 사회의 모순과 악덕으로 하여 그것을 뚫고 나올 능력과 힘이 없는 주인공이 파멸과 죽음으로 끝나는 극의 한 형태. ¶ ~과 희극. ② 몹시 슬프고 가슴아픈 비통한 일을 비겨 이르는 말. ¶ 자기 결함을 모르는~. ~을 끝장내다. ↔희극.

▷▷▷『조선말대사전(증보판)』 2, 평양: 사회과학출판사, 2007.

[참고] 김정본에 따르면 '비극적인 것'은 "자주성을 유린당한 인간들이 겪게 되는 고통과 불행, 죽음으로 하여 사람들에게 동정과 련민, 비분과 격분의 정서를 불러일으키는 미적현상"이다. 따라서 그것은 일반적으로 고통과 죽음으로 표현될 것이다. 그러나 인간의 모든 고통과 죽음이 모두 비극적인 것은 아니다. 예컨대 김정본의 견지에서 '생리적 요인에 의하여 당하는 죽음과 불행, 우연적으로 일어난 불상사들'은 사람들에게 일정한 슬픔, 고통을 주지만 사회미학적 현상으로서는 비극적인 것으로 되지는 않는다. 그것은 "사회의 본질적 관계로부터 산생되는 것이 아닌"이유에서다. 그 죽음과 고통은 동정할 만한 가치가 있는 긍정적 인물의 죽음과 고통인 한에서 다룰만한 가치가 있다는 것이다. 북한에서 비극적인 것은 인간이 자주성을 유린당한 상태와 연관이 깊다. 따라서 여기에서 비극적인 것은 동시대와는 분리되어 다뤄진다. "사회주의 사회에서는 비극적인 것의 사회적 기원이 없다"는 이유에서다. 김정본 『미학개론』의 비극적인 것에 대한 서술에서 특기할 점은 북한에서 비극은 대부분의 비극

이 취하는 주인공의 파멸이라는 결말이 아니라 "로동계급의 혁명위업을 승리적으로 개척해나가는 련속적과정"으로서의 결말을 취한다는 지적이다. 비애나 공포가 아니라 혁명적 비장성을 고취시키기 위한 전략이다. 한편 죽음을 다루되 죽음 자체를 강조하지 않는 전략을 취한다는 점도 주목을 요한다. "필요없이 죽음을 강조하거나 주검을 화면에 많이 내놓거나 진창에 처박힌 시체라든가 죽은 인물의 이지러진 얼굴표정은 사람들에게 숭엄한 감정을 주는 것이 아니라 오히려 불쾌감과 혐오감을 주는" 이유에서다.

▷▷▷김정본, 『미학개론』, 평양: 사회과학출판사, 1991, 152~169쪽.

• 오영재, 「배길우에 띄워보내는 마음: 남녘땅 고향의 벗에게」, 『조선문학』 1985년 1호, 문예출판사, 77쪽.

한생을 살아오면서 하많은 편지들을 써보내고 또 받아보았지만 지금 손에 든 이 붓이 이렇게 무거운것은 여기에 민족사의 불행과 비극이 실려있기때문이 아닐가.

서신의 왕래란 자유로운것이여서 사회주의나라들은 더 말할것 없고 서로 제도가 다른 나라에도 이 서신의 길만은 열려있는것이 오늘의 세계여서 일본의 도꾜나 오사까 지어는 미국의 뉴욕이나 로스안젤스에 있는 친척이나 친우들에게까지 우리의 국제우편은 정확히 소식을 전해주고있네.

그러나 최승! 세상에서 유일하게 민족분렬의 장벽이라는 이 절연체에 의하여 서신의 거래마저 막혀있는것이 북과 남이니 이 얼마나 가슴아픈 일인가.

• 동춘옥, 「양상은 극형상의 정서적색갈」, 『조선예술』 1990년 3호, 12쪽.

착취사회에서 사실주의적비극은 주인공이 진보적인 리상과 지향을 가지고있으나 세계관의 제한성과 사회력사적조건의 불가피성으로 그 뜻을 이루지 못하고 겪게 되는 비극적체험으로 사람들의 슬픔과 동정을 불러일으키고 정의를 위한 투쟁에서 고무하는 작용을 한다. 그러나 사회주의사회에서 혁명적비극은 주인공이 당과 혁명, 조국과 인민을 위하여 복무하려는 고상한 지향과 원대한 포부를 가지고 그것을 실현하기 위하여 헌신적으로 투쟁하다가 원쑤들의 책동이나 자연재해로 그 뜻을 실현하지 못한채 희생되거나 자기 희생으로써 그 뜻을 실현하여 사람들을 대중적영웅주의에로 고무한다.

전통적인 비극의 주인공은 자기의 죽음으로써 진보적인 리상과 지향의 정당성을 확인하지만 혁명적비극의 주인공은 조국과 인민과 더불어 영생하는 참된 삶에 대한 리해를 주고 대중을 영웅적위훈에로 불러 일으킨다.

• 명일식, 「5대 혁명연극의 다양한 양상적특성」, 『조선예술』 1992년 12호, 28쪽.

혁명적비극에서 주인공들의 죽음은 혁명위업에 대한 끝없는 충실성과 자기 희생정신, 사회정치적 집단과 동지들에 대한 혁명적의리와 혁명동지에 대한 뜨거운 마음을 보여주는 것으로 하여 사람들에게 크나큰 감동과 동정을 불러일으키며 대중을 영웅적위훈에로 고무해준다. 때문에 혁명적비극에서 주인공의 죽음은 전통적비극에서와 같이 슬픔을 자아내는 값없는 비극적인 죽음이 아니라 영웅적인 희생으로 되며 영원히 빛나는 인간의 참된 삶에 대한 혁명적이며 랑만적인 형상으로 된다.

• 명일식, 「혁명적 비극에 구현된 새로운 양상의 특징」, 『조선예술』 1995년 3호, 30쪽.

혁명적비극의 주인공은 전통적인 비극의 주인공과는 달리 당과 혁명, 조국과 인민을 위하여 복무하려는 고상한 지향과 원대한 포부를 가지고 그것을 실현하기 위하여 헌신적으로 투쟁하다가 원쑤들의 책동이나 여러가지 객관적조건에 의하여 희생되거나 자기희생으로써 그 뜻을 실현하는 인간이다. 그러므로 이런 주인공들의 죽음은 전통적인 비극의 주인공들처럼 슬픔과 비분강개한 정서와 동정만 불러일으키는것이 아니라 숭고한 정서와 혁명적락관성과 랑만적인 혁명정신을 강렬하게 불러일으켜준다. 그뿐아니라 혁명적비극에서 주인공의 영웅적죽음을 혁명위업에 대한 끝없는 충실성과 자기희생정신, 사회정치적집단과 동지들에 대한 혁명적의리와 동지애의 산 모범을 보여주는것으로하여 사람들에게 크나큰 감동과 동정을 불러일으켜 대중을 영웅적위훈에로 고무하는 커다란 정서적작용을 하게 된다.

• 리기도, 「혁명적비극영화와 그 감화력」, 『조선영화』 1996년 1호, 51쪽.

혁명적 비극은 그것이 체현하고 있는 혁명적비장성으로 하여 사람들에게 주는 감흥이 더욱 강하다. 지난 시기에 나온 예술영화 〈월미도〉, 〈종군기자의 수기〉, 〈한 간호원에 대한 이야기〉를 비롯한 혁명적비극영화들과 최근에 나온 예술영화 〈소속없는 부대〉, 〈병사는 모교로 돌아왔다〉와 같은 영화작품들이 바로 그러한 교양적 감화력이 큰 작품들이다.

이 영화들은 주인공들의 형상을 통하여 인간의 고귀한 삶은 개인의 안락을 위해서가 아니라 당과 수령, 조국과 인민을 위하여 청춘도 생명도 사랑과 비록 육체는 죽어도 정치적 생명은 사회정치적 생명체와 더불어 영생한다는 삶과 죽음의 철학을 깊이있게 보여주고 있다.

혁명적비극의 주인공희생이 주는 이와 같은 미학정서적특성은 혁명가의 삶과 죽음에 대한 확고한 신념, 투철한 혁명적수령관에서 오는것이다. 영화는 이로부터 사람들이 주인공들의 죽음에서 당과 수령에 대한 높은 충실성과 조국과 인민에 대한 끝없는 헌신성, 미래에 대한 사랑과 혁명적락관주의를 따라배우며 영원한 삶의 참뜻을 깨닫도록 그리였다.

이처럼 우리의 혁명적비극영화들은 혁명적 비극작품창작에 관한 우리 당의 방침을 훌륭히 구현함으로써 근로자들을 혁명적으로 교양하는데 크게 이바지하였으며 우리 영화예술의 창창한 미래와 더불어 이 분야에서의 새로운 성과도 확고히 약속하고 있다.

• 명일식, 「주체적문예리론연구 (10): 희곡창작과 대사」, 문학예술출판사, 2002, 191~192쪽.

희곡에서 비극도 그 양상은 다양하다. 비극에서 나타나고 있는 양상이 다양한것은 반영하고 있는 생활과 비극적주인공들의 성격이 서로 다르며 매 작품의 종자와 구성들이 같이 않기때문이다. (…중략…) 혁명적비극의 양상을 띤 희곡에서 명대사를 창작하자면 지난 시기 전통적인 비극에서 발현되던 절망과 비애, 파멸과 영탄의 정서적색갈이 아니라 혁명적랑만이 넘쳐 흐르게 하여야 한다.

비속(卑俗)

비속하다 [형] 보잘것없이 너절하거나 변변치 않고 속되다. ¶ 비속한 노래. 비속한 말투.

▷▷▷『조선말대사전(증보판)』 2, 평양: 사회과학출판사, 2007.

[참고] 북한문예에서 '비속하다'는 표현은 1950~1960년대에 주관(낙관적 전망)의 개입을 배제한 기계적 자연주의 내지는 토대 하부가 상부를 결정한다는 결정론의 견지에서 예술을 바라보는 속류유물론을 공격하는 언어로 자주 사용되었다. 예컨대 엄호석은 1957년에 발표한 글에서 '사회학적 비속화'를 "생활의 진리를 예술적으로 표현할 무한한 문학적 가능성들을 주관주의와 독단, 정서적 결핍과 무미건조성, 사회학적 도식과 도해성으로써 안팎으로 압착하여 협착하게 하는 것"으로 비판했다.

▷▷▷엄호석, 「문학평론에 있어서의 미학적인것과 비속사회학적인것」, 『조선문학』 1957년 2호, 124쪽.

- 리여성, 『조선미술사개요』(평양: 평양국립출판사, 1955), 한국문화사, 1999, 9쪽.

미술유산은 다른 문화유산과 마찬가지로 <u>비속하고</u> 퇴폐한 것이 있고 고상하고 건전한 것이 뒤섞여 있다. 이러한 잡다한 미술유산의 퇴적 속에 우리 미술사는 과학으로 무장하고 그것들의 이데올로기와 미술형상을 분석함으로써 그 미술의 진보성과 반동성, 인민성과 반민성을 갈라내여야 한다. 이 특성의 파악은 무엇보다도 필요하다. 왜냐하면 그것을 옳게 계승발전시킬 수 있기 때문이다. 민족미술유산의 계승문제는 그것에 대한 옳은 파악이 없이는 혼돈하고 위험한 것이다. 그러므로 미술에 대한 인민적 성격의 파악을 위한 그것의 과학적 분석은 미술사에 있어서 가장 중요한 과업이 되여 있다.

• 한설야, 「문학 창작의 결정적 앙양을 위하여: 조선 작가 동맹 중앙 위원회 제 5차 확대 전원 회의에서 한 한설야 동지의 보고」, 『조선문학』 1960년 2호, 12쪽.

또한 우리 평론은 계급성과 당성을 계속 견지하면서 부르죠아 문학을 비롯한 일체 반동적 이데올로기와의 투쟁을 더욱 강화할 것은 물론 도식주의와 기록주의를 반대하여 투쟁하여야 하겠다. 특히 지적해야 할 것은 아직도 일부 일군들의 문학에 대한 비속 사회학적 견해들로 말미암아 작가들의 대담한 창작 실천과 개성의 발양, 그리고 다양하고 풍만한 창작의 수확에 큰 저애를 주고 있는 사실이다. 이것은 우리 문학 발전을 위하여 더는 참을 수 없는 일이다. 때문에 우리 평론가들과 작가들은 일체 비속 사회학적 견해를 반대하여 결정적으로 투쟁하여야 하겠다.

비장(悲壯)

비장하다 형 슬픔을 억제하고 의지가 굳세다. ¶ 비장한 결심, 비장한 목소리, 비장한 느낌, 비장한 생각, 비장한 기운을 띠다.

▷▷▷『조선말대사전(증보판)』 2, 평양: 사회과학출판사, 2007.

• 안동춘, 「언약」(1982), 『조선단편집』 3, 문예출판사, 1987, 376쪽.

화력부관은 시계를 보고 고개를 쳐들었다. 순간 타는듯한 눈길이 경희에게 닿았다. 그러나 그는 인차 눈을 내리깔고 연필에 침을 묻혀 쓰던것을 계속 써나갔다.

최후를 앞둔 맹세문인가. 그래 결사전을 할 때가 왔다는것이지. 이들은 모두 죽을것이다.

경희는 심장이 비틀리우는듯했다. 그러나 한편으로는 숭엄하고 비장한 감격에 휩싸이며 생각했다.

• 리금철, 「651호 항로」, 『조선문학』 2000년 8호, 36쪽.

하지만 형광막에 비쳐 진 운석을 지켜 보는 처녀의 표정은 너무도 태연하였다.

현아는 이미 비장한 각오를 하였던것이다.

우리의 651호 항로를 절대 바꿀수 없다. ≪은하-26≫ 소행성앞쪽으로 날아오는 저 운석을 저지시켜야 한다.

만약 운석파괴발사기로 운석을 깨버리면 그 쪼각들이 생겨 ≪은하-26≫의 항로에는 더 많은 장애물이 생길것이다. 그렇다고 운석에로 로보트들을 보낼수도 없는 일이다. 이제 저 운석에 가면 어떤 정황이 생길런지를 전혀 알수 없는 한 로보트의 조종프로그람을 짤수가 없었고 또 그럴 시간적여유조차 없는 것이다.

• 리금철, 「651호 항로」, 『조선문학』 2000년 8호, 38쪽.

현아는 소스라치듯 놀라며 몸을 떨었다.

직접 발화를 하려면 폭발순간까지 진명이가 운석에서 떠나지 못하게 된다.

≪안돼요! 진명동무, 위험해요. 빨리 리탈하세요.≫

이윽고 확성기에서 진명의 비장한 목소리가 울려 나왔다.

≪현아동무, 우리 가는 이 항로가 조국의 부강번영을 위한 길이 아니겠소. 그것을 위해서 우리의 삶과 청춘도 있는것이요. 마음을 굳게 먹소. 조국에 돌아 가면 동무가 내대신 우리 꽃순이를…≫

• 서혁, 「유화 <결전을 앞두고>에 대하여」, 『조선예술』 2006년 9호, 66쪽.

전쟁의 중하를 한몸에 안으시고 화선천리를 헤쳐오신 위대한 수령님을 위험천만한 고지에 모신 깊은 자책감에 젖어있는 장병들, 그들의 얼굴마다에는 필승의 신심과 용맹을 안겨주시는 조국의 운명이시고 승리의 기치이신 최고사령관동지를 위하여 한몸 다 바쳐 싸울 비장한 각오가 한껏 어리여있다. 초조와 긴장, 신심과 용기로 엇갈린 그들의 개성적인 얼굴모습들은 최고사령관동지의 명령관철을 위함이라면 침략자 미제를 마지막 한놈까지 소탕하고야말 굳은 의지가 력력히 비낀 깊이있는 성격형상으로 구체화되고있다.

비참(悲慘)

비참하다 ⓗ ① 매우 슬프고 처참하다. ⁋ 해방전 인민들의 비참한 생활처지. ② (수준이나 성적같은것이) "한심할 정도로 낮다"를 조롱조로 이르는 말. ⁋ 비참한 정도의 경기성적.

▷▷▷『조선말대사전(증보판)』 2, 평양: 사회과학출판사, 2007.

• 리원우, 『아동 문학 창작의 길』, 국립출판사, 1956, 108쪽.

이러한 형상들은 수천년의 력사 과정에서 창조된 인민들의 이야기이다. 인민들은 이와 같은 형상들을 무턱대고 공상 속에서 과장하여 지어낸 것이 아니다.

기적을 발휘하는 놀라운 용사들과 장수들과 꾀 많은 주인공이 나오는 동화들은 모두 악에 대한 선의 승리와 비로력자에 대한 로력자의 승리를 주장하였다. 우리 나라 『한알때 이야기』와 기타 많은 구전 동화들의 내용을 형성하고 있는 것은 착하고 부지런한 사람들이 처음에는 비참하게 살다가 나중에는 귀한 사람이 되였다는 이야기들이다. 수 많은 옛말들의 결론은 대개 다음과 같다. "그래서 그 후 고래등과 같은 기와집을 지어 놓고 아들 낳고 딸 낳고 떵기떵기 잘 살았다."

이와 같이 동화의 결론은 인민들의 주장과 소원을 반영한 것으로 되는바 그 주장은 정당한 주장인 것이다. 그것은 인민이란 언제나 공정하기 때문이다.

• 리일복, 「해빛은 찬란히 비쳐」, 『조선문학』 1985년 5호, 문예출판사, 7쪽.

≪징용≫이니 ≪보국대≫니 ≪인부모집≫이니 하는 온갖 명목으로 일본땅에 끌려간 수많은 동포들은 탄광, 광산의 지하막장과 군수시설건설장에서 인간이하의 고역속에 허덕여야 했으며 매맞고 총칼에

맞아 쓰러져도 그 어디에 하소할데가 없는 비참한 처지에 빠지게 되였던것이다.

조국의 해방은 재일동포들에게 재생의 희망을 안겨주었다. 허나 그후에도 재일교포문제는 의연히 복잡한 문제로 제기되였다.

• 한웅빈, 「기다리는 계절」, 『조선문학』 1996년 7호, 60쪽.

≪할아버지!≫

(…중략…)

≪돌아가거라!≫

≪아, 바빠서 기래요! 소… 소…≫

≪소? 소가 어데 있어?≫

(…중략…)

≪누가 소래요?≫

손자녀석은 약이 바짝 올라서 소리친다.

≪〈소년장수〉를 한단 말이예요! 텔레비죤에서!≫

≪소-년장수?≫

박령감은 하늘을 쳐다보며 껄껄 웃는다. 성우도 웃었다. 재미있었다. 논고의 물소리도 웃음을 참는 중얼거림처럼 들린다.

아이들만은 웃지 않았다. 비참한 표정들이다. 손자녀석은 너무 안달이 나서 발을 동동 구른다.

≪10분밖에 없어요! 오늘 〈돌추장놈〉이 죽는대요! 〈호비〉도 혼이 나구!≫

사랑

사랑 명 ① 귀중히 여기고 아끼는 심정으로 지성껏 대하거나 잘되도록 힘써 바라는 마음 또는 그런 마음을 가지는 것. ⁋ 조국에 대한~. 동지간의 ~. 부모에 대한 ~. ② 남녀사이에서 존경과 믿음의 정을 가지고 서로 귀중히 여기며 상대방을 위하고 그리는 열렬한 마음 또는 그런 마음을 가지는 것. ⁋ 청춘남녀들 사이의 ~. ③ 일정한 사물에 대하여 몹시 즐기거나 좋아하는 마음 또는 그런 마음을 가지는 것. ④ 일정한 사물을 몹시 귀중히 여기고 아끼는 마음 또는 그런 마음을 가지는 것. ⁋ 국가재산에 대한 ~.

▷▷▷『조선말대사전(증보판)』 2, 평양: 사회과학출판사, 2007.

• 리원우, 「열두가지 과일이 열리는 나무」(1949), 『보물고간』, 금성청년출판사, 1986, 131쪽.

창길이는 자기도 모르게 그 훌륭한 할아버지가 서있던 빛나는 자리로 성큼 들어섰습니다. 그러자 뭉클 가슴을 찌르는듯한 누나의 목소리가 바람편에 들려왔습니다.

「사랑하는 동생아! 훌륭한 사람들이 서있던 자리로 어서 부지런히 공부하며 들어서다우. 그리고 너는 거기서 한걸음 더 앞으로 나가다우.」

창길이는 주먹을 불끈 쥐고 그 할아버지랑 누나에게 그리고 모든 사람들에게 큰소리로 웨쳤습니다.

「뚜벅뚜벅 나가겠습니다.」

큰 목소리로 함께 어디선가 여러 사람들이 부르는 즐거운 노래소리가 우렁차게 들려왔습니다.

창길이는 여전히 자기 방에 누워있었습니다.

즐거운 노래소리!

그것은 아침 해발이 가득찬 창길이네 방 라지오에서 흘러나오는 평양의 노래소리였습니다.

창길이는 펄떡 자리를 차고 일어서며 웨쳤습니다.

「열두가지 과일이 열릴 나의 둘도 없는 나무야! 부지런히 연구하며 물도 주고 거름도 주고 벌레도 잡아줄테니 어서 내 소원을 풀어다우.」

• 박인범, 「빨간 구두」(1956), 『행복의 동산: 조선아동문학문고』 4, 금성청년출판사, 1981, 115쪽.

한편 개에게 물려간 바른짝구두는 얼마만에 캄캄한 마루밑에 떨어져서 울었습니다.

(이제는 어여쁜 아이와 함께 아름다운 꽃밭구경도 못하구 사뿐사뿐 나비춤도 추지 못하게 됐네.)

그리고 집에 남아있을 왼짝구두가 부러웠습니다.

(왼짝은 혼자서만 사랑을 받을테지…)

그러나 정말을 그렇지 않았습니다.

그 다음날 아침 착한 아이는 문을 열고 밖으로 나왔습니다.

아이는 빨간 구두를 신으려고 하였습니다. 그러나 웬일인지 바른짝은 보이지 않았습니다.

• 황민, 「한줌의 흙」(1959), 『해바라기: 조선아동문학문고』 6, 금성청년판사, 1981, 83쪽.

보천보의 왜놈들을

쳐부신 유격대

원수님을 따라서

곤장덕에 올랐네

이깔나무사이로
별들을 바라보며
오래오래 딛고싶은
사랑하는 조국의 땅

촉촉히 젖은 흙을
움켜안고 갔다네
흙냄새 맡으며
압록강을 건넜다네

- 오영재, 「조국이 사랑하는 처녀」(1963), 『천리마나라』(종합시집), 조선문학예술총동맹출판사, 1964.

수고도 많다… 농사짓느라 처녀야 수고도 많다
너의 힘 다 바쳐 조국을 섬기는 것,
그 밖에 네가 바라는 것 아무 것도 없기에
사랑스런 처녀야!
조국은 무던히도 귀중한 그 무엇인가를 너에게 많이도 주고 싶다.
더 즐겁고 더 유쾌한 회관과 구락부의 밤을
그리고 더 아름답고 고운 너의 손을 가꾸고 싶다
전야를 달리는 제초기 우에서
붉게 타는 저녁노을을 바라보며
네가 불러 보는… 사랑의 노래를 조국은 듣고 싶다
농촌 기계화의 웅대한 구상을 안고
어느 농기계 중대의 창안자와도 밤을 밝히며
겨우내 벗지 않는 너의 누빈 솜저고리와 무지개 '빛 머리' 수건을
조국은 생각한다.

아름답다, 조국이 사랑하는 처녀는 아름다와라
네가 손으로 하던 일들이
모두 기계로 대신하게 될 때
좋은 날과 좋은 해들이 너를 맞아주고
너를 안고 조국이 달려가는 미래의 락원에서
너는 더 행복한 화원을 가꾸게 될 것이다.
그때면 그 꽃을 너에 비기며
사람들은 더 아름다운 노래를 너에게 불러줄 것이다.

• 정서촌, 「발자국」(1963), 『해바라기: 조선아동문학문고』 6, 금성청년출판사, 1981, 251~252쪽.

나는 또 생각하였다 먼 하늘을 바라보며
내 몸에 날개가 돋았으면 얼마나 좋을가?
그러면 새처럼 훨훨 날아갈수 있겠지
그러면 부자집아이도 꽃신도 부럽지 않겠지

아이들아, 사랑하는 아이들아
너희들은 그런 좋은 땅에 태여났구나
너희들은 바로 그런 날개를 가졌구나
너희들은 이 세상 모든것의 주인이 되였구나

봄 여름 가을 없이 새옷을 입고
눈내리는 겨울엔 두터운 외투를 입고
일년 열두달 꽃신을 신고 노래를 부르며
자라는구나 뛰며 웃으며 달음질치며…

• 정춘식, 「누나의 마음」(1970), 『해바라기: 조선아동문학문고』 6, 금성청년출판사, 1981, 171쪽.

파릇파릇 랭상모 애기랭상모
알뜰살뜰 키우는 관리공누나
해 잘 들라 비닐이불 씌워주고요
바람 불면 나래이불 덮어주지요

우리 누나 열아홉 나이는 어려도
사랑 담아 애기모 키워내지요
어서 크라 물주고 김을 매주는
누나는 랭상모의 어머니래요

누나의 그 마음 그 사랑 속에
랭상모는 푸르싱싱 자라나지요
가을은 아직도 멀고멀지만
풍년벌 안고사는 누나의 마음

• 박춘삼, 「꼬마감시원: 한 철도순회원할아버지의 이야기」(1971), 『희망찬 나날: 조선아동문학문고』 3, 금성청년출판사, 1980, 102쪽.

나는 얼른 종이를 떼보았지. 종이에는 서툰 솜씨로 끄적거린 글발이 적혀있었단다.

≪아주머니, 철길을 아끼고 사랑합시다. 철길은 나라의 동맥입니다. 〈꼬마철도감시대〉≫

기웃이 넘겨다보던 그 녀자의 얼굴은 그만 홍당무가 되여버렸단다. 그렇거나말거나 나는 종이에서 눈길을 뗄수 없었다.

≪꼬마철도감시대≫라… 처음 듣는 말이였지, 꼬마라고 했을 땐 분

명 아이들일텐데.…

예쁘게 덧이가 드러난다는 소녀애가 대뜸 마음에 짚였단다. 그러나 종이에 적혀있는 글발은 남자아이들이 되는대로 죽죽 갈겨쓴 글발이였다. 나는 종잡을수가 없어 머리를 설레설레 흔들었다.

• 정덕철, 「만경대고향집」(1978), 『해바라기: 조선아동문학문고』 6, 금성청년출판사, 1981, 9~10쪽.

우리 모두 꽃바다
꽃물결 되여
끝없는 영광 담아
노래불러요

우리우리 사는 집은
서로 달라도
만경대는 우리 모두
사랑하는 집

그래서 우리 마음
여기 있지요
그래서 우리 기쁨
여기 있지요

• 윤복진, 「사랑의 다리」(1980), 박춘선 편, 『조선아동문학문고 11: 꽃축포』, 금성청년출판사, 2010, 20~21쪽.

깊고깊은 산골에 / 무지개다리 / 맑은 물에 곱게 비낀 / 사랑의 다리
은혜로운 그 사랑 / 노래부르며 / 우리 마을 열두동무 / 학교에 가요

지난날엔 흔들흔들 / 징검다리 / 오다가다 찬물에 / 첨벙 빠지고
큰물나면 마주뵈던 / 학교도 멀어 / 시오리 산길을 / 돌아갔지요
깊고깊은 산골에 / 사랑의 다리 / 황금산에 높이 걸린 / 무지개다리
우리 희망 노을처럼 / 꽃피여나고 / 양떼들도 우리따라 / 함께 건느죠

- **황민, 「기러기」, 『행복의 동산: 조선아동문학문고』 4, 금성청년판사, 1981, 135쪽.**

≪자기보다 먼저 동무들을 더 생각하는 마음착한 기러기들이구나. 세상에서 가장 아름답고 힘있는것이 무엇인줄 아니? 저렇게 동무를 사랑하는 마음이란다!≫

큰 기러기의 이 말에 둘러선 기러기들도 모두 고개를 끄덕이며 두 기러기의 착한 마음을 입이 닳도록 칭찬했습니다.

기러기들은 모두가 그런 마음으로 서로 오손도손 모여앉아 잠자리에 들었습니다.

- **지홍길, 「세번째 별명」(1982), 박춘선 편, 『조선아동문학문고 9: 불꽃훈장』, 금성청년출판사, 2010, 68쪽.**

제 혼자 잘먹고 잘살겠다고 욕심을 부리면서 이웃들사이에 쌓아놓은 담장이 결국 동무들의 뜨거운 사랑도 받을수 없게 하고 자기자신을 영영 이웃들과 갈라놓은 울타리가 될줄은 꿈에도 생각하지 못했습니다.

정신은 가물가물 흐려져갔지만 뚱보는 이웃들을 뜨겁게 사랑하고 진심으로 도울줄 알아야 이웃들의 사랑도 도움도 받을수 있다는것을 점점 더 똑똑히 깨달았습니다.

짐승들은 의논하던 끝에 밑에는 황소가 서고 그우에는 염소가 올라서고 또 그우에는 멍멍이가 꿀단지를 안고 올라가 겨우 돼지우리

안으로 들어갔습니다.

뚱보는 꿀을 먹고 며칠만에야 정신을 차리고 석달 열흘이 지나서야 겨우 병이 나았습니다.

• 백수길 작사/박무준 작곡, <내 안겨 사는 영원한 품이여>(1980)

숭고(崇高)

숭고하다 형 귀중하고 고상하다.

▷▷▷『조선말대사전(증보판)』 2, 평양: 사회과학출판사, 2007.

숭고한 것 명 〈철학〉 미학의 기본범주의 하나. 사람의 자주적요구와 리상을 끝없이 높여주며 그들을 미래에로 추동하는 미학적현상이다. 단순히 아름다운 것보다 크고 지속적이며 미래적인 내용을 가진다. 인간성격과 사회생활에서 흔히 고상한것, 위대한것, 장엄한것 등으로 나타난다.

▷▷▷『조선말대사전(증보판)』 2, 평양: 사회과학출판사, 2007.

[참고] 북한미학에서는 미와 숭고를 상호연관된 것으로 본다. 예컨대 리기도에 의하면 아름다운 것은 '모든 긍정적인 것을 포괄하는 것'인 데 반하여 숭고한 것은 아름다운 것 가운데 정신도덕적 측면과 보다 많이 연결된 것으로 "사람의 자주적 요구를 끊임없이 높여주고 그 실현에로 이끌어주는 대상에 대하여 느끼는 숭고한 감정"과 결부된 것이다. 김정본에 따르면 현실과 예술의 아름다운 대상들 가운데서 아름답다고 하는 표현만으로는 만족할 수 없는 어떤 것들이 존재한다. 가령 정원에 핀 탐스러운 꽃은 아름다운 꽃이라는 표현만으로 충분히 만족스럽지만 "사시사철 흰색을 띠고 거연히 솟아있는 백두산이나 기묘하게 생긴 금강산, 그리고 포근한 겨울날의 설경같은 것은 아름답다고만 할수 없이 보다 큰 미학적질을 가지고 있다는 것을 느끼게 된다"는 것이다. 또한 예술영화 〈열네번째 겨울〉에 등장하는 주인공 류설경에게는 아름답다는 표현만으로는 충분치 않은 "우리들의 정신적 높이를 훨씬 뛰여넘어 우리를 보다 원대한 미래에

로 지향시키는" 높은 정신세계가 있다는 것이다. 그가 보기에 이러한 미적 현상이 바로 '숭고한 것'이다. 이렇듯 숭고한 것은 실현된 자기의 요구보다는 그것을 끊임없이 높여주는 어떤 것이다. 그래서 김정본은 숭고한 것을 "사람들의 자주적요구와 리상을 무한히 높여주며 그것으로 하여 사람들을 무한히 격동시키고 보다 높은곳에로 지향시키는 미적현상"으로 규정한다. 또한 리기도는 숭고를 "아름다운 것보다 강한 긍정이며 자기 사명에 대한 깊은 자각과 진보적인 사상, 고상하고 지조굳은 도덕적면모와 관련된 미적현상"이라고 규정한다.

▷▷▷김정본, 『미학개론』, 평양: 사회과학출판사, 1991, 122~124쪽; 리기도, 『조선사회과학학술집 철학편 45: 주체의 미학』, 평양: 사회과학출판사, 2010, 115~117쪽.

• 박종식, 「우리 나라에 있어서 랑만주의 문학의 전통과 혁명적 랑만성」, 『조선문학』 1960년 2호, 117쪽.

1930년대 이후 우리 나라 랑만주의 문학은 새로운 사상 예술적 질의 첨가로 하여 보다 높은 단계로 이행한다. 그것은 무엇보다 김 일성 원수를 수반으로 하는 공산주의자들에 의하여 우리 나라 민족 해방 투쟁이 보다 높은 단계로 돌입한 력사적 사실에 조응한다. 동시에 그것은 김 일성 원수가 직접 조직 지도한 항일 유격 투쟁을 반영하는 혁명 가요가 국내외에 광범히 류포됨으로써 우리 나라 랑만주의 문학의 발전을 고무한 사실과도 깊이 관련을 가지고 있다.

혁명 가요는 그 자체가 본질에 있어서 랑만주의 문학이다. 그것은 조국의 자유와 독립, 행복한 공산주의 사회의 실현을 위하여 투쟁하는 투사—공산주의자들의 열렬한 애국주의를 자기의 기본 빠포스로 하고 있기 때문이다.

조국과 인민에 대한 무한한 헌신성, 프로레타리아 국제주의 친선의 감정, 시련과 난관을 극복하는 혁명적 락관주의, 동지적 우애와 단결의 숭고한 감정, 혁명 승리에 대한 확고부동한 신심—이 모든 애국자—공산주의자의 도덕적 품성이 혁명 가요의 애국주의적 랑만주의 빠포스를 이루고 있다.

- 작가미상, 「어버이수령님은 인민과 함께 계시네」, 『조선문학』 1976년 7호, 문예출판사, 11쪽.

해가 가고 달이 갈수록
우리 누리는 행복이 커갈수록
더더욱 무거워지는 숭고한 이 임무를 안고
이 책임을 안고 가슴뜨거운 조선,

행복이 끝없이 열린
푸른 창공아래
일떠세우고 건설한
락원의 조국강산에서
보람찬 로동으로 참된 삶을 빛내이며
우리 세대가 바라고 바라는 간절한 마음

- 강능수, 「혁명적문학건설의 위대한 기치」, 『조선문학』 1985년 1호, 문예출판사, 18쪽.

주체형의 공산주의자들이 체득하고있는 주체의 세계관과 투철한 수령관, 그리고 자신의 명예와 공명을 생각함이 없이 남이 보건말건 그 어떤 리유와 조건타발도 없이 오직 위대한 수령님과 영광스러운 당중앙을 위하여 성실히 일하는 숭고한 정신세계는 그들의 높은 정치사상적, 정신도덕적 수준을 그대로 과시한다.

숨은 영웅들이 있음으로 하여 우리의 현실은 빛나며 숨은 영웅들을 따라 배우기 위한 운동이 대중적으로 전개됨으로써 우리의 사회주의 조국은 무한한 의욕과 활력을 가지고 힘있게 전진하고있는것이다.

따라서 그들을 빛나게 형상하는것은 현시기 우리 문학앞에 나선 기본과업으로, 그의 무궁무진한 발전을 위한 확고한 담보로 된다.

• **머리글 「작가들은 현실주제의 문학작품을 더 많이 창작하자」, 『조선문학』 1990년 3호, 5쪽.**

우리문학은 또한 도시와 농촌들에 현대적인 살림집을 대대적으로 건설하여 인민들의 식의주문제를 사회주의적요구에 맞게 더욱 원만히 해결하는데서 모든 힘을 다하는 사람들의 숭고한 사상정신적풍모에, 사회생활의 3대분야인 정치생활과 문화생활, 물질생활을 다같이 발전시키며 사회주의제도의 우월성을 높이 발양시키는데 커다란 힘을 기울이고있는 일군들의 보람찬 노력에 응당한 힘을 넣어 형상적모를 박아야 한다.

• **리익근, 「창작가의 미학적리상과 현실긍정의 열정: 연극 <우리 새 세대>를 보고」, 『조선예술』 1990년 7호, 53쪽.**

단막희곡 〈우리 새 세대〉는 작품의 제명이 말해주는 그대로 우리 새 세대, 천리마대고조시기에 태여나 온 사회의 주체사상화를 실현해나가는 오늘의 현실에 등장한 우리 시대 청년들인 영예군인 윤철과 그의 분대원인 상등병 길남, 그리고 역안내원처녀 정옥을 다같이 자주적인 인간전형으로 내세우고 그들의 아름답고 숭고한 정신세계의 발현과정을 극적으로 진실하게 형상함으로써 종래의 극작품들에서는 찾아보기 드문 자주적인 새 세대들의 운명문제를 전면적으로 제기하고 그에 대한 해답을 감명깊게 줄수 있었다.

• 조명철, 「백전백승의 기치를 펼쳐보인 불멸의 화폭: 혁명연극 <승리의 기치따라>를 보고」, 『조선예술』 1993년 8호, 17쪽.

이와 같이 혁명연극은 〈성황당〉식 혁명연극의 형상적요구에 맞게 연출, 연기, 무대미술, 음악 등 모든 형상 수단들과 요소들의 형상수준을 더한층 높여 숭고한 사상성과 높은 예술성으로 결합된 기념비적 걸작품으로 창작완성됨으로써 주체사실주의문학예술의 보물고를 풍부화하는데 커다란 기여를 하였다.

• 조명철, 「원형인물의 극적전형화에서 얻어진 교훈: 단막극 <한가정>과 <해당화>를 두고」, 『조선예술』 1994년 4호, 54쪽.

제5차 전국연극축전무대에 올랐던 단막극 〈한가정〉(신영근 작)과 〈해당화〉(리기창 작)는 현실에있는 원형인물들을 극적으로 전형화하는 창작실천에서 일련의 귀중한 교훈을 주고있다. 두 작품은 다 세상에 널리 알려진 아름다운 공산주의적소행의 하나인 대학생처녀가 영예군인부부의 친딸로 된 감동적인 사실에 기초하여 극을 형상하고 있다. (…중략…) 두 작품은 불편한 몸으로 자식도 없이 살고있는 늙은 영예군인부부의 친딸로 들어가 그들을 진심으로 도와주려는 우리시대 한 대학생처녀의 숭고한 자기 희생성을 생활소재로 하여 극성으로 충만되고 극적견인력이 가한 극적현상을 창조하였다. 두 작품은 다같이 숭고한 자기희생정신을 가지고 자기를 친딸로 받아주지 않으려는 영예군인부부를 감동시키고 마침내 그들의 친딸로 되기까지의 생활로정을 보여주면서 주인공의 숭고하고 아름다운 내면심리세계를 개방하는 방법으로 강한 극성을 발현시키고있다.

• 리수립, 「≪민촌≫에게 따사로이 비친 은혜로운 해빛: 위대한 수령님께서 작가 리기영에게 돌려주신 사랑과 배려」, 『조선문학』 1997년 7호, 63~64쪽.

실로 어버이수령님의 세심하신 손길은 지난날 ≪카프≫문학의 미숙한 경지에서 헤매고있던 작가를 인민대중의 자주위업에 이바지하는 주체문학의 세계에로 이끌어올린 은혜로운 손길이였다. 작가는 장편소설 ≪땅≫의 창작과정에 참으로 숭고한 세계에 올라 눈떴으며 다음번 장편소설 ≪두만강≫의 창작은 그러한 성장을 뚜렷이 확증하였다. 이 작품에서 작가는 력사의 주체인 인민대중의 힘을 확인하는 관점과 립장을 한층 뚜렷이 하면서 우리 나라의 근대력사를 장엄한 서사적화폭으로 펼쳐나갔다. 박곰손일가의 3대에 걸치는 장구한 력사적행로의 중심에서 울리는 작가의 웅심깊은 목소리는 그것을 잘 보여주었다.

• 김순영, 「예술작품의 양상과 그를 살리는데서 나서는 사상미학적요구」, 『조선예술』 1998년 2호, 62쪽.

예술가는 양상을 살림에 있어서 그 대상의 미적특성에 맞는 주도적인 감정정서를 잘 살려나가야 한다. 감정정서의 색채가 명백하지 못하게 되면 작품의 양상을 잘 살리지 못한것으로 된다. 하나의 음악작품이 기쁨과 즐거움을 표현하는지, 숭고함과 장중함을 표현하는지 갈라보기 어렵게 되면 그 작품의 정서적감화력을 높여나갈수 없게 된다.

• 김재홍, 「주체미술의 대전성기를 펼치신 위대한 향도 (1)」, 『조선예술』 1998년 6호, 4쪽.

주체미술의 력사적 사명은 인민대중의 숭고한 미적리상을 진실하게 반영함으로써 인민대중을 당과 수령의 두리에 굳게 묶어세워 사회주의, 공산주의를 위한 투쟁에로 힘있게 불러일으키는데 있다. 경애하는 장군님께서는 로동계급의 수령의 형상창조를 사회주의 미술의 근본문제, 초미의 과제로 여기시고 주체의 미술리론에서 수령형상리론을 정연하게 체계화하시였다.

숭엄(崇嚴)

숭엄하다 형 거룩하고 엄숙하다. ¶ 숭엄한 감정에 휩싸이다.

▷▷▷『조선말대사전(증보판)』 2, 평양: 사회과학출판사, 2007.

• 리호인, 「조국」(1975), 『조선단편집』 3, 문예출판사, 1978, 549쪽.

그때 령감은 단 한벌밖에 없는 나들이 양복에다 넥타이를 매고 중절모까지 쓰고 온 얼굴에 흐르는 구슬땀을 수건으로 닦으며 노를 저었었다. 이따금 뒤돌아보며 공화국기를 잡고있는 미에댁을 보고 수건을 흔들며 나무람하였었다. 세식구의 여섯손으로 공화국기를 힘껏 높이 추켜올렸다. 그래도 령감은 더 높이 들라고 소리쳤었다.

≪뭐라노! 높이 쳐들라! 더 높이!≫

미에댁의 귀에는 그때의 령감의 목소리가 들려오는듯했다.

그의 바로 눈앞에, 너럭바위우에 령감이 그때 들었던 그 폭넓은 공화국기발을 두손으로 받쳐들고있었다.

미에댁은 가슴속에서 올라오는 뜨거움을 억누르지 못하고 령감을 부르며 달려갔다.

≪여보!≫

소리는 입밖으로 나오지 않았다. 몇발자욱 못가서 굳어져버렸다. 왜선지 령감이 근엄해보였고 령감의 마음속깊이에 자리잡고있는 숭엄한 감정이 옮아오는듯했다. 멀리 바라보이던 물이 가까와지는듯 느껴졌다.

• 김정민, 「생의 축복」(1985), 『조선단편집』 3, 문예출판사, 1987, 139~140쪽.

≪녀성은 약할지라도 어머니들은 강하다고 하는데 그것은 어머니들이 지닌 모성애의 힘을 두고 하는 말이 아니겠습니까. 전 어머니가

산후탈로 모진 고생을 하면서도 총을 잡고 싸웠다는것을 생각할때마다 우리 조선의 어머니들을 자랑하고싶어집니다.≫

그이께서는 설순의 손을 잡으시고 손등을 부드럽게 쓸어주시였다.

차안은 숭엄한 기분에 잠기였다. 열린 차창으로 달빛에 번쩍이는 계속의 소연한 물소리가 정적속에 들려왔다.

• 동춘옥, 「연극음악은 극형상의 중요한 수단」, 『조선예술』 1990년 7호, 10쪽.

연극에서 음악은 작품의 양상을 정서적으로 특징짓는 기능을 수행한다. 실례로 혁명연극 〈혈분만국회〉에서 나오는 노래 〈조선아 말해다오〉는 숭엄하면서도 애절한 선율로써 이리제에게 빼앗긴 국권을 회복하기 위해 나섰다가 이국의 하늘아래 피를 뿌리며 쓰러져야 하는 리준의 비극적운명을 보여주는 작품의 양상을 뚜렷이 확증해주고 있다.

• 정우송, 「불패의 힘으로 미제를 타승한 위대한 령도에 대한 불멸의 화폭총서 <불멸의 력사>(해방후편) 장편소설 『50년여름』에 대하여」, 『조선문학』 1991년 8호, 12쪽.

장편소설 『50년여름』이 거둔 가장 주되는 사상예술적성과는 무엇보다먼저 우리 인민과 혼연일체가 되시여 력사상 처음으로 세계 '최강'을 자랑하던 미제의 거만한 코대를 꺾어놓으신 경애하는 최고사령관 김일성동지의 위대성을 숭엄한 높이에서 전면적으로 깊이있게 형상한 것이다.

• 리태윤, 「가을」(1992), 『조선단편집』 5, 문예출판사, 2002, 294쪽.

마침내 자동차는 떠나갔다. 허나 이 꿈같이 지나간 ≪연도환영≫은 사람들의 가슴속에 형언할수 없는 달콤한 추억과 부러움, 짜릿한 희망을 불러 일으켜 주었다. 비록 그들은 떠나갔으나 그들이 뿌리고 간 향기는 밤안개처럼 오래도록 사람들의 머리우에 떠돌면서 아름답고 숭엄한 그 무엇인가를 깊게 생각케 하였다.

• 임덕수, 「(창조수기) 인물에 대한 깊은 탐구와 감정조직」, 『조선예술』 1993년 2호, 31쪽.

저는 이번에 재창조하면서 역인물을 깊이 분석하여보았습니다. 식물학자 최성림은 비록 전사이지만 림시세포위원장을 맡은 조직책임자이며 나이로 보면 그들의 형님이나 아버지벌이 되는 사람이다, 그러니 그들모두가 난관앞에서도 그의 얼굴을 쳐다보며 그의 말 한마디가 그들에게 큰힘으로 될수 있다, 그래서 나는 따뜻하고 부드러우면서도 또 엄한 표정과 자세로 대원들을 둘러본 다음 ≪동/무들, 당원들은 좀 모입시다.≫라는 대사를 하였습니다. 비록 짧은 대사이지만 너무 빨리하면 지내 가벼워지고 좀 천천히 하면 맥이 풀려서 숭엄하게 안겨오지 않았습니다. 그래서 몇 번이고 혼자서 반복하여 련습하면서 부드러우면서도 숭엄한 어조로 대사형상을 완성하였습니다.

• 안성, 「미래에 대한 위대한 사랑의 력사를 격조높이 노래한 심오한 시적형상 서사시 <세상에 부럼없어라>에 대하여」, 『조선문학』 1999년 4호, 쪽수없음.

서사시에서 력사적사실들을 사화함에 있어서 단순히 전달이나 소개에 그치는것이 아니라 거기에 담겨있는 심오한 의미를 정서적으로 깊이있게 밝혀냄으로써 보다 강렬하고 숭엄하고 격동적인 서사시적 화폭을 감명깊게 펼치고있는것이다. 서사시는 나래치는 시적환상과 격조높은 주정토로, 깊이있는 시적일반화 등 다양한 형상수법들을 세련되고 능란한 솜씨로 적극 활용함으로써 자기의 품격을 과시하고 있다.

• 한창혁, 「건축장식미술의 색채형상에서 정서적색갈의 선정문제」, 『조선예술』 1999년 8호, 25쪽.

장식벽화 같은데서는 그의 색채적표현성을 살려내면서도 사상주제적 내용에 맞게 뚜렷한 정서적색갈을 잡고 형상전반에 통일적으로 구현하여야 장식벽화의 사상예술성이 높아지며 무리등이나 벽등 같은 조명기구는 사람들의 미적요구와 정서적 분위기에 맞게 밝고 현란하여야 한다. 건축물의 성격과 내용에 따라 대기념비와 같은 심오한 사상적내용을 가지는 건축창조물들의 색채는 숭엄한 정서적색갈로 표현되어야지 어둡고 침침한 색갈로 되여서는 안된다. 밝고 선명한 색채는 우리 시대 장식미술의 색채적인 양상을 특징짓는 기본요인이며 장식미술형상에 구현하여야 할 정서적색갈이다.

• 박정옥, 「음악은 <성황당>식 연극의 힘있는 형상수단」, 『조선예술』 1999년 11호, 21쪽.

〈성황당〉식 혁명연극에서는 작품들의 양상을 종자에 기초하여 인물의 성격과 생활론리 그리고 인식교양적목적에 맞게 음악을 도입하여 양상문제해결에서 음악이 큰 역할을 하고있다. 혁명연극 〈혈분만국회〉에서는 〈조선아 말해다오〉와 같은 숭엄하고 애절한 노래선률을 울려줌으로써 이 연극이 주인공 리준의 운명을 보여주는 비극적양상을 띠고있다는것을 대사와 행동, 무대미술과 유기적으로 결합되여 잘 암시해주고있다. 〈성황당〉식연극에서 음악은 다양한 선률로 극의 정서적분위기를 돋구어주고 배우의 연기를 자연스럽게 하는 힘있는 형상수단이기도 하다. 곡의 정서적분위기는 인물의 성격을 부각시키고 주제사상을 뚜렷이 밝혀내는데서 중요한 의의를 가진다.

• 최련, 「바다를 푸르게 하라」, 『조선문학』 2000년 8호, 78쪽.

사위는 이미 어둠속에 잠겼다. 해송의 눈앞에 보이는것은 불그레하게 물든 수평선뿐이였다. 그러나 그는 푸르고 환희에 찬 바다의 설레임을 보고있었다. 그것은 지금껏 자기가 알고있던 그 바다가 아닌, 무엇인가 그가 채 알고있지 못했던 숭엄한 사연들을 속삭이는 바다였다.

슬픔

슬픔 명 슬픈 마음이나 느낌. ▶ 적들에게 아들을 빼앗긴 어머니의 슬픔은 원쑤를 기어코 갚고야말 복수의 다짐으로 변하였다.

▷▷▷『조선말대사전』 1, 평양: 사회과학출판사, 1992.

슬프다 형 원통하거나 불쌍한 일을 당하거나 보았을 때 언짢은 생각이 가슴에 차며 눈물겹도록 마음이 쓰라리다. ▶ 지난날엔 슬프고 고통스럽던 이야기들만이 가득찼던 우리 고장도 오늘은 참으로 살기좋은 고장으로 전변되었다.

▷▷▷『조선말대사전』 1, 평양: 사회과학출판사, 1992.

• 황건, 「탄맥」(1949), 『조선단편집』 2, 문예출판사, 1978, 126쪽.

그 원시림은 오늘 까맣고 빛나는 돌덩이가 되여 쏟아져나온다면 이 모든 불길같이 뜨거운 인간들은 수없는 시체와 악착스런 생활의 재무덤속에서 솟아난 그 빛나는 돌덩이가 아니겠는가, 그런 생각이 들었다. 아니 그뿐이랴? 지금 구리처럼 달고있는 저 뺨들인들 얼마나 숱한 칼집이며, 손길 발길을 아침저녁으로 슬픈 자장가처럼 상종해 왔던것인가? 그런 새삼스런 생각도 났다.

• 김상오, 「만경봉 기슭의 초가집」, 『조선문학』 1963년 1호, 조선문학예술총동맹출판사, 4쪽.

만주'벌 휘모는 눈보라 속을 가실 때
백두의 밀림 속에 락엽 깔고 누우셨을 때
어둠에 잠긴 조국 산천과 함께 푸른 강'가의
이 조그마한 초옥도 그 이 꿈에 어리였으리.

그 이는 가셨더라 간고하고 긴 싸움의 길을
이처럼 가난하던 수백만의 작은 집들을 위해,
그 속에 억눌려 살던 사람들 위해,
그처럼 슬프던 아름다운 강산을 생각하시며…

…지금 둘레에는 봄이 뒤설레는 꽃밭과 과원,
단장하고 일어 서는 새 집들, 새 마을들,
봄우뢴 양 뜨락또르 소리 울려 가는 먼 하늘' 가

모든 것이 변했어라, 세월도, 생활도,
가난의 흔적은 영원히 이 땅에서 사라졌어라.
오직 이 마지막 초가집만이 우리가 떠나 온
불멸의 기념비로 여기에 서 있으리라.

• 김정, 「조약돌」(1977), 『희망찬 나날: 조선아동문학문고』 3, 금성청년출판사, 1980, 375~376쪽.

≪…아버지란 사람은 3년전에 나하구 같이 북해도로 강제로 끌려갔는데… 탄굴에서 척추를 다쳐 덜컥 쓰러졌수다. 죽기전에 아들녀석을 보고싶다고 자꾸만 뇌이기에 이 이를 데리구갑네다. 고향가니 집은 쑥대밭이 되지 않았겠습네까. 어머니는 재귀열로 돌아가구 이 어린건 글쎄 철도운송부에서 등짐을 나르더란 말입네다. 어, 기막힌 인생이지…≫

파도라도 후려놓을것같은 그의 한숨은 넓은 하늘가를 꽉 메이는듯하였다.

소년은 더 슬피 흐느꼈다.

구슬픈 침묵이 배전에 깃들었다.

감판을 디디는 날카로운 구두발소리가 문득 그 침묵을 헝클어뜨렸다.

• **김신복, 「바다 고슴도치」, 『행복의 동산: 조선아동문학문고』 4, 금성청년판사, 1981, 324쪽.**

꾀메기라고 부르는 팔팔한 젊은 메기는 이렇게 숨어서 사는것은 오히려 죽음만 못하다고 가슴을 쳤습니다.

작다고 슬퍼하지 말아라
힘없다고 한탄하지 말아라
서로서로 슬기를 모으면
보람찬 삶의 길 열리리.

꾀메기는 이런 노래를 지어부르며 머리가 열두쪼각이 나는 한이 있더라도 원쑤놈들을 쳐부시고 온 바다를 제집처럼 활개치면서 온갖 먹이를 마음껏 거둬들여 행복하게 살아갈 무슨 방도를 찾아내야겠다고 굳은 결의를 다지였습니다.

• **박종렬, 「행복한 두루미」(1985), 박춘선 편, 『조선아동문학문고 9: 불꽃훈장』, 금성청년출판사, 2010, 133~134쪽.**

어디선가 쪼르륵 쪼르륵… 꼬르륵 꼬르륵… 하는 이상한 소리가 들렸습니다. 그것은 누군가의 무척 안타까와하는 소리같았습니다. 샘물이 흐르는 실도랑에서 나는 소리였습니다. 아늑한 바위밑에 퐁퐁 솟아오르는 샘물이 실도랑을 타고 흘러내리다가 산기슭 굽인돌이에 이르러 뱅뱅 감도면서 울음소리를 내고있었답니다.

쪼르륵 쪼르륵…

꼬르륵 꼬르륵…

그것은 슬픈 울음소리같기도 하였고 서러운 흐느낌소리같기도 하였으며 괴로운 신음소리같기도 하였습니다.

샘물이 흘러가던 앞에는 커다란 나무등걸이 굴러내려 길을 막고있었습니다. 도랑뚝에는 들쥐가 뚫어놓은 흉한 구멍이 나있었습니다. 길이 막힌 샘물은 흉한 들쥐구멍으로 떨어져내리면서 신음소리를 내며 흐느껴울었습니다.

쪼르륵 쪼르륵…

꼬르륵 꼬르륵…

≪샘물아, 샘물아, 넌 어째서 흐느껴우니? 넌 어째서 슬피 우니?≫

새끼두루미는 샘물이 가엾은 생각이 드어 이렇게 물어보았습니다.

샘물은 대답하였습니다.

≪나는 나는 흘러가야겠지만 나무등걸이 길을 막아 못가고 나는 나는 싫지만 흉한 들쥐구멍이 뚝에 나있어 그리로 떨어진단다. 그래서 슬프기 그지없고 그래서 괴롭기 짝이 없단다.≫

• 김명익, 「눈보라」(1987), 『조선단편집』 5, 문예출판사, 2002, 80쪽.

민주의 건국시절 대패를 차고 아니 다닌데가 없었다. 아무리 밤을 새우며 일하고 또 일해도 힘든줄 몰랐다. 힘이 샘 솟는듯 했다. 도대체 이 시절에 목수처럼 행복한 사람들이 있을것 같지 않았다.

그런데 박춘덕이 목수가 된것을 평생의 불행으로, 그것으로 하여 그는 이 나라의 다른 사람들보다 더 큰 슬픔을 당해 내지 않으면 안되게 되였다.

그것은 1949년 9월 22일 항일의 녀성영웅이신 김정숙동지께서 32살이라는 너무도 청청하신 시절에 분하게도 서거하신 날이였다.

• 리희남, 「상봉」(1996), 『조선단편집』 5, 문예출판사, 2002, 21쪽.

(이럴줄 알았더라면 내 그를 평양에 불러서라도 만나볼걸…)

그이께서는 좀처럼 달랠수 없는 마음을 안으시고 그늘밑을 걷고 또 걸으시였다. 누군가 그이의 몸 가까이에 의자를 갖다 놓았으나 수령님께서는 전혀 의식하지 못하시였다. 그이께서는 오직 자신께서 안으신 슬픔속에만 오래오래 잠기고 싶으시였다.

아담(雅淡)

아담하다 형 ① 고상하고 담박하다. ⁋ 아담한 옷차림. ② (성품이나 행동이) 깔끔하고 얌전하다. ⁋ 아담한 처녀의 마음씨. ③ 산뜻하고 맵시있다. ⁋ 아담하게 생긴 얼굴. 아담하게 새로 꾸민 방. ④ 마음에 들게 맞춤하다. ⁋ 그는 저녁이면 잔잔하고 아담한 음악을 듣군 했다.

▷▷▷『조선말대사전(증보판)』 3, 평양: 사회과학출판사, 2007.

• 황건, 「탄맥」(1949), 『조선단편집』 2, 문예출판사, 1978, 112쪽.

기사장이 다시 전동기앞에 도끼를 들고 선것을 보고 남일은 먼저 갱내 사무실로 내려갔다. 울긋불긋한 그림들이며 생산실적도표들이 붙어있고, 서고우에는 사시푸른 애동솔이며 꽃이 핀 제라니움화분까지 있는 이 갱내 사무실은 지상에서도 부러울 따스하고도 아담한 살림이였다.

• 한용재, 「어린 용해공들의 집」(1971), 『해바라기: 조선아동문학문고』 6, 금성청년출판사, 1981, 108~109쪽.

그날부터 양지바른 이곳에
우줄우줄 일떠선 우리 새 학교
원수님 사랑의 손길에 떠받들려

아담하게 일떠선 어린 용해공들의 집

아, 아버지원수님께선
학교만을 세워주신것이 아닙니다
용해공들이 될 우리들의 꿈나래도 펼쳐주시려

실험기구, 실습기재 다 보내주셨거니
바로 래일의 용광로를 세워주신것이 아닙니까

• 고병효, 「아이들의 나라」(1974), 『희망찬 나날: 조선아동문학문고』 3, 금성청년출판사, 1980, 173쪽.

남혜도 이제 조국에 돌아오면 여기에서 네가 좋아하는 그림공부를 마음껏 할수 있단다.

어찌 그뿐만이겠냐, 조국땅 그 어데 가나 제일 좋고 제일 아름다운 곳마다에 소년단야영소들이 있으며 소년회관들이 우뚝우뚝 솟아있다. 또한 도시로부터 수백리 떨어진 작은 어촌에도, 백두산속 깊은 림산마을에도 아담한 학교들이 세워져있다. 모든 아이들이 10년제고중의무교육의 은혜로운 혜택을 받으며 푸른 꿈을 꽃피워간다. 대학생들은 많은 장학금까지 국가에서 받으면서 공부를 한다. 철따라 더울세라 추울세라 고운옷까지 입혀주며 아이들을 키우는 나라… 이것은 돈이 있어야 학교에 가고 공부도 할수 있는 썩어빠진 일본땅에서는 상상조차 할수 없는 일이다.

• 최련, 「바다를 푸르게 하라」, 『조선문학』 2000년 8호, 74쪽.

해송이 려관방에 들어섰을 때 연경은 무엇인가 읽고있었다.

(…중략…)

깨끗하고 아담하게 꾸려진 방이였다. 방 한가운데 크지 않은 앉은뱅이책상이 있는데 그우에 어제 바다가에서 보았던 7개의 조가비가 동그란 원모양으로 놓여있었다.

• 량일금, 「령장 없는 병사로 살아 온 한생에 대한 감동 깊은 형상」, 『조선예술』 2001년 4호, 33쪽.

최근 조선예술영화촬영소에서 만든 예술영화 〈령장 없는 병사〉(영화문학 배연록·연출 문정송· 촬영 황룡수)는 오늘 우리 사회의 현실을 잘 반영한 작품으로 된다. 영화는 전화의 그 나날부터 오늘에 이르는 40여년간 북산령에서 샘터와 령길을 관리하며 인민군대를 성심성의로 도와 자신뿐아니라 다섯딸모두를 군관들에게 시집 보낸 박복희어머니가 현지지도의 길에 오르신 경애하는 장군님으로부터 군복은 입지 않았지만 령장 없는 병사와 같다는 분에 넘친 치하를 받고 군인가족예술경연에 참가하게 되는 아담한 이야기를 담고 있다.

• 한성철, 「서화작품의 정서성」, 『조선예술』 2003년 5호, 61쪽.

풍경화작품들을 보면서는 아름다운 조국강산에서 행복을 누리는 삶의 희열과 자부심, 조국산천을 개조변혁해 나가는 창조자의 긍지와 보람을 느끼며 화조, 정물화와 같은 아담한 작품들에서는 단란하고 소담한 생활적정서를 가지게 된다.

• 리희철, 「장승업과 그의 화풍」, 『조선예술』 204년 9호, 65쪽.

그는 형상에 대한 자신심을 얻은 다음부터는 객관사물의 본질을 파악하고 한두붓질로 그 형상을 창조하는데 열정을 바쳤으며 안견과 강희안의 그림에서 탁 트인 먹색을, 라옹과 리정, 김명국에게서 호방한 기상을, 김홍도와 리인문에게서 아담한 취미를 계승하면서 자기 화폭을 넓혀나간다.

• 엄춘성, 「부정이 없는 영화의 형태와 기본특징」, 『예술교육』 2011년 5호, 73쪽.

부정이 없는 영화란 성격화된 부정인물의 반행동성이나 긍정인물과의 직접적인 대립과 충돌이 없이 긍정적성격과 인간관계, 아름다운 생활을 극적인 화폭으로 감동깊게 보여주는 영화라고 말할 수 있다. 부정이 없는 영화형식은 바로 이러한 사회주의 현실생활의 새로운 특질을 자체속에 반영하고있는 것으로 하여 주체적인 극창작원리를 구현한 우리 식의 영화라고 말할 수 있다. 지난 시기 〈미담극〉, 〈상봉극〉으로만 특징짓던 부정이 없는 영화들이 얼마나 새롭고 다양한 양상으로 발전되었는가 하는 것을 알 수 있다. 부정이 없이 만든 영화들을 보면 우선 소재와 이야기거리는 작지만 철학성이 심오한 사회주의현실주제의 아담한 작품들이 기본을 이룬다는데 있다. 아담한 영화란 자그마한 이야기거리를 가지고 생활을 깊이 파고들어 심오한 문제에 철학적해명을 주는 영화이다. 부정이 없는 영화에서 극성의 특징은 우선 밝고 명랑하고 고상하고 아름다운 정서가 기본이라는데 있다.

영웅(英雄)

영웅 명 ① 당과 수령, 조국과 인민, 사회와 집단을 위한 투쟁에서 세운 위훈으로 하여 인민들의 사랑과 존경을 받는 훌륭한 사람. ¶ 사회의 모든 성원들이 다 ~으로 되여가고 있는 우리 나라. 조국을 위한 싸움에서 가슴으로 적의 화구를 막은 ~. 사회주의건설에서 혁신적위훈을 세운 ~. ② 영웅칭호를 받은 사람. ¶ 공화국 ~. 로력 ~. ③ 전날에 "비범한 기질을 가진 걸출한 사람"을 이르는 말. ¶ ~호걸.

▷▷▷『조선말대사전(증보판)』 3, 평양: 사회과학출판사, 2007.

[참고 1] 북한미학이 내세우는 미적 범주론의 가장 큰 특징은 '영웅적인 것'을 미, 숭고, 비극성 등과 함께 독자적인 미적 범주로 삼아 고찰하고 있다는 점이다. 김정본에 따르면 영웅적인 것과 숭고한 것 사이에는 질적 차이를 가려내기 어렵다. 그럼에도 양자의 차이를 언급한다면 영웅적인 것에는 숭고한 것에는 없는 행동적인 측면이 있다고 그는 주장한다. 곧 그것은 '보다 완성된 숭고한 것의 최고표현'이라는 것이다. 여기서 좀 더 나아가 리기도는 영웅적인 것이 다른 미학적 범주들과 차이나는 미학적 특성은 그 '행동성'에 있다고 주장한다. 반면 숭고한 것은 반드시 행동과 결부되는 것은 아니며 주로 사상정신적 생활과 결부된다는 것이 그의 생각이다. 정리하자면 "영웅적인 것은 물론 제일차적으로는 아름답고 숭고한 정신세계를 체현하지만 이 범주의 미학적 특성은 그 행동성에 있다"는 것이다. 북한미학의 '영웅적인 것'에 대한 이해에서 가장 중요한 것은 그 '영웅'이 개인에게 귀속되는 개념이 아니라 어디까지나 집단에 귀속되는 개념이라는 점이다. 리기도에 의하면 북한의 영웅주의는 "지배(착취)계급의

사상적 표현인 개인영웅주의와 대립"되는 '대중적영웅주의'다. 이렇게 개인주의와 이기주의에 대립되는 대중적영웅주의의 영웅은, 영웅은 영웅이로되 '숨은 영웅'이다. 이와 동일한 시각에서 김정본은 영웅적인 것은 타고난 기질이 아니라 당과 수령에 대한 높은 충실성과 헌신성에서 유래하는 것이라고 주장한다.

▷▷▷김정본, 『미학개론』, 평양: 사회과학출판사, 1991, 136쪽; 리기도, 『조선사회과학학술집 철학편 45: 주체의 미학』, 평양: 사회과학출판사, 2010, 152~154쪽.

[참고 2] 오성호에 따르면 북한은 1980년 10월에 열린 제6차 당대회에서 공산주의적 인간의 전형으로 '숨은 영웅'을 내세우고 '숨은 영웅 따라 배우기 운동'을 발기했다. 오성호는 "오래 동안 나라와 인민을 위하여 소문 없이 큰일을 한 참다운 애국자들의 숨은 공산주의적 미풍과 소행을 찾아내여 일반화하는 데 큰 힘을 기울여야 한다"고 주장하는 『조선문학』 1977년 9호의 머리글을 인용하면서 '숨은 영웅론'의 기원을 1970년대에서 찾고 있다.

▷▷▷오성호, 「주체 시대의 북한시 연구: <숨은 영웅>의 형상과 그 의미」, 『현대문학의 연구』 36집, 2008, 379쪽.

• 리원우, 「도끼장군」(1954), 『보물고간』, 금성청년출판사, 1986, 174쪽.

어느 봄날 할아버지 한분이 도끼메부산땅 밋모루개언덕에 앉아서 도끼장수의 이야기를 들려주었습니다.

도끼장수는 옛날 우리 나라로 쳐왔던 침략자들을 쳐부시고 자기가 나서자란 고향 도끼메부산땅을 지킨 인민영웅이라고 합니다.

도끼장수는 우뢰우는 도끼를 들고 일어나서 달려드는 침략자들을 밋모루개언덕에서 쳐부셨다고 합니다.

바로 그 도끼메부산땅은 평양에서 삼십리 서북쪽에 있는 대동군

룡흥리 땅입니다.

옛날엔 부산방이라고 부르던 고장인데 얼마전까지도 부산면이라고 불렀습니다.

지금도 인민들은 도끼장수가 우뢰우는 도끼를 들고 일어나 침략자들을 쳐부셨다고 전하는 영웅의 땅을 도끼메부산땅이라고 부릅니다.

• 리맥, 「첫 쇠물이 흐르는 날」(1958), 『해바라기: 조선아동문학문고』 6, 금성청년출판사, 1981, 150~151쪽.

—수고라니요?
모두들 도와준 덕분이지요
로동자아저씨들
대꾸하는 말

그러자 내 곁에 섰던
예순두살 나는 로력영웅할아버지
자랑하듯 이야기하였네
—소년단원들까지 도와주었지요

—소년단원이라니요?
나는 깜짝 놀랐네
이런 어렵고 힘든 일에
소년단원이 무슨 일 도왔을가?

—들어보시겠소
여기로 주어온 벽돌과 쇠쪼각들이
아마 큰 집채만큼 되였겠소

그제사 내 깨달을수 있었네
콸콸 흐르는 시뻘건 쇠물을 바라보며
나는 속으로 생각하였네
이런 기쁜 날
조국을 받들어가는
그런 아이들은 얼마나 행복할가

• 김병훈, 「≪해주-하성≫」서 온 편지, 『조선문학』 1960년 4호, 30쪽.

글쎄 그 영웅적인 해주-하성 청년 사회주의 건설자들 앞에 제기된 첫 난관이 먹는 문제였다고 하면 혹 의아해하거나 웃을 분이 계실지도 모르지만 사실은 그랬어요.

• 리동섭, 「제일 큰 나팔」(1962), 『행복의 동산: 조선아동문학문고』 4, 금성청년출판사, 1981, 156쪽.

≪나팔도 잘 분다. 제멋대로군…≫
하고 쓴웃음을 지었습니다.
로동자아저씨들속에서도 이런 말소리가 들려왔습니다.
≪거 나팔을 잘 부는군…≫
≪나팔에도 개인영웅주의가 있는게지—≫
이 말에 일시에 웃음이 터졌습니다.
≪튜바≫는 얼굴이 확 달아올라 고개를 쳐들수 없었습니다.

• 김북원 작사/김길학 작곡, <건설의 노래>, 1953.

• 허광순, 「아, 백두산이 보인다」(1969), 『해바라기: 조선아동문학문고』 6, 금성청년출판사, 1981, 94쪽.

아, 백두산이 보인다

언제면 언제면 한번 가볼가

내 마음에 솟아있던 영웅의 산 백두산

구름우에 우뚝 솟은 백두산이 보인다

궂은 비 내리는 일본땅 규슈
음산한 탄광마을 찌그러진 판자집에서
저녁이면 조국하늘 별빛을 우러르며
아버지가 옛말처럼 들려주던 백두산

• 황명성, 「최고사령부의 새벽 외 2편」, 『조선문학』 1976년 7호, 문예출판사, 61쪽.

전쟁은 삶의 봄을 막지 못하리라,
그이의 배웅속에 최고사령부를 떠난
전선사령관이여,
전사들이 정렬하였다, 어서 명령을 하달하라.
군단포의 화력으로 미제의 전쟁신화를 부서뜨리라,
그이 품에 안겨 흐느끼던 설계가들이여
재더미에 솟을 락원의 도시를 세계에 자랑하라.
계절이 가져다주는 봄이더냐,
그이 주시는 소생의 빛발을 안고
승리의 봄우뢰가 안아오는 영웅조선의 봄!
어버이수령님 위대한 사랑으로
시련의 조국강산 한품에 안아주시나니
나무아지 푸르러 설레는 창공에
포연을 가시고 조선의 아름다운 미래가 일떠서리라!

• 위원룡 작사/동윤영 작곡, <이 기쁨 이 영예 끝없어라>, 1962.

• 김신복, 「메토끼의 나팔주둥이」, 『행복의 동산: 조선아동문학문고』 4, 금성청년출판사, 1981, 236쪽.

≪그 메토끼의 이름이 호물이라고 했지, 영웅이야! 동산을 꾸릴 가지가지 슬기로운 궁리가 핑핑 돌고 어려운 일에는 앞장서고…≫

≪말도 잘하더군, 웅변가더라니까!≫

손님들은 돌아가면서도 호물이를 칭찬해 마지않았습니다.

일터에서 돌아오다가 발을 씻으며 귀결에 손님들이 하는 말을 들은 점백이노루는 깜짝 놀랐습니다.

(손가락 하나 까딱 안한 호물이가 아닌가!…)

저녁을 먹은 점백이는 반달백이곰을 찾아갔습니다.

마침 동산일을 의논하려고 동산에서 어른격인 짐승들이 다 모여있었습니다.

≪손님들이 호물이를 영웅이라고 칭찬하더군요!≫

점백이는 손님짐승들이 주고받던 이야기를 반달백이에게 말했습니다.

≪뭐라고?…≫

방안의 짐승들은 모두 어이없어했습니다. 이들은 오래도록 호물이를 두고 걱정도 하고 그를 일깨워줄 의논도 하다가 헤여졌습니다.

- 안동춘, 「언약」(1982), 『조선단편집』 3, 문예출판사, 1987, 369쪽.

≪차단조야. 공격을 견제하자는거지.≫

≪한마디로 결사대지.≫

≪돌아오지 못할거야.≫

≪그럴수 있지.≫

≪전쟁이니까.≫

(…중략…)

≪반포대대에서 왜 저 여덟사람만 떨어집니까?≫

(…중략…)

≪왜 그들만 차단조예요. 그들은 위험하겠지요.≫

(…중략…)

≪물론 위험하지요. 하지만 위험 없는 싸움이야 없지 않습니까.≫

(…중략…)

≪아니, 그럴수 없어요. 려단이 막아 족치면 되잖아요. 려단전체가 달라붙으면 쉽게 진압하겠지요.≫

(…중략…)

≪물론 그렇소. 하나 우리는 저놈들을 짓뭉개는 사이면 다른 적의 사단이 우리를 포위하려 할것이요. 그때면…≫

(…중략…)

경희는 아직도 석연치 않았으나 포병참모의 론거에 무시할수 없는 진리가 있음을 깨달았다.

(그러니 그들은 영웅으로 간것이다. 이 많은 사람들속에서 그들만이.)

• 장기성, 「우리 선생님」(1984), 『조선단편집』 3, 문예출판사, 1987, 246쪽.

부상병을 업고 온 인민군대 간호원누나를 적들의 폭격속에서 매생이로 건네주는 주인공소년의 영웅적인 행동이 명환이에게 커다란 감동을 준 모양이예요.

• 강능수, 「(논설) 혁명적문학건설의 위대한 기치」, 『조선문학』 1985년 1호, 문예출판사, 18쪽.

숨은 영웅들이 있음으로 하여 우리의 현실은 빛나며 숨은 영웅들을 따라 배우기 위한 운동이 대중적으로 전개됨으로써 우리의 사회주의 조국은 무한한 의욕과 활력을 가지고 힘있게 전진하고있는것이다.

따라서 그들을 빛나게 형상하는것은 현시기 우리 문학앞에 나선 기본과업으로, 그의 무궁무진한 발전을 위한 확고한 담보로 된다.

이처럼 문헌은 현실발전의 특성과 요구, 공산주의인간학의 원리에 기초하여 사회주의, 공산주의문학건설의 과학적인 방법론을 밝혀주는 탁월한 지침으로 된다.

• 한웅빈, 「스물한발의 ≪포성≫」 2부, 『조선문학』 2001년 5호, 29쪽.

≪그럼 분대장동지도 철학갑니다.≫

≪엉터리 없는 소릴!≫

분대장은 화를 냈다.

≪철학가는 무슨 철학가야? 내가 철학가면 세상에 온통 철학가투성이게? 그저 내가 알고 있는건 우리 조선인민군 군인들의 영웅주의는 그 어떤 몇사람의 영웅적 행동이 아니라 집단적영웅주의라는거야.≫

(…중략…)

≪(…중략…) 군대복무란게 딴게 아니야. 〈나〉를 잊어 버리는게 군대복무야. 〈나〉라는걸 잊어 버리구 〈우리〉가 되는거지. (…중략…) 저마다 〈내〉가 그냥 남아 있으면 아마 저 엉터리철학가 위생지도원의 말처럼 한쪽 다리나 팔이 제 멋대로 놀아 나는 몸뚱이 같아 지겠지, 안 그래?≫

• 강형범, 「모자이크벽화에서 인물형상을 기념비회화의 특성에 맞게 하려면」, 『조선예술』 2006년 7호, 52쪽.

모자이크벽화에서는 기념비미술의 사명과 본성적요구로부터 나라와 인민을 위하여 혁명앞에 위대한 업적을 쌓은 위인들의 영웅적위훈과 민족의 영예를 빛내인 력사적사변들을 인물군상화의 전개된 화폭속에 펼쳐보인다.

예쁨

예쁘다 형 ① 귀염성스럽게 이쁘다. ⁋ 예쁘게 생긴 어린이. ② 매우 탐스럽고 아름답다. ⁋ 예쁜 꽃. [참고: 이쁘다]

▷▷▷『조선말대사전(증보판)』 3, 평양: 사회과학출판사, 2007.

- 강훈, 「지지와 배배」(1947), 『행복의 동산: 조선아동문학문고』 4, 금성청년출판사, 1981, 12쪽.

≪우리도 이번 새로 집을 지었습니다. 우리 집까지 기와집이 되니 우리 동네는 아주 기와집동네가 되고말았습니다. 기와집을 지어놓으니까 제비까지 와서 집을 지었습니다.

내가 공부하는 방 처마끝에말입니다.

예쁜 새끼까지 여섯마리를 까놓았습니다.

그리고 지지배배 즐거운 노래를 불러줍니다.

아주 사랑스러운 제비입니다.

내가 이 제비를 더 사랑하기는 〈제비야 전해다오〉라는 작품을 지어 선생님한테 칭찬을 들은 다음부터입니다.

그 작문의 내용은 남녘땅의 불쌍한 동무에게 보내는 편지글입니다.

북녘땅과 같은 훌륭한 세상을 세우려고 미국놈들과 싸우다가 옥에 갇힌 아버지와 언니를 잃어버리고 그리고 학교에서도 쫓겨난 불쌍한 동무들이 많을것을 생각해서 그 동무들을 위로하고 끝까지 우리들도 힘있게 싸우자고 맹세하는 편지글이였습니다.

이 편지글 〈제비야 전해다오〉를 정말 우리 집 지지배배가 남녘땅의 그런 불쌍한 동무들에게 전해주었으면 얼마나 좋을가요.

선생님, 언제 짬이 계신대로 새 집 구경도 하실겸 우리 집 제비를 와서 구경하십시요. 아주 예쁘장하고 귀여운 제비입니다.≫

• 김병훈, 「길동무들」, 『조선문학』 1960년 10호, 56쪽.

≪아바이… 어떻게 선비가 죽을 수 있단 말야요…그 어질고 예쁜 선비가 어떻게… 뭐 때문에…그렇게 짓밟히우구, 그러구 나중엔 세상에 났다 행복이란 그림자도 못 보구 피를 토하고 죽는단 말이예요!…≫

(…중략…)

나는 계급 사회의 잔인한 발굽에 짓밟힌 한 소설의 녀주인공의 운명 앞에 참을 수 없는 울분을 토하는 이 처녀에게 뭐이라 대답할 말을 못 골랐다.

• 박춘삼, 「꼬마감시원: 한 철도순회원할아버지의 이야기」(1971), 『희망찬 나날: 조선아동문학문고』 3, 금성청년출판사, 1980, 99쪽.

열두어살 나보이는 어린 소녀애가 책가방을 달랑거리며 뛰여옵디다.

〈아저씨, 저쪽 교차점으로 돌아갑시다!〉

소녀는 챙챙 울리는 목소리로 숨가쁘게 소리를 칩디다. 나는 놀란 눈길로 소녀의 얼굴을 바라보았지요. 통통한 두볼은 익은 딸기처럼 빨갛게 달아오르고 말할 때마다 살짝살짝 덧이가 예쁘게 그러나는 앱디다.

나 하도 기특하고 대견해서 그 애의 동그란 뒤머리를 쓰다듬어 주었지요.

〈애, 난 길이 바쁘다.〉

난 소녀애가 어쩌는가 보려구 짐짓 이렇게 입을 열었습니다.

그랬더니 글쎄 〈안됩니다!〉하고 총알처럼 쏘아붙이며 난딱 내 앞을 막아나서질 않아요.

• 김신복, 「메토끼의 나팔주둥이」, 『행복의 동산: 조선아동문학문고』 4, 금성청년출판사, 1981, 237쪽.

≪입이 엄청나게 커졌어!≫

≪뭐?…≫

호물이는 눈이 퀭해서 물도랑으로 뛰여갔습니다.

≪입이 커지기는 뭐가 커졌다고 그래?…≫

호물이는 물속에 비친 제 얼굴을 들여다보며 화를 냈습니다. 호물이의 눈에는 예쁘장하게 작은 언청이입 그대로가 보였던것입니다.

≪아니 보기 흉하게 입술이 넓게 퍼지며 커졌는데 안 커졌다니?…≫

점백이는 기가 막혀했습니다.

≪너 머리가 돌지 않았어? 멀쩡한 남의 입을 커졌다고 하다니 허튼소리 작작 쳐라!≫

≪자 이런, 커두 이만저만이 아닌데 그걸 보지 못하니 눈까지 병신된게 아니야?…≫

• 김관일, 「청년개척자의 수기」(1985), 『조선단편집』 5, 문예출판사, 2002, 117~118쪽.

갸름하고 예쁘장한 얼굴들, 희디흰 살결, 하나같이 뒤축 높은 비닐구두의 윤기 도는 광택, 원피스의 허리를 졸라 맨 날씬한 몸매들…

• 안홍윤, 「칼도마소리」(1987), 『조선단편집』 5, 문예출판사, 2002, 187~188쪽.

로친네는 칼도마를 자기의 얼굴앞에 바투 세워 댔다. 순간 칼도마의 복판에 펑 뚫어 진 구멍으로 그의 한눈이 어이없는듯 나를 내다보고 있었다.

언제부터 칼도마복판에 난 옹이가 미타하다고 하면서 새것을 사오겠다더니 그예 홀렁 빠져 달아난것이다.

(…중략…)

≪이왕이면 구멍을 좀더 크게 내구려. 당신의 〈예쁜〉얼굴이 다 보이게.≫

로친네는 흔연히 맞장구를 쳤다.

≪아따, 그럽시다레. 령감이 예쁘다는데 이까짓 칼도마 하나쯤 대수겠수?≫

(…중략…)

누가 들으면 늙은 내외가 체신머리 없다고 할만큼 우리는 크게 웃었다.

(…중략…)

≪아무튼 좋시다. 늘그막에 령감한테서 예쁘다는 소릴 들으니.≫

• **리태윤, 「가을」(1992), 『조선단편집』 5, 문예출판사, 2002, 274쪽.**

눈을 할기죽하며 웅석스럽게 입을 삐쭉하는데 분독에서 빠져 나온 듯 새뽀얗게 화장을 한 그애의 모습은 제딸이라고 믿기 어려우리만치 예뻤다.

(허, 총각녀석들이 혹할수밖에!)

• **황령아, 「산과 강에 대한 이야기」(2001), 박춘선 편, 『조선아동문학문고 10: 웃음의 동산』, 금성청년출판사, 2010, 76쪽.**

산은 그들이 나누는 이야기를 듣자 가슴이 설레이였습니다. 강이 새롭게 다시 보였습니다.

물오리는 더욱 감탄했습니다.

≪야! 넌 마음도 아름답구나.≫

산은 그들이 나누는 이야기를 듣자 가슴이 설레이였습니다. 강이 새롭게 다시 보였습니다.

산은 생각했습니다.

≪원래는 마음씨가 고운 강이였습니다.≫

산은 새삼스러운 눈으로 강을 바라보았습니다.

물은 맑다못해 파랗게 보였고 끝없이 깊어보이는 강물속에는 아름다운 물고기들이 즐겁게 헤염쳐 놀고있었습니다. 수많은 물고기들을 한품에 안고있는 강은 한없이 부드럽고 정깊어보였습니다.

구불구불 흘러가는 모습도 푸른 댕기오리처럼 아름답기만 했습니다.

(원래는 <u>예쁜</u> 강이였구나. 모양도 마음도 고운 강이였어.)

• 박영순 작사/안정호 작곡, <예쁜이>, 1998.

용감(勇敢)

용감하다 형 두려움을 모르며 기운차고 씩씩하다. ⁋ 용감한 조선인민군. 용감하게 전진하다. 시원시원하고 ~.

▷▷▷『조선말대사전(증보판)』 3, 평양: 사회과학출판사, 2007.

• 안룡만, 「나의 따바리총」, 『영광을 조선인민군에게』(종합시집), 조선인민군 전선문화훈련국, 1950.

(…전략…)

이곳은 내 사랑하는 동지
우리 당 대렬의
용감했던 동무의 요람터

야산지대 낮은 구름
잔솔닢 우거진 언덕을 타고
빨찌산으로 싸운 청년

진지를 옮아 태백산 준령
떡갈나무 우거진 아지트에서
우리의 진격을 맞아준 청년

굳은 악수와 함께
다시 총자루 어깨에—

행군의 길 너는 나에게

락동강 줄기 흘러내린

어느 고요한 마을이 네 고향이랬다

(…하략…)

- 박세영, 「어디라도 와바라」(1952), 『해바라기: 조선아동문학문고』 6, 금성청년출판사, 1981, 146쪽.

고지에 와봐라

나의 고지 철벽같이 지키는

용감한 인민군대

네놈들을 잡는다

바다에 와봐라

바다에는 용감한 해병들

백발백중 적함 까부시는

우리 해군 지킨다

큰길로 와봐라

큰길에는 땅크잡는 용사들

반땅크수류탄

불벼락을 내린다

- 윤세중, 「구대원과 신대원」(1952) 『조선단편집』 2, 문예출판사, 1978, 195쪽.

≪거기서 혼자 적정도 모르겠구. 또 뒤에 따르는 아군부대도 없고 경기를 가지고 어떻게 할수가 있어야지-그런데 다가온델 돌아다보니, 우리가 점령한 고지는 달밤이 되여 그런지 아주 까마득하게 보인

단말야. 할수없이 그냥 돌아갔지-≫

≪그놈들한테 들키진 않았어요?≫

≪들키긴—미제놈들은 그런 점에서는 괴뢰군놈들보다 더 어수룩하다니까—아무튼 부대까지 돌아오는데 한시간은 더 헤매였을게야. 겨우 찾아오니까 소대장동무가 그런 적개심과 용감성은 좋은데 전투정황을 잘 판단하지 못하고 혼자 행동한데 대해서는 눈물이 날만큼 막 꾸중을 하겠지…≫

• 리북명, 「새날」, 『조선문학』 1954년 3호, 43쪽.

어느 날, 점심때였다. 시뻘건 쇳덩이 위에 놓아 싱싱 끓인 물로 점심을 먹고난 후 새로 들어온 제대군인 동무에게서 용감한 인민 군대의 전투 이야기를 한창 재미나게 듣고 있는데 밖에 나갔던 송 기호가 껑충껑충 뛰여들어오면서 요란스럽게 김 천쇠를 찾았다.

• 리북명, 「빛나는 전망」, 『조선문학』 1954년 6호, 13쪽.

(…전략…)

혜숙은 목에 걸쳤던 수건을 풀어 얼굴의 땀을 씻으며 허리를 쭉 펴 발판 우에 일어서서 새삼스러운듯 눈아래에 공장을 휘돌아 본다. 언제나와 마찬가지로 지금도 혜숙에게는 상처 입은 공장들이 마치 화선에서 적탄에 부상 당하고 드러누운 용감한 전사들 같이 느껴졌다. 그것들에서 언제까지나 뗄줄 모르는 혜숙의 눈에는 간호병들이 부상병들을 지킬 때와 같은 원쑤에 대한 증오가 불길같이 서리여 있으면서도 부상병에 대한 련민과 애정이 서로 얽힌 그러한 복잡한 감정이 깃들었다.

(…하략…)

• 강효순, 「행복의 열쇠」(1955), 『행복의 동산: 조선아동문학문고』 4, 금성청년출판사, 1981, 73쪽.

아무리 빠르고 용감한 금이네 일행일지라도 어두운 세상에서는 꼼짝할수가 없었습니다. 화살도 그 캄캄한 속으로 쑥 들어가고 말았습니다.

일행은 산기슭에 펄썩 주저앉았습니다. 오래동안 고생을 하며 이곳까지 왔는데 여기서 길이 딱 막히고마니 참으로 안타까왔습니다.

• 마운룡, 「해뜨는 아침에」(1958), 『해바라기: 조선아동문학문고』 6, 금성청년출판사, 1981, 240쪽.

바다가에 나서 모래불에 딩굴며
해풍에 그슬리운 구리빛 몸이
파도소리 귀익히며 자라는 마음이
그냥그냥 바다로 내닫는다

어서 훌쩍 어른이 되였으면
아버지같이 나도 발동선 몰고
욱실거리는 고기떼 맞받아
수평선 한끝까지 가보련만

바다야 내 희망아
찬란한 태양을 더 높이 추켜올려라
원수님의 넓고 깊으신 뜻을 받들어
크거들랑 나도 용감한 배사람이 될테다

• 장형준, 「혁명 전통 형상화에서의 사실과 허구, 원형과 전형」, 『조선문학』 1960년 1호, 127쪽.

공산주의자의 전형 창조에서는 어느 한 원형에 의거할 수도 있고, 여러 사람을 연구 탐색한 데 기초하여 새로운 인간을 창조해 잴 수도 있다. 원형에 기본상 의거하는 경우에도 작자는 그의 경력과 성격에서 임의의 요소를 제거 또는 첨가할 수 있다. 〈미래를 사랑하라!〉의 주인공도 바로 그렇게 하여 창조된 것이다.

이 영화의 주인공 박길산의 원형은 김일성 동지의 지도하에 싸우다가 영웅적 최후를 마친 불굴의 혁명 투사 박길송 동지이다. 씨나리오는 이 원형에 립각하여 창조되였다. 그러나 원형의 생애에 있은 빛나는 위훈들이 모두 반영된 것도 아니며, 또 그렇게 될 수도 없었다. 그리고 일련의 장면은 새로 첨부되기도 하였다. 이렇게 하여 작자는 자기의 주인공을 용감하고 락천적인 쾌남아형의 투사로 형상화하였다.

• 김병훈, 「백일홍」, 『조선문학』 1961년 9호, 116쪽.

영호 아버지가 목숨으로 지킨 철길을 위한다고 생각하니 못 할일이 없었다. 그리고 또 귀에서는 돈화의 수림 속을 헤매는 명화 어머니의 말'소리도 들리는 것 같았다.

≪금녀! 용감하라! 웅 굴하지 말라!≫

(그렇다! 굴하지 말아야 한다. 저 산에 오르자. 그래서 기를 꽂자.) 금녀는 얼'결에 가슴을 만져 보았다. 가슴에는 싸리로 대를 만든 붉은 기'발들이 그냥 꽂혀 있었다. 금녀는 팔을 벌리고 바위'벽에 든든히 말라붙었다.

• 진재환, 「고기떼는 강으로 나간다」, 『조선문학』 1964년 1호, 46쪽.

작은 구멍에서 격한 물'결이 터져 나왔고 물'결과 함께 새끼 고기들이 자유로운 강물로 내려앉았다. 대성의 몸 근방에는 동금한 새끼 무지개가 일었다. 대성이는 두 번씩이나 놈들의 등박죽에 뒤'잔등을 얻어 맞았지만 초롱이 갑석할때까지 끊임 없이 초롱을 내저었으며 속이 완전히 빈 다음에야 희고 황홀한 양철 초롱을 물우에 던졌다. 빈 초롱은 격하게 흐르는 물'결을 타고 재빨리 하류로 내려 가다가 내'강변에 걸리였다.

대성이는 마지막으로 자기가 할 일을 다 했다는 것을 자각하자 이제는 <u>용감</u>하게 죽음을 각오하였다.

• 김영수, 「바다에서 바다로」(1980), 『해바라기: 조선아동문학문고』 6, 금성청년출판사, 1981, 241~242쪽.

우리는 간다
철의 도시로 농장벌로
머나먼 림산마을로
마음의 나래돋혀 훨—훨

우리 자라 용해공 되면
쇠물바다 휘젓는 <u>용감</u>한 갈매기
우리 방직공 되면
3천리에 꽃천을 휘감으며
직기바다 나래칠 비단갈매기

끌끌한 청년분조원으로
천리 농장벌에 만풍년 안아오고
먼 바다 주름잡아 씽씽
억센 나래 퍼덕이며

고기배 몰아가리라

• 전종섭, 「달미의 그림」(1980), 박춘선 편, 『조선아동문학문고 9: 불꽃훈장』, 금성청년출판사, 2010, 24쪽.

파도가 쉼없이 밀려가고 밀려오는 바다가 바위우에서 우리의 주인공 달미는 그림천에 새로운 그림을 그려넣고있었습니다.

그것은 바다건너 섬오랑캐놈들을 무찌르는 마을사람들의 용감한 모습을 담은 그림이였습니다.

먼먼 후날에도 이 땅우에 태여나는 아이들이 아름다운 고향땅을 빼앗으려고 달려들었던 저 바다건너 원쑤놈들을 잊지 말라고, 고향을 지켜싸운 사람들의 장한 모습을 길이 전하려고 달미는 새로운 그림을 그리고있었습니다.

• 최낙서, 「느티나무박물관」(1987), 박춘선 편, 『조선아동문학문고 9: 불꽃훈장』, 금성청년출판사, 2010, 177쪽.

느티나무할아버지는 철남이의 어깨를 가볍게 짚으며 말을 이었습니다.

≪그 옛날 우리 나라에 기여든 일본놈들을 제 나라로 쫓아버리기 위하여 온 나라 인민들이 모두 일어나 싸웠단다. 그때 여기 락원동사람들은 만세를 부르며 목숨을 걸고 싸웠단다. 그때 여기 락원동사람들은 만세를 부르며 목숨을 걸고 싸웠지. 저 사람들속에는 광석이의 큰할아버지도 있단다. 그 싸움에서 제일 용감한 사람이 영수의 증조할아버지였단다. 그다음부터 마을사람들은 영수의 증조할아버지를 얼마나 존경했는지 모른단다.≫

≪히야! 너의 증조할아버지는 참 훌륭한분이였구나!≫

철남이는 영수의 손을 잡고 부러움을 금치 못했습니다.

• 남용진, 「교예예술의 표현수단인 교예기교에 대하여」, 『조선예술』 1991년 6호, 24쪽.

또한 공중무대에서 하늘의 날새마냥 다양한 전회기교와 공중날기를 기본으로 하는 ≪공중그네비행≫을 비롯한 공중교예작품들과 말타기 등의 교예작품들은 교예배우의 재간과 예술적표현성으로 일관된 다양한 교예기교를 통하여 사람들에게 용감성과 대담성, 담찬 기개와 혁명적랑만을 안겨주는가 하면 사람들을 신비로운 세계에로 이끌어가면서 빠른 손동작으로, 사물현상의 변화로 사람들에게 호기심과 함께 눈속임에 대한 ≪비밀≫의 의문등을 공백에 남겨주며 사람들의 지혜를 발동시켜 지적발전에 이바지하는 요술도 손동작의 빠른 운동기능과 표현력이 결합되여 강조된다.

• 한웅빈, 「스물한발의 <포성>」 2부, 『조선문학』 2001년 5호, 31쪽.

나는 황급히 착암기를 껐다. 신대원에게 착암기를 맡겼다고 추궁하는줄로 알았다. 그러나 영문을 알게 되자 잔등으로 식은 땀이 쭉- 흘렀다. 분대장이 5mm철근으로 만든 구멍청소대로 불발구멍을 파내다가 소대장에게 들킨것이였다.

(…중략…)

≪소대장동지, 잘못했습니다. 다시는 그런 모험을…≫

≪모험?≫

≪이건 모험이 아니라 요령주의요! 무서운 요령주의! 모험은 용감한 사람들이 하는거요!≫

이렇게 소대장은 한마디로 분대장을 요령주의자, 비겁쟁이로 규정해버렸다.

용맹(勇猛)

용맹하다 형 용감하고 씩씩하다. ¶ 전투마당에서 용맹하게 싸우다.

▷▷▷『조선말대사전(증보판)』 3, 평양: 사회과학출판사, 2007.

• 윤세중, 「구대원과 신대원」(1952), 『조선단편집』 2, 문예출판사, 1978, 195쪽.

≪배? 물론 고프지, 그러나 원쑤들이 눈앞에 있을 때는 배가 고파도 고픈줄을 모르는 법이라오. 다만 한놈이라도 더 원쑤를 잡고싶은 생각밖에는 없으니까. 원쑤가 미우면 미울수록 먹지 않아도 기운이 나는 법이요. 그때 만일 우리에게 그런 증오심이 없었다는 우리 셋은 끝까지 견뎌내지 못하였을게요. 증오심, 복수심 이것이 약하면 약할수록 전투에서 용맹하지 못한 법이거던.≫

• 리북명, 「빛나는 전망」, 『조선문학』 1954년 6호, 28쪽.

(…전략…) 그러한 어느 순간에도 그의 가슴에서 안해의 웃음진 얼굴이 떠나본적은 없었다. 자기를 위해 모든 삶의 보람과 가치를 찾는 안해의 지극한 사랑의 입김을 후더운 가슴에 느낄 때 그는 더욱 용맹할 수 있었고 안해와의 상봉—행복한 가정을 위해 그는 죽음이 구름처럼 드리운 고난의 고개도 오히려 웃으며 넘지 않았던가!

• 마운룡, 「떠가는 군함바위」(1969), 『해바라기: 조선아동문학문고』 6, 금성청년출판사, 1981, 22쪽.

그 구령소리에
푸른 잔디도 물결되여 배전을 떠민다
군사놀이 함께 하는 동무들
번개처럼 친다 왜놈을 친다

아, 어리신 원수님께서
나라찾을 용맹을 키우신 바위
원수님을 따르는 어린 동무들의
키도 몸도 마음도 키워준 군함바위

• 리철, 「민족의 재보로 훌륭하게 꾸려진 동명왕릉 」, 『조선예술』 1993년 9호, 24쪽.

동명왕릉 유적에서 특별한 이목을 끄는 것은 돌조각상들인데 그중에서도 돌범들은 어디에서도 상대를 찾을수 없을 정도로 잘 만들어졌다. (…중략…) 만수대창작사 조각가들은 고심어린 창작전투를 벌려 마침내는 그야말로 용맹한 범의 형상을 창조하였던 것이다.

우아(優雅)

우아하다 형 고상하고 아름답다. ⁋ 우아한 말씨. 우아한 조선옷. 우아하고 부드러운 선률. 우아한 춤. 우아한 예술.

▷▷▷『조선말대사전(증보판)』 3, 평양: 사회과학출판사, 2007.

[참고] 김정본에 따르면 우아함은 우미와 유사한 단어다. 하지만 그는 이 양자를 구별하여 “우미는 항상 활동적인 대상에 관계되고 탄력이 있고 생신하며 동적이라면, 우아한 것은 상대적으로 활동인 대상이나 비활동적인 대상에 다 관계된다”고 주장한다. 김정본이 보기에 우아성은 “힘의 발현을 요구하지 않고 정확성과 완전성”으로 특징지어진다. 이런 관점에서 그는 “선명하고 유연하며 조화롭고 온화한것은 우아하게 아름다운 것으로 된다”고 기술한다.

▷▷▷김정본, 『미학개론』, 평양: 사회과학출판사, 1991, 100쪽.

- 추민, 「무용극 <심청전>에 대하여」, ≪문학신문≫, 1957년 7월 4일, 2면.

  우리는 무용극 〈심청전〉 1막에서 심청이가 아버지를 위하여 몸을 팔고 고민하는 ≪아리아≫를 볼 수 있다. 그것도 ≪아다지오≫(느린 동작) 형식으로 ≪크라시까≫를 적용함에만 치중한 데서 그쳤다. 또 2막에서 나오는 ≪봉죽춤≫같은 것은 우리 나라의 민족 무용과는 인연이 먼 이 ≪씨스템≫에서만 처음 보는 그러한 괴이한 무용으로 되고 만 것이다. 다음 3막에서 심청이가 눈 먼 아버지를 위하여 림당수에 빠져 죽으러 가는 장면은 이 작품의 비장한 크라이막쓰임에도 불구하고 심청의 춤은 ≪크라시까≫로, 동리 사람들의 춤은 ≪광대춤≫으로, 이렇게 형식상 조화가 되지 않은 데서와 심청의 성격에서 울어

나오는 감정이 체험하고 생활하는 그러한 연기로 되지 못한 결과로 오히려 희화화한 것으로 되고 말았다. 다음 4막에서 룡궁 장면의 춤은 아버지를 걱정하는 심청의 효성으로 일관시킬 대신에 사상적 내용을 형식적 기교 (크라시까)에다 복종시켜 고기춤, 운단춤, 문어춤, 해바라기 춤 등을 원무 형식을 가지고 관중을 현혹케 하여 하였다. 끝으로 5막에서도 비원 장면의 심청과 왕자와의 (뚜엣)(쌍무)은 민족무용에서 오히려 우아하고도 정서적인 것을 자아 낼 수 있음에도 불구하고 이러한데 눈을 돌리기 보다 발레트에서의 ≪쟘프≫(뛰는 것), ≪삐리에트≫(도는것) 등의 륭동으로 대치시켜 이 작품이 가지는 주제를 훼손시키고 ≪스찔≫을 파괴하는 등 허무 맹랑한 결과를 초래시켰다.

- 리원우, 「아름답고 우아한 혁명적인 무용예술」, 『조선예술』 1970년 6호, 54쪽.

민족무용유산을 옳게 계승발전시킨 결과 또한 이 시기 우리 나라에서 창조된 모든 무용작품들은 그 어느때보다도 우리 나라 춤의 고유한 특성들인 아름답고 부드러우며 우아하고 연한 서정적인 특성들이 더욱 뚜렷해짐으로써 민족적특성이 풍만하게 되었다.

- 본사기자, 「심장의 노래로 울려퍼진 명곡무대: <장군님 따라 부르는 심장의 노래>를 보고」, 『조선예술』 1995년 5호, 20쪽.

녀성독창과 남성합창의 유기적인 결합속에 조국과 고향산천에 대한 열렬한 사랑의 감정을 폭넓게 형상한 불후의 고전적명작 ≪사향가≫. 녀성독창을 맡은 김희옥동무는 맑고 부드럽고 우아한 목소리에 정확한 호흡을 밀착시켜 녀성고음으로서의 자기의 개성을 뚜렷이 살려 작품의 형상력을 높이는데 적극 이바지하였다.

• 최석봉, 「조선장단의 특성과 연주실천에서 그를 실현해나가기 위하여 나서는 요구」, 『조선예술』 1996년 12호, 14~15쪽.

조선장단에는 진양조장단, 중모리장단, 중중모리장단, 엇모리장단, 잦은모리장단, 휘모리장단과 같이 속도적특성을 살려 이름지은것, 양산도장단·타령장단·념불장단·굿거리장단·살풀이장단·진쇠장다과 같이 노래이름을 따서 이름지은것, 안땅장단·도도리장단·덩덕쿵장단과 같이 정서적특징을 살려 이름지은것 등 그 종류가 대단히 많다.

(…중략…)

정서적특징을 보면 다음과 같다.

① 중모리장단-우아하며 깊고 서정적이다.
② 중중모리장단-활달하며 락천적이다.
③ 굿거리장단-흥겹고 률동적이다.
④ 안땅장단-경쾌하면서도 흥겹다.
⑤ 타령장단-흥취있고 건드러지면서도 률동성이 강하다.
⑥ 살풀이장단-연하고 부드러우면서도 흥취있다.
⑦ 덩덕쿵장단-흥취있고 락천적이면서도 전진적이다.
⑧ 도도리장단-우아하고 부드럽다.
⑨ 휘모리장단-기백있고 경쾌하면서도 약동적이다.
⑩ 엇모리장단-우아하고 내심적이며 흥취있다.
⑪ 양산도장단-흥겹고 락천적이며 률동성이 강하다.
⑫ 잦은모리장단-흥겹고 활달하며 락천적이다.
⑬ 진양조장단-우아하고 부드러우며 내심적이다.
⑭ 념불장단-우아하고 장중하면서도 엄숙한 감을 준다.
⑮ 진쇠장단-흥취있고 내심적이며 률동성이 강하다.

• 리금철, 「651호 항로」, 『조선문학』 2000년 8호, 31~32쪽.

≪지금 지구의 정지위성자리길에는 우리 나라의 우주제련소들과 우주공장들이 떠 있어요. 우리는 이 소행성을 그곳으로 끌어 가 지구를 도는 세계 최초의 대우주야금기지로 만들것입니다. 이것은 단순한 우주개발이 아니라 우주개조이며 꿈이 아니라 현실입니다.≫

밀레르는 현아를 두려운 눈길로 훔쳐 보았다.

류학시절 그처럼 우아하고 아련하게만 보이던 현아의 모습이 지금 밀레르에게는 다른 모습으로 안겨 들었다.

이제 보니 이 조선처녀는 결코 비너스가 아니였다.

• 최련, 「바다를 푸르게 하라」, 『조선문학』 2000년 8호, 73쪽.

녀인은 일어섰다. 해송은 저도모르게 옷차림에 눈길이 갔다. 진곤색바탕에 여러가지 이름모를 들꽃문양이 빨갛게 혹은 재빛, 혹은 밤빛으로 피여있는 나뉜옷인데 마치 개개의 꽃들이 다 살아있는것 같이 생동하고 발랄한 잠을 주었다. 그러나 해송은 그 녀인에게서 엿보이는 세련되고 우아한 미가 결코 그 옷자체가 자아내는것이 아님을 대번에 알아보았다. 해송은 알수 없는 힘에 이끌리듯 그들에게로 다가갔다.

녀인도 얼핏 처녀를 보았다. 그 녀인의 눈가에 빛나는 기쁨은 처녀의 얼어든 가슴에 은반우에 해빛처럼 반짝거렸다.

• 리명건, 「지하철도 부흥역 건축장식미술의 사상예술성」, 『조선예술』 2002년 8호, 71쪽.

부흥역에서는 무리등을 비롯한 조명기구의 화려하고 아름다운 조형적형태와 맞춤한 배렬, 빛의 여러가지 색갈과 반사에 의한 효과 등을 합리적으로 리용하여 지하역의 조명과 예술적조화를 훌륭히 해결하고 있다. (…중략…) 천정중심에 설치된 5개의 대형장식무리등은 다른 지하역들에서는 찾아 볼수 없는 새롭고 독특한 형식으로 창조되였다. 형태가 우아하며 색갈이 맑고 풍부할뿐아니라 세부장식이 아름답고 세련된 무리등들은 지하역에 들어서는 사람들의 시선을 그 웅장화려함에 매혹되게 한다.

- **김경학, 「우리 인민의 겨울생활풍습을 반영한 무용 <윷놀이>의 형상적특징」, 『조선예술』 2006년 1호, 26쪽.**

  무용 〈윷놀이〉의 형상적특징은 다음으로 민족적특성이 뚜렷한 우아하고 건드리지며 흥겨운 춤가락으로 형상되고있는 것이다. 작품에서는 우리 민족의 우수한 성격과 기질을 짙은 서정으로가 아니라 잦은모리장단의 흥취나는 음악에 맞추어 락천적이며 흥겨운 춤형상으로 보여주고 있다.

- **한영득, 「장식글씨체에 따르는 년령심리적특성」, 『조선예술』 2006년 9호, 71쪽.**

  장식글씨체에 따르는 년령심리적특성은 또한 중년기와 로년기사람들의 심리를 반영한 서체에서도 찾아볼수 있다. (…중략…) 이 시기 년령기의 사람들은 글씨체에서도 점잖고 세련된 글씨를 비롯하여 우아하고 아담한 정서, 시원스럽고 고상한 느낌이 짙은 서체들을 좋아한다. (…중략…) 이 년령기의 사람들은 그 어느 시기의 사람들보다도 식견이 넓고 박식하며 모든 사물에 대함에 있어서 개별적으로뿐만아니라 련관과 대비속에서 고찰하며 단순한것과 복잡한것, 당면한것과 전망적인것, 개별적인것과 집체적인것 등을 정확히 가르고 그에 따라 자신의 역할을 인식하고 실천한다.

우울(憂鬱)

우울 명 근심스럽고 답답하거나 활기가 없는 것. ¶ ~을 가지고 피여난 웃음. ~과 불안.

▷▷▷『조선말대사전(증보판)』 3, 평양: 사회과학출판사, 2007.

우울하다 형 근심스럽고 답답하거나 활기가 없다. ¶ 손맥이 풀려 우울하게 지내다. 우울한 분위기, 우울한 기분.

▷▷▷『조선말대사전(증보판)』 3, 평양: 사회과학출판사, 2007.

• 리북명, 「로동일가」(1947), 『조선단편집』 2, 문예출판사, 1978, 60쪽.

김진구와 리달호의 경쟁에서 리스톤대를 각각 한개씩 완성해야할 날이다. 이날 달호의 침울했던 얼굴에는 오래간만에 웃음이 피여올랐다. 어디 보라는듯이 활개를 치면서 드나드는 걸음걸이에도 승리한 로동자의 기세가 보이였다. 점심시간에 건국실에서 벌어진 오락회에서 노래를 부르고 곱새춤까지 추어 인기를 끌었다. 저렇게 잘 노는 사람이 왜 그동안 그처럼 우울해졌을가? 의심하리만큼 그는 기분이 명랑했다.

• 백철수, 「구월포의 노래」(1958), 『조선단편집』 2, 문예출판사, 1978, 459쪽.

진심으로 사죄하는 그 말마디들이 저의 가슴을 그처럼 격동시킬줄이야… 녀맹반장을 침울하게 만든것은 바로 제가 아닙니까. 그런데 그는 자기의 우울한 기분이 다른 사람들에게 영향을 끼쳤다고 그렇듯 미안해하고 괴로와하는것입니다. 저에게는 녀인이 자기 잘못을 빨리 뉘우치게 된것도 당연한 일처럼 생각되였습니다. 책망보다도 행동으로 남을 이끌며 또 원칙적으로 교양하고 그러면서도 오히려 자기의 사소한 점까지 깊이 뉘우치고드는 그에게 어찌 목석인들 무심할수 있겠습니까.

• 김병훈, 「≪해주-하성≫」서 온 편지, 『조선문학』 1960년 4호, 39쪽.

칠성 동무를 ≪식당 지배인≫이라고 부르는 것은 식당 돌격대가 해산된 뒤에 그는 자기 소대인 1소대에 돌아 오지 못하고 대대장으로부터 식당 책임자 임명을 받게 된 것이 첫째 원인이고 그보다도 건설자들은 삼층밥을 퇴치하고 식당료리의 질을 ≪혁명≫하는 데 끼친 그의 공로에 대하여 고맙게 생각하여서 악의 없이 이 별명을 불렀답니다.

그러나 칠성 동무에게는 이 별명이 딱 질색이였지요. 처음 ≪식당 지배인≫이 되여서 얼마 동안은 몹시 우울했답니다. 가뜩이나 말수더구가 적은 그는 더욱 무뚝뚝해지고 미간에서는 내천자가 사라지질 않았으니까요.

(…하략…)

• 정창윤, 「정보로 걸어라」(1964), 『조선단편집』 3, 문예출판사, 1978, 277쪽.

(나처럼 방랑하는 사람에겐 좋은 벗과 한잔 나눌 기회가 드물거던. 임자는 내가 삼십년연구사라고 실망하네만 난 임자가 좋은 친구로 생각되네, 군인들은 나같은 사람을 〈십년병사〉라 부른다더구만. 아무렴 어떤가, 그가 정보로 자기 길을 걷고있는가가 문제로 되는거지…)

그의 이 말은 유쾌하던 내 기분을 흐리게 했다. 나는 당장이라도 이 사람좋은 길동무에게 사죄하고픈 충동을 누를길 없었다. 그는 우울해진 나를 보자 자신도 정색해졌다.

• 윤경수, 「우리는 친형제」(1974), 『희망찬 나날: 조선아동문학문고』 3, 금성청년출판사, 1980, 183쪽.

≪그럼 왜 동무들과 친하게 사귀지 않니?≫

그 말에는 호남이도 대답을 못했습니다.

사실 방과후면 늘 근심이 어린듯한 낯색으로 말없이 집으로 돌아오군하는 호남이를 두고 동무들속에서는 여러가지말이 오갔습니다. 그중에는 지난날 호남이가 일본학교에 다니면서 조선아이라고 오래동안 눌려살아왔기때문에 주접이 들어 우울해졌다는 의견도 있었습니다. 승철이도 이와 같은 생각을 품고있었습니다.

승철이는 호남이가 대답을 하지 않는것을 보자 얼핏 그 생각이 들어 은근히 타이르듯 말하였습니다.

≪그까짓 왜놈아이들한테 눌려살아온 지난날은 잊어버리고 말아!≫

그런데 호남이는 그 말이 몹시 기분에 거슬리는듯 머리를 번쩍 드는것이였습니다. 그러나 곧 수그러지고말았습니다.

• 「조국을 위한 영웅전사들의 투쟁을 빛나게 형상한 군사물주제영화」, 『조선영화』 1995년 9호, 27쪽.

정찰병들이 숙영지에서 적 비행기를 보고 우울해하는 장면은 고쳐야 하겠습니다. 정찰병들이 적 비행기를 보고 우울해하는 장면을 그대로 둬두면 지난 조국해방전쟁시기 우리에게는 비행기가 없었던것처럼 될수 있습니다.

웃음

웃음 명 ① 웃는 모양이나 동작. ¶ 밝고 아름다운 ~. 실없는~. ~을 머금다. ~을 띠다. ~이 어리다. ② '비웃음'을 이르는 말.

▷▷▷『조선말대사전(증보판)』 3, 평양: 사회과학출판사, 2007.

• 리원우, 「큰 고간속에 생긴 일」(1947), 『행복의 동산: 조선아동문학문고』 4, 금성청년출판사, 1981, 24~25쪽.

≪봄이구나! 꽃봄! 기쁜 봄!≫

≪동무는 봄맞이 새 집 한채를 받았다지?≫

≪아무렴요. 내가 받은 집은 행복의 집이라우. 나는 이 집에서 떵기떵기 잘살아볼 작정이지요.≫

≪나도 행복의 집을 받았다우.≫

≪나도 받았다우.≫

≪야, 그러고 보니 웃으며 살라고 웃음바람이 불어왔구나…≫

갑자기 웃음소리가 어찌도 크던지 큰 고간기둥이 들썩들썩했지요.

나도 그만 그바람에 수양버들과 함께 어깨를 들먹들먹하며 한바탕 웃었지요.

• 리동규, 「그 전날 밤」(1948), 『조선단편집』 2, 문예출판사, 1978, 78~79쪽.

≪요새 재미 어떻소?…≫

≪우리 재미야 그저 그렇지요.≫

≪재미가 대단히 존 모양이던데.≫

≪무슨 재미가 좋겠소.≫

≪그래 삐라는 몇장이나 갖다 뿌렸소?…≫

길룡은 입가에 얄미운 웃음을 띠고 돌연 이렇게 물으며 영보를 노리고 쳐다보았다.

≪그게 무슨 소리요?≫

영보는 딱 잡아뗐다.

• 황건, 「탄맥」(1949), 『조선단편집』 2, 문예출판사, 1978, 118쪽.

≪동무들은 새시대의 주인공들이요. 동무들은 낡은 우리 기술자들의 기술을 기름 짜내듯 배워내야 할것이요. 말하자면 우리를 비료삼아 새 기술의 창조자가 되여야 하오. 그때에 나는 동무들의 뒤에 떨어져서도 만족한 웃음을 웃을것이요… 지나간 시대의 저주받은 기술자로서…≫

• 천세봉, 「호랑령감」(1949), 『조선단편집』 2, 문예출판사, 1978, 146쪽.

범령감은 저녁을 먹다가 인민위원회에서 중량으로 계산이 되여나온 징수서를 가마니로 환산해보라고 딸에게 과제를 주었던것이다. 실상 범령감자신이 이 회계를 하느라고 좋이 신고를 하였던것이다. 안해도 딸이 이처럼 어려운 회계를 쩡쩡 알아맞히는 일이 무한히 대견해서 치마꼬리에 젖은 손을 닦으며 비죽이 웃음을 띠고 불앞으로 나온다. 이렇게 기쁜 표정으로 나오는 안해에게 범령감은 심술궂게 삐뚤어진 소리를 하며 웃었다.

≪인제 그만해두 네 어미같은건 열 주구두 안바꾸겠다.≫

• 리북명, 「빛나는 전망」, 『조선문학』 1954년 6호, 16쪽.

≪그럼 별 수 없소다. 녀자들을 몽땅 빼구 다시 작업반을 짤 것을 제의합니다≫

하고 최동무는 주장했다. 그 순간 문 곁에 서서 동무들의 이야기를 듣고 있던 혜숙은 호된 핀잔을 당한 때처럼 얼굴이 빨갛게 상기했다.

그는 최 동무의 말에 부아가 욱 치밀었던 것이였다. 그는 날카로운 눈추리로 최동무를 뚫어지게 쏘아 보다가 성난 목소리로 소리쳤다.

≪그건 옳지 않아요≫

사람들의 시선은 일제히 혜숙이 한데 집중되였다.

≪어째서?≫

하는 최 동무의 얼굴에는 비웃음이 떠돌고 있었다.

• **박효준, 「소」(1955), 『조선단편집』 2, 문예출판사, 1978, 379쪽.**

어느날 밤 총회가 끝난 뒤 조합원들은 잠간동안 한담들을 하였다.

≪삼삼은 구, 삼오는 십에 오, 백다섯가마니가 맞았네그려.≫

혼자 눈을 슴벅이며 생각에 잠겼던 어떤 늙은이가 갑자기 소리를 쳤다.

무의식중에 취한 그의 태도가 얼마나 우습강스럽던지 좌석이 일시에 왁자그르 웃어댔다.

• **강효순, 「뿔난 너구리」(1955), 『행복의 동산: 조선아동문학문고』 4, 금성청년출판사, 1981, 104쪽.**

다음에는 너구리의 털우에 오소리의 털옷을 덧입혀주었습니다.

그리고 길다란 메돼지주둥이도 삐죽하게 달아주었습니다.

≪자, 어디 한번 모양을 보세. 음! 그것 참 위신있는걸! 이제는 아마 병이 뚝 떨어지겠지.≫

≪아주버니, 정말 고맙습니다.

이 은혜를 뭘루 갚아드릴가요.≫

너구리는 한 열댓번 절을 꼬박꼬박 했습니다.

≪은혜는 그만두구 어서 병이나 냉큼 낫기 바라네.≫

곰아저씨는 이런 말을 남기고 쓴웃음을 지으며 돌아갔습니다.

너구리는 너무 기뻐서 어쩔줄을 몰랐습니다. 그는 그길로 내가로 달려갔습니다.

• 박인범, 「빨간 구두」(1956), 『행복의 동산: 조선아동문학문고』 4, 금성청년출판사, 1981, 112쪽.

어떤 큰 백화점에 한컬레의 빨간 구두가 있었습니다.

종이갑속에 넣은 두짝의 구두는 꼭같이 이뻤습니다.

그런데 왼짝과 바른짝이 모두 저만 이쁘다고 하였습니다.

그래서 늘 다투었지요.

그러나 그들 둘이는 한결같이

(나는 아주 착한 아이의 귀염을 받으며 살테야.)

하고 생각을 하였습니다.

≪착한 아이, 노래도 잘 부르고 엄마 말도 잘 듣는 아이에게로 나는 가게 될거야.≫

하고 왼짝구두가 좋아하며 뽐내면 바른짝 구두는

≪야, 너같이 못생긴것이 착한 아이에게 갈게 뭐가? 참 우습구나야.≫

하며 비웃어주었습니다.

• 리원우, 『아동 문학 창작의 길』, 국립출판사, 1956, 121쪽.

우화의 내용을 이루고 있는 것은 사회의 전진을 방해하는 낡은 사상의 소유자들, 패덕한들, 로력을 싫어하는 자들, 사기꾼들, 교만한 자들, 아는척 하는 자들, 형식주의자들과 아첨쟁이 등 온갖 인간 쓰레기들을 풍자와 웃음의 불길로 태워버리는 거기에 있다. 이러한 내용을 표현함에 있어서는 이상에서 말한 바와 같이 시 형식과 혹은 산문 형식을 적용하는바 주로 시 형식이 많다.

• 배풍, 「협동방아」(1959), 『해바라기: 조선아동문학문고』 6, 금성청년출판사, 1981, 134~135쪽.

옛날엔 소작쟁이
가난한 살림
쿵덕쿵 절구방아
눈물의 방아
겨죽도 못먹는
한숨만 찧더니
오늘은 좋구나
우리네 방아

방아야 방아야
협동방아야
흥겨웁게 통통통
잘도 찧누나
폭포처럼 옥백미를
쏟아내여라
집집마다 웃음이
꽃피여난다

• 진재환, 「고기떼는 강으로 나간다」, 『조선문학』 1964년 1호, 36쪽.

그는 옷을 훌훌 벗어 모래불 우에 던지고 작살과 둥치를 들었다. 실한 몸뚱이에는 건강과 정력이 줄기차게 내뻗치여 울퉁불퉁한 근육으로 얽히여 있아. 그는 맑고 푸르른 강물을 차며 물이 배꼽에 올라올 때까지 걷더니 그 다음엔 왼 손에 둥치와 작살을 들고 모재비 헤염을 쳐 맞은편 벼랑으로 건너 갔다. 벼랑 밑에 도착한 그는 바위를 의지하여 올라 서서 둥치 속에서 모이를 쏟아 물 우에 휘뿌렸다. 우박이 떨어질 때처럼 수면이 쫄벙쫄벙한다. 대림질을 한 비단처럼 구김'살이 없던 수면 우에는 미구하여 고기 주둥이가 치받아 생기는 파문과 고기 등이 째고 지나 가는 직선들이 엉키였다. 맑은 물 속에는 어군이 구름떼처럼 몰려 들었던 것이다. 농립모 쓴 사람의 얼굴에는 그와 더불어 천진스러운 웃음이 일었다.

• 최창학, 「애착」(1966), 『조선단편집』 3, 문예출판사, 1978, 419쪽.

≪(…전략…) 〈듣기 싫소!〉 이렇게 되여 옥신각신하던 나는 문을 쾅 닫고 사무실로 나왔습니다. 새벽이 되자 안해는 아침과 점심밥을 가지고 현장으로 나왔더군요. 〈왜 나왔어? 당신 아니면 밥먹을데가 없어서.〉 나는 일부러 그를 거들떠보지도 않고 정말 매몰스럽게 말했습니다. 그날 저녁에도 집에 안들어갔습니다. 속으로는 웃으면서 말입니다. 어쨌든 사내들의 맘보란 고약하거든요. 글쎄 안해를 한번 〈시험〉 해보자는 심사로 한 삼사일 안들어갈 생각을 하지 않았겠습니까.≫

• 김영수, 「웃는 밤동산」(1973), 『해바라기: 조선아동문학문고』 6, 금성청년출판사, 1981, 222쪽.

우리우리 소년단
밤동산은요
하하하 크게 웃는
웃음보동산

알알이 굵은 밤알
영글어갈 땐
바늘가시 날창가시

비껴들고요

다람쥐야 얼씬말아
한톨 안준다
입을 꼭꼭 다문채
말도 않더니

꼬마주인 우리모두
밤따러 온 날
벙실벙실 기뻐서
웃음 터쳤죠

• 송봉렬, 「아가야 너에게 봄을 주리라」(1975), 『해바라기: 조선아동문학문고』 6, 금성청년출판사, 1981, 34~35쪽.

아, 이런 때 이들에게
그 무슨 대답을 주어야 하는가

저 어린 오누이 가는곳에도
절렁거리는 왜놈의 사술소리
뜯기우고 짓밟히는 웃음없는 그 땅

저들을 품안아줄곳은 어덴가
그 모진 설한풍속에서
저들의 언발을 그 누가 녹여주랴

• 고병효, 「아이들의 나라」(1974), 『희망찬 나날: 조선아동문학문고』 3, 금성청년출판사, 1980, 163쪽.

해빛은 유난히도 밝게 비쳤다. 학교거리는 이른새벽부터 명절 옷차림을 한 이이들로 설레였다. 명랑한 노래소리는 봄날의 맑은 하늘가로 끝없이 울려간다.

오늘은 첫 개교식날이다. 조선학교에 다니게 된 남혜는 일찌기 집을 나섰다.

그의 입가에는 노상 웃음이 사라질줄 모르다. 아침해살은 동실동실한 그의 얼굴에 함빡 피여있다.

(나는 오늘부터 조선학교학생이다!)

남혜는 이렇게 자랑차게 입속말을 하면서 총총히 걸었다. 한없는 기쁨속에 막 날아가고싶었다.

• 문경환, 「다시 열린 창문」(1975), 『해바라기: 조선아동문학문고』 6, 금성청년출판사, 1981, 106~107쪽.

유치원아이들의 저 웃음소리—
행복에 겨운 노래, 웃음 가득 실은 배그네가
조국의 하늘높이 훨훨 날아오른다

오대양 넓은 바다 검푸른 파도를 헤가르며
산악같은 화물선들이
저 아이들의 희망의 배길을 넓혀주기 위하여
공화국기 펄펄 날리며 배고동을 울린다

• 배풍, 「되돌아온 오리」, 『행복의 동산: 조선아동문학문고』 4, 금성청년출판사, 1981, 180~181쪽.

줄배기와 알락이는 춤추는 시간에도 남들은 모두 어깨춤을 살짝살짝 곱게 추며 돌아가는데 그들은 물오리들처럼 날아올라보려고 두날개를 파드득거리다가 쿵! 하고 떨어지면서 궁둥방아를 찧어 웃음통을 터뜨려놨습니다.

≪그건 또 무슨 뚝배기춤이냐? 너희들은 춤도 우리 식이 아닌 것을 배워가지고 왔구나!≫

할아버지오리는 어이없이 쓴웃음을 지었습니다.

≪한되겠다. 혀가 굳어지고 날개도 제구실을 못하니 한달동이네반에 내려가는수밖에 없다. 다시 한달동이네 반에 내려가 처음부터 차근차근 배워 올라와야지.≫

• 정창윤, 「덕흥나그네」(1981), 『조선단편집』 3, 문예출판사, 1987, 290쪽.

새 과장은 갱속에 묻어두었던 옛날 장부책을 펴놓고 말하였다.

≪거기엔 전쟁 직전에 접수해놓은 나무무지만도 20여개나 있군요. 이게 그 략도입니다. 찾아서 운반해오도록 힘써보시오.≫

나는 그가 내보이는 략도를 보며 코웃음을 쳤다. 한것은 전쟁 3년동안에 그것들이 제대로 보존되여있으리라 믿고있는 새 과장이 어리석은 사람으로 생각되였기 때문이다.

• 김관일, 「청년개척자의 수기」(1985), 『조선단편집』 5, 문예출판사, 2002, 118쪽.

나의 가슴속에서는 또다시 웃음집이 흔들거렸다.

하지만 그것은 어딘가 속이 텅 빈 허구픈 웃음이였다. 그리고 그 웃음뒤끝엔 눈굽의 한쪽에 뿌연것이 핑그르르 도는것이였다. 아무리 생각해도 그 웃음의 근원을 알수 없는것은 더욱더 허구픈 일이였다.

• 리금철, 「651호 항로」, 『조선문학』 2000년 8호, 35쪽.

≪여기 일은 걱정 말라는데 왜 또 나왔습니까?≫

≪이젠 괜찮습니다.≫

현아는 애써 웃음을 지어 보이며 앞이마에 흘러 내린 머리카락을 쓸어 올리였다.

사실 진명이가 그곳에 조금만 늦게 가닿았어도 그는 생명을 잃었을것이다. 현아는 그때 맥박조차 겨우 알릴듯말듯 하였었다.

• 최련, 「바다를 푸르게 하라」, 『조선문학』 2000년 8호, 71쪽.

≪아버지, 이걸 좀 보란 말이예요. 저기 저건 새파란데 여기 물은 파랗지 않거든요. 왜 그럴가요?≫

그제야 딸의 말뜻을 알아차린 아버지는 바다를 향해 크게 웃었다.

≪하하- 저기는 파랗구 여기는 맑단 말이지. 하하…≫

껄껄거리던 아버지는 원망에 찬 딸의 눈길을 보자 얼른 웃음을 거두었다.

• 변창률, 「한 분조장의 수기」(2001), 『조선단편집』 5, 문예출판사, 2002, 386쪽.

≪넌 오늘 쓸데 없는 간판치장만 했더구나.≫

≪?!…≫

나는 그가 내 외모를 보고 그렇게 말하는줄 알았었다. 그런데 다음 말을 듣고보니 아니었다.

≪골개논이랑 샘틀논은 잡초소굴이 되였는데 길옆논만 치장하면 어떻게 해? 난 네가 일찌기 끝내고 건너 올줄 알았는데…≫

나는 그제서야 영문을 깨달았다.

≪도일보사 기자가 온대요.≫하고 내가 설명하자 그는 허거픈 웃음을 지었다.

웅심(雄心)

웅심깊다 형 ① (생각, 뜻, 사랑같은 것이) 매우 넓고 깊다. ¶ 웅심깊은 사색에 잠기다. 웅심깊은 사랑. ② 겉에 잘 드러나지 않거나 또는 나타나지 않다. ③ 무게있고 경솔하지 않다. ¶ 웅심깊은 목소리 장하고 위엄있다. ④ (사물이) 되바라지지 않고 깊숙하다.

▷▷▷『조선말대사전(증보판)』 3, 평양: 사회과학출판사, 2007.

- 허영목, 「장면의 극적완결성, 현상의 조화미: 예술영화 <피바다>(1부)의 연출형상에 대하여」, 『조선예술』 1970년 1호, 39쪽.

처음부터 마지막까지 한 자리에서 어머니가 을남에게서 글을 배우고 있다. (…중략…) 처음에는 을남이가 읽는 글을 어머니가 따라읽어가는 모습을 보여주었고 다음에는 을남이가 어머니의 손을 쥐고 글을 쓰는 모습을 보여주었고 다음에는 어머니가 혼자서 한자한자 써나가는 모습을 보여주었고 다음에는 을남이가 글을 노래로 읽는 것을 따라 부르는 어머니의 모습을 보여주었다. 이렇듯 작품은 어머니와 을남의 웅심깊은 교제를 통하여 생활의 그것처럼 진실하게 펼쳐보임으로써 감동을 자아내고 있다.

- 최길상, 「문학예술혁명의 새로운 앙양을 추동하는 불멸의 기치」, 『조선문학』 1992년 11호, 41쪽.

다부작 예술영화에서는 또한 우리 인민의 웅심깊은 정신세계와 조상전래의 미풍량속이 배여있고 우리 나라의 아름다운 자연에서 우러나오는 티없이 맑고 깨끗한 조선의 민족적향취가 풍기고 있다.

• 한송이, 「영화대사창작에서 어휘표현수법의 리용」, 『예술교육』 2004년 2호, 64~65쪽.

어휘표현수법은 표현적효과를 높이기 위하여 이미있는 언어수단을 리용하는 방법으로서 본질에 있어서 이야기하려는 내용을 더 낫게, 더 잘 표현하기 위하여 생겨난 언어형상수법이다.

(…중략…)

대사창작에 어휘표현수법을 리용하는데서 중요한것은 다음으로 이야기하려는 내용을 뜻이 깊게 표현할수 있는 숨김비유법(은유법)을 적극 리용하는것이다. 숨김비유법은 자연현상이나 생활에서 보고 듣고 수수한 사실을 놓고도 그밑에 깔린다른 사상이 련상되도록 표현할수 있게 함으로써 대사에 깊은 뜻이 담기게 한다. 숨김비유법은 말하려는 사상을 곧바로 드러내지 않고 바탕에 깔아주면서 깊은 뜻을 나타낼수 있게 하는 효과적인 표현수법으로서 영화에서 주로 인물의 내면세계를 <u>웅심깊게</u> 표현하는데 적극 리용할수 있다.

대사창작에 어휘표현수법을 리용하는데서 중요한것은 다음으로 인물의 사상감정을 보다 정서적으로 문화성있게 나타낼수 있는 에두름법(완곡법)을 적극 리용하는 것이다. 에두름법은 이야기하려는 사실을 직접 그래도 말하지 않고 에둘러서 표현하는 수법으로서 부드럽고 점잖은 말로 인물의 사상감정을 고상하고 정서적으로 표현하는데 효과적이다.

• 선우영, 「풍경화의 뜻과 정서」, 『조선예술』 2004년 11호, 31쪽.

우리의 풍경화에는 풍치수려한 조국산천의 절승경개와 명승고적들에 의연히 <u>웅심깊은</u> 뜻을 담아 묘사하고있다. 그것은 조선화 〈칠보산의 가을〉(집체), 〈금강산〉(김규동), 〈내금강의 아침〉(문화춘), 〈해금강의 파도〉(김성근), 〈묘향산 상원암〉(리경남) 등 조국의 수려하고 아름다운 자연을 묘사한 작품들과 조선화 〈평양성의 칠성문〉(리창), 〈선죽교〉(김춘전) 등 많은 풍경화들에서 볼수 있다.

- 안경철, 「수령과 인민대중의 현연적관계를 노래한 감명깊은 음악형상: 관현악 <친애하는 그이는 우리와 함께>에 대하여」, 『조선예술』 2009년 2호, 11쪽.

  주제선률은 관현악에 참가하는 거의 모든 악기들의 총연주로 힘있게 울리는데 트롬본의 모방진행으로 웅심깊은 형상이 창조되고있다. 즉 주제선률의 리듬을 확대하여 주선률과의 뚜렷한 대조로 힘있게 울리는 트롬본의 선률진행은 주제의 형상적폭을 크게 넓혀주면서 작품이 훌륭히 마무리 되도록 음악형상적폭발을 잘 보장하고있다.

웅장(雄壯)

웅장하다 형 굉장하게 우람스럽다 또는 웅대하고 장하다. ¶ 웅장한 모습. 웅장한 건물. 웅장하고 화려하게 꾸려진 평양지하철도.

▷▷▷『조선말대사전(증보판)』 3, 평양: 사회과학출판사, 2007.

• 리원우, 「큰 고간속에 생긴 일」(1947), 『행복의 동산: 조선아동문학문고』 4, 금성청년출판사, 1981, 26쪽.

나는 흐뭇한 마음으로 웅장한 우리 고간을 바라봤지요.

지붕은 하늘에 꾹 닿았는데 넓고 긴 바람벽에 행복의 문이 수천개나 달려있었지요. 그 행복의 문들이 열렸다닫겼다 하면서 수천가지 짐짝들이 들어가기도 하고 나오기도 했지요.

어느어느 문으로는 쇠돌포대, 세멘트포대, 무쇠철판, 기계궤짝, 석탄, 콕스, 그밖에 별별 물건들이 들락날락했지요.

또 어느어느 문으로는 쌀포대, 콩포대, 강냉이포대, 비료포대, 광목퉁구리, 종이퉁구리, 성냥궤짝, 고무신궤짝 그밖에 별별 집짝들이 들고나고했지요.

• 김도빈, 「제일큰 힘」(1954), 『행복의 동산: 조선아동문학문고』 4, 금성청년출판사, 1981, 47쪽.

그 이튿날 아침 두 아이는 다람쥐장을 들고 정거장을 향하여 나섰습니다.

급급이와 착착이는 거리를 보고 입을 딱 벌리였습니다.

웅장한 거리! 아름다운 집들!

(무슨 힘으로 이렇게 크고 아름다운 거리를 세웠을가?)

하고 감탄을 하였습니다.

그 때 어데선가 갑자기 좌르르소리가 들려왔습니다.

다람쥐들은 깜짝 놀랐습니다.

기중기에서 나는 소리가 그리도 요란하였기 때문입니다.

• 리북명, 「새날」, 『조선문학』 1954년 3호, 33쪽.

그들의 로력을 공장에 고착시키고 그들에게 행복한 생활을 마련해 주라고 하시지 않았던가—지배인의 가슴 속에서 불쑥 새로운 결의가 용솟았다. 전등이 낮처럼 밝은 복구 현장을 녀래다 보면서 그는 지금부터 三년 후의 찬란한 앞 날을 상상하여 보았다. 전쟁 전에 비해서 더 대규모로 건설될 웅장한 공장의 전모가 눈 앞에 그려졌다. 지축을 흔들면서 회전하는 최신식 고성능 기계들과 하늘을 치받듯이 우뚝 솟은 숱한 굴뚝에서 내뿜는 시꺼먼 연기 그리고 그 속에서 쏟아져 나오는 귀중한 제품들과 함께 우수한 기술 로동자로 장성한 김 천쇠의 의젓한 모습이 력연히 보였다. (…하략…)

• 김택성, 「(수기) 은혜로운 사랑에 충성과 효성으로 보답하렵니다」, 『조선예술』 1991년 6호, 22쪽.

저의 가정에는 지금 3부자 요술배우와 함께 한명의 요술조수가 있습니다. 요술조수는 다름아닌 저의 맏며느리입니다. 저의 가족은 웅장화려한 고층아빠트에서 살고있습니다. 저는 친애하는 지도자동지의 배려로 승용차까지 타고 다니면서 일하고있습니다. 저는 정말 행복한 예술인입니다.

• 한창혁, 「우리 식 풍경사진창작: 풍경사진창작에서 나서는 요구」, 『조선예술』 1993년 4호, 60쪽.

혁명사적지를 비롯하여 천지개벽한 도시와 농어촌들, 주체공업의 위력을 과시하며 나라의 곳곳에 일떠선 공장, 기업소들과 웅장화려한 대기념비적창조물들, 세계의 명승 백두산을 비롯한 조국의 명산들, 력사유적, 고적들, 인민의 문화휴식터로 아름답게 꾸려진 공원과 유적지에 이르기까지 오늘에 와서 풍경사진이 대상하는 세계는 넓고 다양하다.

• 전만근, 「김홍도와 인물형상: 그림 <씨름>을 놓고」, 『조선예술』 1993년 11호, 56쪽.

화면에는 남성적인 대범하고 웅장한 필치로 반복과 변화가 없는 굵기의 선으로 단필로 죽죽 그어 앞에 있는 인물을 먼저 형상하고 뒤에 있는 인물을 겹쳐 그리면서 많은 인물들을 등장시키였다. 또한 대담한 함축과 생략의 수법으로 필요한 인물을 화면에 구성시키면서 기본적인 인간심리를 형상하여 수많은 구경꾼들을 련상케 하는 조선화의 구성수법을 잘 구현하였다.

• 한상준, 「기념탑」, 『조선예술』 1994년 3호, 32쪽.

기념비적표현수단중에서 탑은 가장 풍부하고 심오한 사상과 리념을 상징적으로 형상하는 표현수단으로 되였다. 그것은 탑이 상징화의 수법으로 형상의 크기를 위력하게 하는것으로 하여 상승성과 웅장성을 자기의 기본형상적 특징으로하기 때문이다.

위대(偉大)

위대하다 형 (사회적 의의나 위치, 가치 등이) 더없이 훌륭하고 거룩하며 크다. ⁋ 위대한 조국. 위대한 승리. 위대한 성과.

▷▷▷『조선말대사전(증보판)』 3, 평양: 사회과학출판사, 2007.

[참고] 김정본에 따르면 숭고한 것은 고상한 것으로 표현되기도 하지만 위대한 것으로도 표현된다. 그에 의하면 위대하게 숭고한 것은 자연현상에서는 잘 표현되지 않고 주로 "인간과 그들의 사회적운동에서 표현된다." 더 나아가 그는 위대하게 숭고한 것은 단순히 고상한 인간, 고상한 행동이 아니라 "숭고한 인간의 성격과 그 사회적 운동의 폭과 변혁적 성격으로 보아 최고에 이른 대상에서 표현된다."

▷▷▷김정본, 『미학개론』, 평양: 사회과학출판사, 1991, 125~126쪽.

• 리원우, 『아동 문학 창작의 길』, 국립출판사, 1956, 3쪽.

문학 앞에 나선 과업은 인민들을 혁명적 애국 정신으로 무장한 새 인간으로 교양하여 그들로 하여금 자기 투쟁에 대한 신심과 어떠한 난관이 앞길을 가로 막더라도 그것을 극복하고 승리를 쟁취하기 위하여 끝까지 투쟁할 수 있게 하는 데 있다. 이것은 문학이 자기의 예술적 기능을 가지고 위대한 문제—즉 조국의 평화적 통일과 사회주의 건설을 위한 사업을 방조하는 일로 된다.

서정시, 서사시, 소설, 희곡, 동화, 우화 등의 온갖 쟌르를 포괄한 문학은 자기의 창조 사업 과정에서 년령적 특성에 따라 외형상 두 개의 큰 부문으로 나뉘여 사업하고 있다. 그 하나는 성인 교양을 위하여 펜을 든 문학이며 다른 하나는 아동 교양을 위하여 펜을 든 문학이다.

• 리원우, 『아동 문학 창작의 길』, 국립출판사, 1956, 115쪽.

공상은 과학의 기초이다. 현대 생활 속에 살고 있는 우리들에게도 허다한 공상들 즉 이렇게 만들어 보았으면 하는 것들이 많다. 옛날 사람들의 공상에 비하여 현대 사람들의 공상은 한층 수준이 높은 공상이다. 그것은 과학이 발전된 오늘 시대의 생활 속에서 발생한 더 아름다운 것을 창조하기 위한 공상인 까닭이다.

새 것을 창조할 것을 꿈꾸는 공상은 위대한 공상이다. 그 위대한 공상은 위대한 현실에 뿌리 박고 생겨난다. 오늘 우리 나라 생활은 새 것이 승리하고 있는 생활이며 호화찬란한 미래를 전망하고 있는 생활이다.

과학적 새 환상의 내용은 일찌기 볼 수 없던 새 내용이여야 한다.

• 김용권, 「열두번 뜨는 해」(1961), 『행복의 동산: 조선아동문학문고』 4, 금성청년출판사, 1981, 144~145쪽.

할아버지는 천리마의 손을 잡았습니다.

≪내 고향은 맑은 아침의 나라요.≫

≪맑은 아침의 나라!≫

할아버지는 무한한 감격과 존경의 마음으로 받아불렀습니다.

≪맑은 아침의 나라 만세!≫

모두가 소리높이 불렀습니다.

만세소리는 하늘땅 온 세상에 울려퍼졌습니다.

우주를 다스리는 할아버지는 깨달았습니다.

해는 하루에 한번 뜨지만 하루를 해(년)로 쪼개여 새 기적을 창조하는 위대하고도 자랑찬 천리마 나라—맑은 아침의 나라가 세상에 있음을!…

• 김정, 「희망의 탑」(1973), 『희망찬 나날: 조선아동문학문고』 3, 금성청년출판사, 1980, 127쪽.

그것은 수도의 사범학교를 마치고 새로 부임되여온 마누엘선생이 바르가스네 학급에서 치른 첫수업이였습니다.

아세아주의작은 나라들을 도거리로 배워주는 시간이였습니다.

아세아에 대한 나라소개가 끝나자 마누엘선생은 세계지도앞에 다가가서 교편대로 조선반도를 가리켰습니다.

≪조선, 이것이 바로 〈맑은 아침의 나라〉라고 불리우는 조선입니다!…≫

서두를 이렇게 거침없이 뗐지만 마누엘선생은 그 다음말이 선뜻 떠오르지 않았습니다. 아니, 무슨 말로 이 <u>위대</u>하고 부강한 나라를 소개했으면 좋을지 아름이 차기만 하였습니다.

• 김승길, 「동트는 배움길」(1975), 『해바라기: 조선아동문학문고』 6, 금성청년출판사, 1981, 49쪽.

쇠메를 두드리던 그 소년도
빨래방치 내던진 그 소녀도
물지게 벗어던진 그 소년도
조국땅 모든 아이들이
활짝 열려진 새 학교 운동장으로
소리치며 달려오는 소리

아, <u>위대</u>한 조국광복의 새봄을 선포하며
얼음장을 가르고 터져오른 봄물결소리

레이는 밀림을 꽉 채우며
온 강산에 거세차게 파도쳐갔습니다

• 최낙서, 「개구리 박사의 려행」, 『행복의 동산: 조선아동문학문고』 4, 금성청년출판사, 1981, 360쪽.

≪여보게, 자네들은 어떻게 그런 돌심장을 가졌나?≫

소개구리가 이렇게 묻자 참개구리는

≪다 퉁퉁이아저씨네들때문이지. 얼음나라 왕이 자기 나라를 우리나라 면적의 여섯배나 더 늘궜다지만 퉁퉁이아저씨들은 그것을 이길수 있는 슬기와 장수힘을 가지고있거던.≫

하고 신심에 차서 대답하였습니다.

≪그러나 그것은 모험이 아닐가?≫

청개구리는 알수 없다는듯 머리를 기웃거렸습니다.

≪옳네, 그렇게 믿기 어려운 위대한 힘을 우리 퉁퉁이아저씨들이 가지고있다는것을 아는것이 중요하다네.≫

그들이 배를 타고 늪을 몇바퀴 돌고있을 때였습니다.

무더기비부대들이 타고다니는 시커먼 구름장들이 수없이 몰려오더니 갑자기 번쩍번쩍 번개칼을 휘두르고 꽈르릉꽝 우뢰북을 울리며 졸병들을 쏟아놓기 시작하였습니다.

• 김명익, 「눈보라」(1987), 『조선단편집』 5, 문예출판사, 2002, 87쪽.

한 평범한 목수에게 비낀 3대위인의 인간상이 그처럼 거룩할진대 인민의 위대하신 ≪평민≫의 장구한 력사를 다 알기엔 이 세상이 너무나도 좁고 이 위인들을 후세만년 받들어 가기엔 이 강토가 또한 너무나도 작은것만 같구나 하는 억제할수 없는 생각에 박춘덕의 가슴은 터질듯 부풀어 올랐다.

(그렇구말구!… 위대하고 위대한 민족의 영걸, 이 인민적평민의 수령을 모신 우리 인민은 얼마나 행복한것이냐. (…중략…) 싶구나!…)

• 김우철, 「금속공예형상에서 상징수법을 잘 살려쓰려면」, 『조선예술』 2004년 5호, 77쪽.

불멸의 꽃 김일성화와 김정일화 그리고 진달래는 백두산3대장군의 위대성을 상징적으로 반영하는 묘사대상으로 될뿐아니라 꽃병과 정서적으로 조화되여 세공장식형상을 창조할수 있는 장식소재로 된다.

유모아 (humour, 영)

유모아 명 가벼운 풍자가 섞인 우스개말. 문학용어로서의 〈유모아〉는 가벼운 악의없는 웃음으로 결함을 가지고있는 인물을 비판하는 것 또는 그러한 예술적수법을 이른다.

▷▷▷『조선말대사전(증보판)』 3, 평양: 사회과학출판사, 2007.

• 리원우, 『아동 문학 창작의 길』, 국립출판사, 1956, 102쪽.

아동들은 창발성을 발휘하는 사람들과 난관을 두려워하지 않는 사람들의 성격, 유모아적이며 락천적인 성격들과 애국자들의 투사적 성격들을 좋아한다. 이러한 긍정적 성격들을 동적인 사건 속에서 다양한 개성을 그 특징적 면에서 일반화하여 뵈여 주어야 한다. 다시 말하면 아동들의 흥미와 관심의 대상인 어른들 및 아동들의 다종 다양한 수 많은 성격들 속에서 항상 볼 수 있는 것들을 일반화함으로써 그들로 하여금 어디서 꼭 만난 것같은 공감을 일으키게 하면서도 실상은 처음 만나는 듯한 그러나 곧 친해지는 모범적인 인간 즉 전형적인 성격을 뵈여 주어야 한다. 이와 동시에 아동들에게는 부정적인 인물들의 성격도 뵈여 주어야 한다. 그것이 만일 불상용적 부정 인물인 경우에는 아동들로 하여금 적개심을 일으킬 수 있게 묘사하여야 되며 사용적인 인물인 경우에는 아동들로 하여금 그 인물을 좋은 인물이 될 수 있게 도와 주어야 되겠다는 립장에 서서 읽을 수 있게 묘사하여야 한다.

• 김진영, 「친선의 교향악」, 『조선음악』 1957년 11호, 조선음악출판사, 42쪽.

꼰드라쉰은 안쌈불 훈련을 지루하게 하지않는다. 그는 처음 보기에는 매우 무뚝뚝한 사람으로 보이나 그의 성격은 매우 온화하며 부드럽고 유모아가 많은 사람으로 지휘에서 신경질을 그리 나타내지 않는 련습과 재미 있는 유모아로써 오랜 련습 시간을 지루하지 않게 이끌고 갔다.

• 「어린 애를 낳아 키워 본 어머니라면(유모아)」, 『조선예술』 2003년 3호, 67쪽.

크리스마스전날 식료품상점은 사람들로 붐비였다.

그런데 람루한 옷을 입은 어린 아이가 그만 귀족부인의 발을 밟았다.

≪이 거지새끼, 눈깔이 멀었어?≫

부인은 화를 벌컥 내며 아이의 따귀를 쳤다.

≪부인, 모르고 그랬는데 그렇게 손찌검을 하면 되겠습니까?≫

한 중늙은이가 부인을 쏘아 보며 한마디 하였다.

≪뭐라구요? 당신은 이 거지새끼의 아버지요 친척이요?≫

≪아버지도 친척도 아닙니다.≫

≪그런데 왜 아이의 역성을 드는거요?≫

≪역성을 든다구요?≫

≪그래요.≫

≪부인, 부인의 애가 그렇게 따귀를 맞으면 기분이 좋겠습니까?≫

≪뭐라구요?≫

≪헐벗고 뼈만 앙상한 이 애가 매를 맞는게 가슴 아프고 불쌍해서 그럽니다.≫

≪나는 애가 없는 사람이예요.≫

≪아, 그렇군요. 그걸 몰랐습니다. 하긴 자식을 가진 어머니라면 그러질 않을겁니다. 자기 아이를 생각해서라도 말입니다. 부인은 애를 낳을 나이는 지난 것 같은데, 이제라도 아이를 낳아 키워 보시오. 내 말이 틀리나.…≫

이 중늙은이가 영국의 소설가 디킨즈였다.

• 「공연한 걱정(유모아)」, 『조선문학』 2005년 5호, 13쪽.

한사람이 죽기 직전에 안해의 손을 꼭 쥐고 말했다.

≪여보, 내가 죽으면 너무 슬퍼 말고 다른 사람을 남편으로 맞아서 살라구. 그리고 내가 입던 옷들을 다 그에게 줘서 입히오.≫

이 말을 들은 안해는 한숨을 쉬며 말했다.

≪이걸 어쩌나. 그 사람은 당신보다 키가 퍽 작은데…≫

• 「소포(유모아)」, 『조선예술』 2005년 5호, 67쪽.

한 늙은 부인이 아들에게 소포를 보냈다. 그 소포속에는 이런 내용의 쪽지가 있었다.

≪너에게 이 외투를 보낸다. 무게를 덜기 위해서 모든 단추들은 떼버렸다.

너를 사랑하는 어머니로부터.

더 씀: 제일 웃주머니에 단추들을 넣었다.≫

• 「지금 당장 초대해줄수는 없을가요?(유모아)」, 『조선예술』 2012년 7호, 31쪽.

로씨니는 어느날 그의 음악을 좋아하는 프랑스의 귀부인한테서 점심식사초대를 받았다.

평소부터 대식가로서 호화로운 식사에 배가 터지도록 먹는것에 익숙된 로씨니였다.

그런데 그 집 점심식사는 고급한 례의에 맞추어서인지 음식들이 모두 조금씩만 식탁에 올라있어 로씨니의 큰배를 채워주지 못하였다.

하는수없이 식사를 마치고 돌아가려고 할 때 아름다운 귀부인은 상냥하게 이야기하였다.

≪대가선생님, 인츰 다시 모시겠으니 식사하러 또 와주세요. 네?≫

로씨니는 쌀쌀한 표정을 지으면서 말하였다.

≪댁에서 괜찮으시다면… 그런데 부인, 지금 당장 초대해줄수는 없을가요?≫

유쾌(愉快)

유쾌하다 형 즐겁고 기쁘다. ▶ 유쾌한 사람. 유쾌한 휴양소 생활. 유쾌한 춤판. 유쾌한 유원지의 하루. 유쾌하게 생활하다.

▷▷▷『조선말대사전(증보판)』 3, 평양: 사회과학출판사, 2007.

• 리북명, 「로동일가」(1947), 『조선단편집』 2, 문예출판사, 1978, 39쪽.

달호는 뒤짐을 지고 우두커니 서서 새삼스럽게 직장안을 살펴보는 것이다. 대소 80대나 되는 각종 기계들이 일정한 간격을 두고 혹은 서기도 하였고 혹은 눕기도 하였다. 그것의 주인들은 아직 건국실안팎에서 유쾌한 휴식을 즐기고있었다.

• 리원우, 『아동 문학 창작의 길』, 국립출판사, 1956, 34~35쪽.

나의 붓이 전진과 후퇴를 거듭하면서도 굴치 아니하고 앞으로 전진하는 정신을 나 스스로 분석하여 보건대 그것은 한 감정, 한 사상을 또 한 줄, 또 한 줄 써 나감에 따라 현실 인식이 더 살아서 구체성을 띠기 시작하고 깊어지고 넓어지는 까닭에, 둘째 계단에서 세웠던 설계도가 뒤집혀 바뀌는 까닭이며 새로 발견된 진리에 기쁨을 느끼는 까닭이다.

구체적인 로동 과정을 걷지 않고는 개인도, 사회도 성장할 수 없다. 바로 그 발전 법칙이 글을 쓰는 과정에서 나타나는 것이다.

새 것을 창조하는 로동은 유쾌한 로동이다. 그렇기 때문에 마지막 줄까지 써 나갔다가 그것이 전부 무너지고 새로 첫줄부터 시작할 때도 힘든 줄을 모른다.

• 조순 작사/김길학 작곡, <청춘의 자랑>, 1953.

• 백철수, 「구월포의 노래」(1958), 『조선단편집』 2, 문예출판사, 1978, 467~468쪽.
(…전략…)
저한테만은 좀처럼 걸려들지 않습니다. 물속이라 걷기가 거북한데다가 온통 바위츠렁이여서 신경만 도사려지지요. 그래 발끝으로 더듬듯하면서 나가는데 종다리에 부드러운것이 걸려들지 않겠습니까. 손을 넣어 휘저으니 뭉깃뭉깃한것이 잡혔습니다. 미역! 그 부드러운 감촉을 느끼게 되는 때의 즐거움이란… 들끓는 소리, 웃음소리, 처음 얼마동안은 참으로 유쾌했습니다.

• 정창윤, 「정보로 걸어라」(1964), 『조선단편집』 3, 문예출판사, 1978, 272쪽.
내가 만일 한수만 잘못 옮기면 더는 지탱할수 없게 될 우려가 있어서 생각에 잠기게 될 때면 그의 눈가엔 유쾌한 웃음빛이 떠돌았다.

• 량창조, 「다시 찾은 봄」, 『절정』, 문예출판사, 1989.
≪그렇습니까. 우리 나라는 어디를 가나 이런 경치들을 볼수 있습니다. 건강이 좋아 진 부의장동지와 함께 배를 타고 즐기니 나 역시 산천이 더 없이 아름다와 보이고 기분이 매우 좋습니다.≫
그이께서는 유쾌한 마음이 되시여 소리 내여 웃으시였다.
그이의 밝고 청청한 음성과 호탕한 웃음소리에 리웅벽은 저절로 동심같은 희열이 우러나 덩달아 따라 웃었다. 그는 마냥 행복하기만 하여 시간의 흐름조차 전혀 느끼지 못하였다.
어느덧 유람선은 호수가로 미끄러져 가고 있었다. 자리에서 일어나신 그이께서 머리를 드시여 잠간 해를 가늠해 보듯하시다가 말씀하셨다.

• 변창률, 「한 분조장의 수기」(2001), 『조선단편집』 5, 문예출판사, 2002, 385쪽.

채홍기, 김숙희, 주봉실, 김송이…아마 이들은 틀림없이 나를 반대했을것이다. 그들은 나의 모든것에 대하여 너무나도 잘 알고 있는 사람들이다.

그렇다고 하여 나는 그들에게 그 어떤 반감도 불만감도 가지지 않는다.

(…중략…)

유쾌하지 못한 추억으로 얽힌 그들과 나…

이쁨

이쁘다 형 곱고 아름답다. ¶ 이쁘고 귀여운 어린이. 이쁜 얼굴. 이쁜 꽃병. [참고: 예쁘다]

▷▷▷『조선말대사전(증보판)』 3, 평양: 사회과학출판사, 2007.

[참고] 남한에서 '이쁘다'는 '예쁘다'의 잘못된 표현으로 간주하지만 북한에서는 '예쁘다'와 '이쁘다'를 함께 쓴다.

- 김도빈, 「제일큰 힘」(1954), 『행복의 동산: 조선아동문학문고』 4, 금성청년출판사, 1981, 46쪽.

  두 아이는 이 집의 아들인 옥남이와 딸 옥순이였습니다.

  그 아이들의 아버지는 뜨락또르공장의 기사로 쉬는 날을 리용하여 산으로 짐승사냥을 갔다온것입니다.

  두 아이는 이쁘장한 다람쥐집을 만들고 그 안에 두개의 채바퀴를 매달았습니다.

  다람쥐는 이 안에서 살게 되였습니다. 다람쥐는 자기들의 생각과는 달리 자기들을 귀여워해주며 잘 먹여주어 여간 기쁘지 않았습니다.

- 박인범, 「빨간 구두」(1956), 『행복의 동산: 조선아동문학문고』 4, 금성청년출판사, 1981, 112쪽.

  어떤 큰 백화점에 한컬레의 빨간 구두가 있었습니다.

  종이갑속에 넣은 두짝의 구두는 꼭같이 이뻤습니다.

  그런데 왼짝과 바른짝이 모두 저만 이쁘다고 하였습니다.

  그래서 늘 다투었지요.

  그러나 그들 둘이는 한결같이

(나는 아주 착한 아이의 귀염을 받으며 살테야.)

하고 생각을 하였습니다.

• 김신복, 「메토끼의 나팔주둥이」, 『행복의 동산: 조선아동문학문고』 4, 금성청년출판사, 1981, 242쪽.

호물이가 어느날 밤나무그루에 거름을 주느라고 땀을 뻘뻘 흘리고 있는데 점백이가 다가와 놀라며 말했습니다.

≪아니 이런? 자네 입이 언제 그렇게 제대로 됐나?≫

≪뭐 내 입이 제대로 됐다구?…≫

호물이는 믿어지지 않아 눈이 휘둥그래서 되물었습니다.

≪야 정말! 아주 이뻐졌네!≫

곁에 온 알락이도 짝자꿍을 치며 기뻐했습니다.

≪허허…저렇게 잘 생긴 호물이가 그만 그렇게 되였었다니…≫

어느사이에 왔는지 쌍이발이도 껄껄 웃으며 기뻐했습니다.

≪하하! 그 흉하던 나팔주둥이가 뚝 떨어졌구나. 얼굴이 요렇게 고운걸 그랬군!≫

• 리금철, 「651호 항로」, 『조선문학』 2000년 8호, 33쪽.

≪호, 제가 진명동무에 대해서 모르는것이 있는줄 아세요? 참, 딸애이름이 꽃순이라 했던가요?≫

진명이 얼굴이 벌개서 미처 대답을 못하자 곁에 있던 동훈연구사가 능청스레 웃으며 현아에게 대꾸했다.

≪정말 꽃처럼 이쁘게 생겼습니다. 이제 조국에 돌아 가면 만나보십시오. 아마 현아동무를 반겨맞을겝니다.≫

진명은 친구에게 피끗 언짢은 눈길을 주었다. 잠시 방안에는 어색한 침묵이 흘렀다.

익살

익살 명 일부러 남을 웃기기 위하여 꾸민 듯이 하는 우스운 말이나 행동. ¶ ~이 어린 웃음, 그의 ~에 허리가 끊어지도록 웃다.

▷▷▷『조선말대사전(증보판)』 2, 평양: 사회과학출판사, 2007.

• 박효준, 「소」(1955), 『조선단편집』 2, 문예출판사, 1978, 381쪽.

≪일없어. 벼쯤이나 실어서 소가 못끌지는 않는다.≫

≪아-니, 그랬다가 또 소를 팔러 가시게요?≫

옆에 섰던 부기원이 익살맞게 웃으면서 말했다.

≪아따, 그 사람 되운 오래도 잊지 않고있네그려.≫

운보도 히죽이 웃었다.

• 엄단웅, 「자기 위치 앞으로」, 『조선문학』 1974년 6호, 문예출판사, 43쪽.

≪그런데 벌써 신호조장으로 임명됐단말이요?≫

전창민은 믿기 어렵다는듯이 다시 물었다.

≪우에서 누가 임명한것도 아니지요. 신호공에 대한 선택권은 전적으로 가중기운정공처녀들에게 있으니까요. 말하자면 행운이라고도 볼수 있지요.≫

연공은 익살스럽게 이렇게 덧붙이고나서 점적한듯 스스로 낯을 붉혔다.

• 김관일, 「청년개척자의 수기」(1985), 『조선단편집』 5, 문예출판사, 2002, 128쪽.

≪자, 이걸 써요! 실컷 쓰고 다니세요! (…중략…) 그래요. 동무말대루 중대장동문 롱담을 좋아하는 사람이예요. 천성적인 익살군이구… 천성적인!… 알겠어요?… 중대장동문 집을 멀리 떠나 객지에서 생활

하는 중대원들이 조금도 외로움과 불편을 느끼지 않도록 (…중략…) 그런데 동문 그걸 악용하고 있군요. 뒤에서… 내가 그런대두 모르겠는데 동무야 남자가 아니예요.…≫

• 한웅빈, 「스물한발의 ≪포성≫」 1부, 『조선문학』 2001년 4호, 80쪽.

≪간호원동무가 노래를 정말 잘하던데? 가수가 왔다가 울고 가겠어!≫

(…중략…)

≪그 동문 학교때부터 노래를 잘 불렀소. 중앙축전에도 한두번만 참가한게 아니고 가수가 될줄 알았는데 군복을 입었거든.≫

(…중략…)

≪예?!≫

(…중략…)

≪그 그럼 아는 사이입니까?≫

소대장은 눈이 휘둥그래서 쳐다보는 강정희상등병의 안전모채양을 쿡 눌러 눈아래까지 씌워 놓았다.

≪그랬을것 같다- 이 말이요!≫

와- 하고 웃음이 터졌다. 소대장도 익살에서는 누구에게 뒤지지 않았다. 어찌 보면 군대생활의 언어는 익살로 충만되여 있는듯 했다.

장엄(莊嚴)

장엄하다 형 ① (기상이) 씩씩하고 위엄있거나 웅장하고 엄엄하다. ¶ 장엄한 백두련봉. ② 몹시 위엄있고 준엄하다. ③ 장하고 위엄있다.

▷▷▷『조선말대사전(증보판)』 2, 평양: 사회과학출판사, 2007.

[참고] 김정본에 따르면 숭고한 것은 고상한 것, 위대한 것과 더불어 장엄한 것으로 표현된다. 그에 의하면 장엄한 것은 주로 인간의 성격에서가 아니라 사회적 운동과 자연에서 표현된다. 이를테면 "설레이는 바다와 천년우거진 밀림 그리고 무연한 들판과 별이 반짝이는 밤하늘 등은 그것이 사람들에게 세계의 무한성을 상기시키며 아울러 그것을 점령하려는 크나큰 포부와 희망을 안겨줌으로써 단순한 쾌감이 아니라 보다 높은 리상을 안겨주는 숭고한 감정을 불러일으키는데" 이러한 경우에 숭고한 것은 주로 장엄한 것으로 표현된다는 것이다.

▷▷▷김정본, 『미학개론』, 평양: 사회과학출판사, 1991, 126~129쪽.

• 강훈, 「장군님을 맞이하는날」(1948), 『희망찬 나날: 조선아동문학문고』 3, 금성청년출판사, 1980, 3쪽.

아 웬일입니까? 멀리 큰 거리 저쪽을 바라보니 언제 어디서 밀려나온 사람떼인지 백사람, 천사람, 만사람 헤일수 없는 수많은 사람들이 그 넓은 행길에 자욱히 널렸습니다.

널려있는것만 아니라 그 사람떼들은 운동장쪽으로 자꾸만 밀려가고있었습니다.

또 그 길 량가녁에는 이 행렬을 맞이하는 그만큼 많은 사람들이 줄지어 서서 박수치고 만세를 부르며 기뻐날뛰고있습니다.

해방후 처음 보는 훌륭하고도 장엄한 행사입니다.

(얘 이거 오늘이 무슨 날이야.)

용이는 눈이 둥그래져서 그리로 곧장 달려가고싶었지만 이런 좋은 구경거리를 저 혼자만 할수 가 없습니다.

• 리원우, 『아동 문학 창작의 길』, 국립출판사, 1956, 115쪽.

우리 나라 새 생활은 일찌기 볼 수 없던 장엄성과 함께 과학에 의하여 움직이며 전진하고 있다. 그러므로 과학적 환상이 담긴 미래를 전망하는 동화들이 나와야 한다. 이것은 이를테면 새 옛말이다. 새 학설들의 발견, 지구의 비밀을 탐구하여 내는 과학자들, 태양계의 별들과 우주 공간 전체의 별들에 대한 연구 사업들이 새 환상의 토대이다.

새 환상을 창조하기 위하여 다음과 같은 원칙을 고수하여야 할 것이다.

환상이란 작자가 마음대로 꾸며낸 허황한 공상이 아니라는 것이다. 반드시 환상은 생활상 필요에 의하여 발생된 것이여야 한다는 것이다.

모두 그 이야기가 발생한 그 당시에는 오늘의 이야기였다. 우리는 지금 다음 시대 사람들이 옛말이라고 불러 줄 오늘의 동화를 창조하는 사람들이다.

• 김관일, 「청년개척자의 수기」(1985), 『조선단편집』 5, 문예출판사, 2002, 113쪽.

연단에서 간석지건설에로 부르는 청년들의 피 끓게 하는 호소와 결의토론들, 성스러운 기치인양 선두에서 나붓기는 돌격대기발, 역두에서 벌어 지는 감격에 삼키우는 작별과 당부의 웨침들, 장엄한 취주악의 환영곡… 이 모든 시적인 광경은 열정과 랑만에 찬 나의 젊은 심장을 세차게 불 태웠다.

• 박세영 작사/김원균·조길석 작곡, <우리는 천리마타고 달린다>, 1958.

- 김중삼, 「혁명사적지 풍경화창작을 더 높은 예술적경지에로」, 『조선예술』 1993년 1호, 51쪽.

  혁명사적지 풍경화창작에서 현시기 나서는 중요한 문제는 우리 혁명의 시원이 열리고 주체혁명위업계승의 장엄한 해돋이가 시작된 우리 인민과 세계 혁명적인민들의 마음의 고향인 혁명의 요람 만경대 고향집과 백두밀영고향집을 더 훌륭히 형상하는 것이다.

- 리희남, 「상봉」(1996), 『조선단편집』 5, 문예출판사, 2002, 24쪽.

  그이께서는 숭엄한 표정을 지으시였다. 그이의 우렁우렁하신 목소리는 주변의 쇠돌바위들에 부딪치며 장엄한 메아리를 일으켰다.

  이 땅, 이 하늘이 온통 거대한 진폭을 안고 세차게 박동하는듯 했다.

- 리성덕, 「위대한 령도자 김정일동지께서 무대예술부문에서 이룩하신 불멸의 업적을 길이 빛내이자」, 『조선예술』 1997년 2호, 19쪽.

  〈성황당〉, 〈혈분만국회〉, 〈딸에게서 온 편지〉, 〈3인1당〉, 〈경축대회〉 등 5대혁명연극의 창조는 사람들의 관심밖으로 밀려나고있던 낡은 연극에 종지부를 찍고 새로운 예술적활력을 지닌 새형의 연극의 탄생을 온 세상에 선포한 장엄한 메아리였다. 노래의 절가화, 방창의 도입, 필수적인 형상수단으로서의 무용의 도입, 환등과 조명, 무대장치가 결합된 새로운 립체무대미술, 극작술의 새로운 경지 등으로 특징되는 우리식의 가극 그것은 인류가극사가 알지 못하는 전혀 새로운 가극이다.

- 최련, 「바다를 푸르게 하라」, 『조선문학』 2000년 8호, 80쪽.

  시야가 확 열리며 불그레한 빛이 렬차를 감쌌다. 바다였다. 바다는 해뜨는 순간을 앞두고 장엄하게 뒤설레고있었다. 해는 아직 수평선너머에 있는데 그 붉은 빛이 온통 바다를 물들였다. 새날의 환희를 안고 금빛의 파도들이 서로 어깨를 홍떡이며 기슭을 찾아 렬차를 향해 밀려온다.

• **홍파, 「회화작품의 계기는 형상의 정서적견인력을 높이는 수단으로 선정되여야 한다」, 『조선예술』 1997년 10호, 59~60쪽.**

조선화 〈락동강할아버지〉의 형상적매력은 인물의 체험세계를 잘 알수있게 하는 계기점을 옳게 포착하여 깊이있게 묘사해낸데 있다. 작품의 계기는 어려운 전투임무를 수행하는 인민군정찰병들을 도와나선 배사공할아버지가 진정 인민을 위한 군대는 위대한 김일성장군님께서 이끄시는 인민군대밖에 없다는것을 생활체험을 통하녀 뼈저리게 느끼고 목숨걸고 도와나서게 된 심리 세계와 행동을 함축된 생활단면에서 펼쳐보이고 있다. 끝없이 펼쳐진 하늘가에 하나의 흐름을 형성하면서 장엄하게 타오르는 저녁노을을 주인공의 마음을 대변하면서 화면에 강한 정서성을 가져다준다. 또한 검은 구름 낮게 드리우고 번개치는 하늘, 쏟아지는 무더기비는 주인공의 비장한 내면세계를 힘있게 안받침해준다. 그리고 쏟아지는 함박눈이나 사나운 눈보라, 높은 산, 험한 령을 감도는 가벼운 안개 등도 작품의 주제사상적내용을 정서적으로 안받침해준다.

• **리창유, 「현실발전의 요구에 맞는 혁명적문학작품창작의 진로를 밝혀준 강령적지침」, 『조선문학』 1999년 12호, 6쪽.**

우리의 모든 작가들은 당의 영원한 동행자, 충실한 방조자, 훌륭한 조언자, 당문예로선의 철저한 옹호자, 적극적인 관철자로서의 사명감을 가슴깊이 간직하고 사회주의강성대국건설의 장엄한 진군길우에서 제2의 천리마대진군을 힘있게 벌리고 있는 현실속에 들어가 더 특색있고 사상예술성이 높은 작품을 창작하여야 한다.

저렬(低劣)

저렬하다 형 아주 보잘것 없다. ⁋ 저렬한 행동.

▷▷▷『조선말대사전(증보판)』 2, 평양: 사회과학출판사, 2007.

• 리원우, 『아동 문학 창작의 길』, 국립출판사, 1956, 161~162쪽.

나는 생활 현상들을 인식 파악함으로써 나의 생활 경험을 의식적으로 확대하기 위하여 우선 선진적 과학 리론을 습득하는 사업과 함께 나 개인의 생활을 개조하기 위하여서도 투쟁한다.

나에게 만일 선진 사상으로 고무되는 고상한 리상을 실현하기 위한 적극적인 생활 투사로서의 생활 감정이 없거나 혹은 있다고 하여도 그 수준이 저렬하다면 이 사실은 소재를 쟁취하는 과정에서와 선택한 자료를 가지고 작품을 구상 혹은 쓰는 과정에서 부정적인 결과를 초래하는 원인으로 될 것이다. 선진 리론으로 무장한 적극적인 생활 투사는 결코 생활을 구경하지 안을 것이며 자기 자신이 아름다운 리상의 실현을 위하여 투쟁하는 아름다운 감정의 소유자이기 때문에 어떤 생활 현상 속에 있는 아름다운 요소들을 관심 깊은 눈으로 볼 것이며 그 아름다운 것을 확대하기 위한 목적으로 그 생활 현상을 자기 작품의 소재로 의식적으로 선택하게 될 것이다.

• 리명, 「주제화창작에서 전형과 예술적갈등문제」, 『조선예술』 2003년 12호, 56쪽.

착취사회의 현실을 그린 작품에서는 그 사회관계의 특성으로 하여 긍정인물들과 함께 부정인물들이 중요한 위치를 차지하게 되며 부정인물들의 형상적기능이 매우 크다고 할수 있다.

지난 시기 창작된 계급교양주제의 일부 작품들에서는 부정인물들에 대한 형상에서 형상의 내적측면을 이루는 성격이 추하거나 악하며 저렬하다는데로부터 그 외모를 인위적으로 외곡하거나 기형화하여 보여주는것이 일반적이다. 지주라면 의례히 험상하고 심술궂은은 얼굴과 비단저고리에 배가 불룩 나온 형상으로 나타내고 자본가라고 하면 나비넥타이에 조끼를 받쳐입고 안경을 낀 교활한 모습 등이 부정인물에 대한 보편적인 형상으로 되고있다.

이렇게 부정인물에 대한 형상에서 그 형태를 인위적으로 외곡하거나 기형화하는 식으로 개념화하여 보여주게 되면 그러한 예술적갈등은 사람들에게 아무러한 설득력도 줄수 없게 되며 긍정적주인공의 전형적성격을 감동깊게 보여줄수 없다.

저속(低俗)

저속하다 형 품위가 낮고 속되다. ¶ 부르죠아지들의 저속한 취미.

▷▷▷『조선말대사전(증보판)』 2, 평양: 사회과학출판사, 2007.

[참고] 최근의 북한미학에서는 '저속한 것(또는 저렬한 것)'을 '숭고한 것'에 대립되는 개념으로 이해한다. 김정본은 숭고한 것을 "사람들의 자주적요구와 리상을 무한히 높여주며 그것으로 하여 사람들을 무한히 격동시키고 보다 높은곳에로 지향시키는 미적현상"으로 규정하면서 "항상 미래와 련결되어 무한한 전망과 발전가능성을 가지고 있는 것"으로 설명한다. 이렇듯 북한문예-주체미학-에서 숭고는 대개 현재보다는 장래에 구현될 이상적 미래에 관여하는 미적 범주다. 따라서 숭고에 반대되는 것은 전망이 결핍된 것, 발전가능성이 없는 것이다. 그것을 북한미학은 저렬한 것, 저속한 것, 비속한 것이라고 칭한다. "몰락하여가는 착취계급에게는 미래가 없으며 현재의 기생충적인 생활을 유지하기 위하여 라태하고 저속한 생활을 하게 된다"는 식이다(김정본, 『미학개론』, 평양: 사회과학출판사, 1991, 122~129쪽). 북한 문예작품과 비평 텍스트에서 이 단어는 '숭고하다' '아름답다', '고상하다'의 반의어로 자주 쓰이며 "추(악)하고 저속한 것" 또는 "저속하고 퇴폐적인 것"과 같이 종종 '추' 또는 '퇴폐'와 함께 사용된다.

• 리종효, 「인간성격의 조형적형상에 대한 주체적견해」, 『조선예술』 1996년 8호, 31쪽.

사회주의미술은 사람들에게 자주적인 사상과 의식, 고상하고 아름다운 품격과 리상, 포부를 안겨줄수 있는 산 인간의 참된 성격을 진실하게 그릴것을 요구하고있으며 자주적인 인간성격을 전형화할것을 요구하고 있다. 미술작품에서 인간성격의 전형은 사회계급적본질과 사회발전의 합법칙성을 보여주면서 옳고그른것을 가려볼수 있게 하여 고상하고 아름다운 생활을 찬양하고 추하고 저속한것을 반대하여 투쟁하도록 교양한다.

• 김형락, 「회화에서 명암에 의한 대상의 형태묘사와 조형미」, 『조선예술』 1995년 6호, 25쪽.

회화에서 형태묘사과정에는 형태미에 대한 사람의 미적요구가 반영된다. 즉 창작가에 의하여 내용을 가장 선명하게 표현하기 위한 형식이 탐구되며 형태묘사과정에 인간의 미적지향과 요구가 반영되여 재현된다. 회화작품창작에서 창작가는 단순히 사물의 형태를 기계적으로 옮기는것이 아니라 객관적인 사물의 형태에 기초하여 그것을 주관적으로 분석평가하며 아름다운것과 저속한것을 가려내어 본질적이며 아름다운것을 보다 두드러지게 강조한다.

• 김성호, 「조선영화의 진미와 그 특성」, 『예술교육』 2005년 3호, 19쪽.

우리 영화예술에는 허황한것을 꾸며내여 그린것, 인간과 생활을 기형적으로 그린것, 실속이 없이 형상을 요란하게 과장한것, 아리숭하고 모호한것이 없으며 예술적형상이 참되고 품위가 있다. 이것은 우리 인민의 민족적특성과 우리 영화예술작품의 사상적내용, 우리 영화예술이 의거하는 주체사실주의창작방법과 관련된다. 예술적형상이 소박하고 진실한것은 또한 기형적인것이 없고 생활 그대로의 모습이 그려지는데서 나타난다.

우리 영화에서는 사람들을 억지로 웃기거나 관중의 저속한 흥미를 자아내기 위해 인물을 기형적으로 그리는것이 없다. 우리 영화에서는 인간을 가장 힘있고 아름다운 존재로 그리며 생활도 그 인간을 진실하고 생동하게 보여줄수 있도록 그려진다. 예술적형상이 소박하고 진실하며 선명한것은 또한 모호한것이 없고 명백하면서도 여운이 있는데서 나타난다.

• 리성일, 「혁명가극 <밀림아 이야기하라>에서 부정인물들에 대한 음악적성격화」, 『조선예술』 2009년 2호, 29~30쪽.

가극에서 왜놈들의 음악은 주로 소2도의 련속으로 위태위태하게 흐르거나 매우 불안정한 선률음조들을 리용하여 예리한 긴장성을 조성하고 단조롭고 무맥하게 흐르는 리듬과 4도, 5도의 공허한 화성적 울림을 많이 적용함으로써 허장성세하는 놈들의 몰골, 공포와 불안에 싸여 발악하는 침략자들의 몰골을 생동하게 돋구어주고 있다. 민족반역자, 수비대특무로서의 표가의 성격은 4장 1경 마감에 산에서 주인공과 동지들이 헤여져갈 때 표가가 여호와 박동무의 뒤를 밟는 장면에서 관현악에 의하여 구체적으로 묘사된다. (…중략…) 퇴폐적이고 저속한 류행가와 류사한 음조적투, 무기력한 리듬조직 등 노래는 왜놈들의 노래와도 대조되면서 나라와 민족을 팔아 일신의 안락만을 추구하던 매국노의 신세, 죽음앞에서 살려달라고 애걸하는용탁의 몰골을 잘 보여주고있다.

추(醜)·추악(醜惡)

추하다 형 ① 지저분하고 더럽다. ⁋ 방이 추하지만 좀 들어오십시오. ②(말이나 행동 또는 심보 같은것이) 못되고 너절하다. ⁋ 돈만 아는 추한 인간. ③(얼굴이) 못생겨서 보기에 흉하다. ⁋ 추한 얼굴.

▷▷▷『조선말대사전(증보판)』 3, 평양: 사회과학출판사, 2007.

추악하다 형 ① 더럽고 흉악하다. ⁋ 망해가는 반동계급의 추악한 음모. ② 흉하고 징그러운데가 있다.

▷▷▷『조선말대사전(증보판)』 3, 평양: 사회과학출판사, 2007.

[참고] 북한미학에서 아름다운 것이 긍정적인 미적 현상을 포괄한다면 추한 것은 "자연과 사회의 부정적현상에 대한 미학적관계를 나타낸다" 그래서 리기도는 추한 것을 '추악한 것'이라고 지칭한다. 그에 의하면 "추악한것은 인민대중의 자주적요구와 지향에 어긋나는 현상, 대상으로서 불쾌한 감정과 불만, 증오의 감정을 동반"한다. 예컨대 "자연현상에서 인민의 창조적 활동에 저애로 되거나 사회생활에서 온갖 낡고 진부한 것, 정치적반동 등은 추악한 것". 리기도에 의하면 아름다운 것과 추한 것은 "상용될 수 없는 모순적으로 대립된 범주들"이다.

▷▷▷리기도, 『조선사회과학학술집 철학편 45: 주체의 미학』, 평양: 사회과학출판사, 2010, 82쪽.

• 리원우, 『아동 문학 창작의 길』, 국립출판사, 1956, 76쪽.

말—그것은 작가의 리상을 위하여 자료의 생활을 살아 있는 새 생활로 재생산하는 하나의 수단이다. 그러므로 리상의 등불을 높이 켜들고 아름다운 것을 창조하기 위하여 추악한 것을 쳐부시는 데 동원된 작가의 말들은 그 한마디가 아름다운 것을 위하여 추악한 것들과 결투하고 있는 생기 발발한 용사들이라고 할 수 있다.

• **리원우, 『아동 문학 창작의 길』, 국립출판사, 1956, 49쪽.**

그런데 어떤 사람들은 아동들에게는 모범적인 인물과 모범적인 현상들에 대하여서만 이야기하여 주어야 한다고 한다. 다시 말하면 좋지 못한 현상 즉 나쁜 생활 현상에 대하여서는 이야기하지 말자는 것이다. 이렇게 하는 것이 아동 교양에 필요하다는 것이다. 그러므로 아동 문학에 있어서의 묘사 대상 중에서는 부정적 생활 현상이 제거되여야 한다는 것이다.

그러나 우리의 현실 자체는 결코 추악한 것과 좋고 아름다운 것의 기계적인 비빔밥이 아니다. 우리의 현실에서는 죽어 없어지지 않으려는 낡은 것과 새로운 것 즉 모범적인 것과의 투쟁이 날카롭게 전개되고 있다. 그렇기 때문에 아동들에게 무엇이 모범적이라는 것을 가르쳐 주기 위하여서는 반드시 모범적인 것의 투쟁 대상으로 되고 있는 추악한 것들도 이야기하여야 한다. 정직한 사람을 말하기 위하여서는 거짓말쟁이를, 부지런한 사람을 말하기 위하여서는 그와 반대되는 게으른 인간을 함께 묘사하여야 한다.

• **조봉국, 「<성황당>식 연극에서 음악과 음향수단을 통한 감정조직」, 『조선예술』 1997년 6호, 522쪽.**

혁명연극 〈성황당〉의 제9장에서 음향을 확대하여 살려쓴 형상수법은 장면의 예술적형상과 감정의 밀도를 높이는데 이바지한 본보기로 된다. 칠칠야밤 어둠속에 잠겨있는 숲, 우거진 성황터, 멀리서 우레소리와 함께 번개불이 이는데 지주와 구장은 자기를 면장자리에 올려놓아달라고 서로 개싸움질하면서 음식상을 차려놓고 승강내기로 빈다. 이때 어둠에 잠긴 숲을 무섭게 뒤흔들며 쥐-고 해- 하고 울리는 무시무시한 소리가 길게 메아리치면서 지주와 구장의 머리우에 떨어진다. 그뿐 아니라 온 세상을 뒤엎을듯한 우레소리는 객석에 앉은 관객들까지도 간담이 서늘해질정도로 무섭게 울리면서 당장이라도 숲을 뒤덮을듯하다. 이렇듯 이 장면에서는 음향의 크기를 확대과장하는 수법을 적용함으로써 긴장감을 조성시키고 지주와 구장의 추악한 몰골을 예술적으로 잘 보여주고 있다.

• 김순영, 「예술작품의 양상과 그를 살리는데서 나서는 사상미학적요구」, 『조선예술』 1998년 2호, 62쪽.

현실을 있는 그대로 그린다고 하면서 기계적으로 복사하여 그리거나 생활의 우연인것과 필연적인것, 본질적인것과 비본질적인것을 가림이 없이 그려내는것은 부르죠아자연주의예술에 고유한것이며 그것은 낡고 추악한것이 멸망하고 새롭고 아름다운것이 승리하는 생활발전의 합법칙성에 대한 외곡으로 된다.

• 최길상, 「(20세기의 추억) 평론가적 재능과 열정, 예술적감각: 엄호석의 평론활동에 대한 몇 가지 추억」, 『조선문학』 2000년 5호, 19~22쪽.

평론가 엄호석은 무전려행의 나날에 시인 리상화가 동해안의 물결을 바라보면서 앞으로 도래하여야 할 혁명의 태동을 랑만적으로 갈망하였다는것을 간파하였다. 그리하여 그는 리상화가 후일에 창작한 ≪폭풍우를 기다리는 마음≫과 ≪바다의 노래≫와 같은 혁명의 도래를 갈망한 혁명적시편들의 서정세계와의 련관속에서 ≪금강례찬≫의 서정을 감수하였다. 그러므로 우리는 평론가의 환상에 의하여 분석음미된 시 ≪금강례찬≫의 시행들에 굽이치고있는 미래에 대한 지향, 아름다운 조선의 금강산의 천하절승이 인민들의 가슴속에 긍지와 바주, 환희를 안겨줄 그날을 열망하는 시인의 절절한 느낌을 상상하게 된다. (…중략…) 평론가가 분석한 바와 같이 리상화가 한때 현실에 대한 자족에 빠져 오래동안 침체해있었다가 3.1인민봉기 이후부터 량심의 성광에 비추어 자신의 이 안일나약한 생각을 추악한 정신적오물로 느끼기 시작한것은 결코 우연치 않다.

- **송효일, 「유화 <딸>」, 『조선예술』 2004년 3호, 80쪽.**

유화 〈딸〉(주체55년작)은 빚대신에 어린 딸마저 지주놈에게 빼앗기지 않으면 안되였던 일제식민통치하의 소작농민의 형상을 통하여 착취사회의 본질을 예리하게 까밝히고 있다. (…중략…) 어머니의 품에 안겨 울고있는 피기없는 얼굴에 어린이모습과 다닥다닥 기운 이불속에 몸을 들이밀고 마름을 쏘아보는 소년의 형상도 아주 생동하다. 그림에는 마름놈의 교활하고 거만한 표정이 생동하게 묘사되였다. 마름놈은 거만하게 틀을 차리고 앉았지만 비굴성, 추악성을 감추지 못하고있다.

쾌(快)·쾌감(快感)·쾌락(快樂)

쾌 명 (낡) 쾌감. ⁋ ~를 느끼다. ~를 맛보다.

▷▷▷『조선말대사전(증보판)』 3, 평양: 사회과학출판사, 2007.

쾌감 명 ① 유쾌하고 상쾌한 느낌. ⁋ 승리자의 ~. ~을 느끼다. ②=쾌락.

▷▷▷『조선말대사전(증보판)』 3, 평양: 사회과학출판사, 2007.

쾌락 명 ① 유쾌하고 즐거운 것. ⁋ 사업에서 ~을 느끼다. ②=쾌감.

▷▷▷『조선말대사전(증보판)』 3, 평양: 사회과학출판사, 2007.

• 박태민, 「벼랑에서」(1952), 『조선단편집』 2, 문예출판사, 1978, 212쪽.

오그라진 문을 가까스로 열고 그는 밖으로 나왔다. 자동차는 벼랑 중턱에서 두그루의 참나무에 걸치여있었다. 주위를 돌아보니 여기저기에 괴뢰군놈들과 ≪엠. 피≫놈들이 나뒹굴어있다. 훑어보매 30명은 실히 될상싶다. 원주는 타박상을 입은 왼편다리를 쩔룩거리며 혹시나 살아남아있는놈이 있지나 않는가 하여 두루 살폈다. 목이 떨어져나간놈, 팔다리가 부러진놈, 가지각색이다.

순간 원주는 말할수 없는 통쾌감과 거뜬한 심정에 싸였다. 떳떳한 길을 다시 찾았을 때의 그의 기쁨은 형용할수 없었다.

• 지선희, 「성격발전계기를 독특하게 형상한 처녀연기: 다부작예술영화 <민족과 운명> 로동계급편 제1부를 보고」, 『조선영화』 1995년 11호, 44쪽.

관중들은 다부작예술영화 〈민족과 운명〉(로동계급편)을 보고 관록있고 무게있는 주인공의 모습과 함께 웃음많고 쾌활한 쇠물가정의 외동딸 강옥이를 못잊어한다. 강옥역이 맡은 배우의 연기형상은 우리의 신인배우들 특히 처녀역을 담당수행하는 배우들에게 많은것을 시사해주는 훌륭한 본보기로 된다.

• 변창률, 「한 분조장의 수기」(2001), 『조선단편집』 5, 문예출판사, 2002, 388쪽.

≪조장형님, 오후 2시부터 새 영화를 방영한대요. (…중략…) 영화를 보자요. 예? 조장형님.≫

(…중략…)

그 애는 ≪조장≫이라는 변변치도 않은 직위를 꼭꼭 찍어 부러며 졸라 대는것이였다. 나는 쾌히 응했다. 일손을 서두르면 될것 같아서였다.

• 한웅빈, 「스물한발의 ≪포성≫」 2부, 『조선문학』 2001년 5호, 30쪽.

나는 착암기를 덥석 잡았다. 적어도 조수질 대여섯달 지나야 잡아볼수 있다던 착암기였다. 왜 갑자기 나에게 착암기를 훌쩍 내맡길가 하는 의혹따위는 가질 사이가 없었다. 분대장의 생각이 금시 달라질가봐 덤벼 치며 착암기를 잡고 공기변을 열었다.

착암기의 통쾌한 진동이 두팔을 걸쳐 온몸으로 흘러 들었다. 온몸의 근육이 푸들푸들 뛰였다. 이 때의 내 심정은 아마 중기관총 압철을 처음 눌러 본 부사수만이 리해할수 있을것이다. 여느 때에는 귀를 메는듯 하던 착암기소리도 이때는 높게 들리지 않았다. 사수의 귀에 자기의 총소리는 높게 들리지 않는법이다.

• 홍정식, 「명화의 본질적징표」, 『조선예술』 2002년 10호, 58쪽.

미술은 공간속에서 조형적형상을 창조하는 시각예술이다. 사실주의미술에서는 모든 형상수단이 인간과 자연의 겉모양을 그리거나 보여 주는데 그치지 않고 작품의 심오한 내용을 표현하는 조형적요소로서 아름다운 예술적형상을 꽃 피우는데 이바지한다.

(…중략…)

사회적집단속에서 인간의 자주적이며 창조적인 활동에 이바지하는 생활과 대상은 아름다운것으로서 그것을 조형적형상으로 완벽하게 반영한 미술작품은 사람들에게 미적쾌감과 만족을 주며 볼수록 또 보고 싶어지는 것이다.

풍자(諷刺)

풍자 명 ① 남의 결함이나 부정적인 측면을 빗대고 조소하면서 날카롭게 폭로하는 것. ② 문예작품에서 신랄한 웃음을 통하여 부정적인 사회현상을 무자비하고 날카롭게 폭로비판하는 것 또는 그런 예술 수법 중 하나. ⁋ 예리한 ~. ~극. ~작가.

▷▷▷『조선말대사전』 2, 평양: 사회과학출판사, 1992.

• 리원우, 『아동 문학 창작의 길』, 국립출판사, 1956, 130쪽.

우리는 이러한 고전들의 전통을 우화에 인입하여 인민성을 풍부히 할 필요가 있다.

우화의 특징을 요약하면 풍자, 웃음, 폭로, 비판의 정신이다. 그러므로 그 형상에 있어서는 극히 줄거리가 짧고 명확하며 하나의 날카로운 결론에 육박한다. 주로 시 형식으로 쓰지만 산문으로도 쓸 수 있다.

부정을 치는 데 돌려진 것이 우화인바 아동 문학에도 성인 문학에도 속하여 있는 쟌르이다.

• 장영·리연호, 『동심과 아동문학창작: 주체적문예리론연구』 19, 문학예술종합출판사, 1995, 119쪽.

인류문학사를 돌이켜볼 때 동화와 우화가 발생발전한 력사가 오랜만큼 그에 대한 견해도 오래전부터 형성되였다고 볼수 있다. 지금까지 오랜 기간에 걸쳐 론의되고 도달된 견해를 종합한다면 동화란 어린이들을 위하여 지어진 흥미있는 이야기라는것과 우화란 인간생활의 부정적인 현상들을 풍자, 해학의 수법으로 폭로비판함으로써 사람들에게 교훈을 주게 되는 짤막한 이야기라는것이다. 그러면서 이러한 이야기들을 전개하는데서 의인화의 수법을 비롯하여 환상과 과장, 상징 등 여러가지 형상수법들을 리용하게 된다는것이 일치된 견해이다.

• 명일식, 「풍자희극에서 양상의 다양성」, 『조선예술』 1996년 11호, 59쪽.

풍자극은 웃음을 자아내는 부정적인것을 묘사하는 희극의 한 형태로서 력사의 온갖 쓰레기들을 풍자적인 웃음을 통하여 그 멸망의 불가피성을 보여준다. 풍자희극에서의 웃음은 기쁨과 행복에 넘쳐 환기되는 그런 웃음과는 달리 부정부패에 대한 폭로와 규탄이 기본으로 되여있기때문에 비수와 같이 날카로울뿐아니라 대상으로부터 환기되는 타매와 조소, 그에 따르는 야유적정서도 다양하게 우러나게 된다. 풍자적웃음은 또한 원쑤들의 심장을 찌르는듯한 예리성으로 놈들을 가차없이 날가놓고 단죄하며 그에 대한 증오와 경멸의 감정을 불러일으키는 한편 긍정을 옹호하고 추동하려는 숭고한 지향도 내포되여있다. 풍자희극이라고 하여 반드시 웃음으로만 관통되여야 한다는 법은 없으며 풍자의 농도와 웃음의 색갈도 작품마다 같지 않다. 작품전반에 신랄한 풍자로 일관된것도 있고 또 풍자적인것과 정극적인것이 자연스럽게 조화되여 독특한 양상을 띤것도 있는것이다. 지난 시기에는 우습지 않으면 풍자희극으로서의 특성을 잃는다고 하면서 처음부터 조작적이며 가식적인 웃음을 인위적으로 꾸며놓는 경우도 많았다. 이것은 풍자희극에서 웃음에 대한 올바른 관점을 가지지 못한데 기이된다. 풍자희극도 철저히 생활의 진실을 따라야 하는것만큼 강한 폭로규탄의 성격을 띤 웃음도 있고 깊은 사색도 있게 끌고나가야 한다. 그러자면 풍자적웃음으로 폭로규탄되는 부정인물의 희극적요소와 함께 긍정인물들의 생활에서 표현되는 정극적인 요소도 있을수 있다. 이것은 풍자희극에서 양상을 다양하게 잡아나갈수 있게 하는 중요한 조건으로 된다.

해학(諧謔)

해학 명 ① 익살스러우면서도 풍자가 섞인 말이나 행동. ¶ ~이 담긴 유모아. ② 〈문학〉 생활과 인간성격에서 나타나는 부정적 측면을 가볍고 악의없는 웃음으로 비판하는것 또는 그러한 예술적수법. 웃음을 가지고 결함을 비판한다는 측면에서는 풍자와 공통성을 가지지만 웃음의 정도와 비판의 성격에 있어서 차이가 있다. ¶ ~의 수법.

▷▷▷『조선말대사전(증보판)』 3, 평양: 사회과학출판사, 2007.

• 리원우, 『아동 문학 창작의 길』, 국립출판사, 1956, 103쪽.

그러므로 아동 소설에 나오는 인물들에서 성인 소설에 나오는 인물들이 가지고 있는 따위의 그러한 개성이 없다고 나무래는 평론가가 있다면 그는 아동 소설의 특성을 모르는 사람이다. 아동 소설에 나오는 개성은 심리적 복잡성을 띤 개성이 아니라 행동적인 개성이여야 한다. 이러한 개성은 아동 교양을 위하여 복무할 뿐만 아니라 어른들에게도 흥미있다.

아동들은 유모아와 해학을 좋아한다. 그러나 유모아와 해학이 인물 성격을 통하여 동적인사건성과 결부되였을 때만 아동들은 흥미 있어 한다.

• 리원우, 『아동 문학 창작의 길』, 국립출판사, 1956, 47~48쪽.

우리는 아동과 사회를 련결 상태에서 보는 프로레타리아 아동 문학의 전통을 계승한 사람들이다. 우리는 어떠한 생활 현상들 앞에 섰을 때나 그것을 묘사하는 것이 아동 교양을 위하여 필요한가의 립장에 서야 한다. 만일 필요하다면 그 묘사 대상을 분초를 다투어 가며 글줄들 속에 재현시켜야 한다.

작가 황 민은 찬양할 수 없는 옛날 어느 게으름뱅이의 생활 속에서도 아동 교양에 필요한 것이 있었기 때문에 그 묘사 대상을 가지고

『곰 가죽』이라는 해학 동화를 썼던 것이다.

"어느 가을날 생긴 일입니다. 그 날도 논과 밭에서는 마을 사람들이 노래를 주거니 받거니 하며 나락을 거둬들이느라고 한창 바쁜 판이였습니다. 그런데 「곰 가죽」은 산 언덕 밤나무 그늘에 다리를 뻗치고 누워서 한바탕 늘어지게 낮잠을 자고 있었습니다. 그는 갑자기 무슨 소리에 놀랐는지 벌떡 일어나 앉으며 공연히 혼잣말로 가을걷이에 바쁜 농사꾼들을 욕을 합니다.

「첫 남 한참 곰을 잡는 판인데 왜들 이렇게 떠드는 거야. 제길! 땅에 난 곡식이 갑자기 하늘로 올라 갈가봐들 저렇게들 바빠하나?」

그는 혀를 끌끌 찼습니다. 남들이 일할 때 이렇게 날마다 나무 그늘에 곰의 가죽을 펴고 그 우에 누워서 곰 잡는 꿈이나 꾸고 있기 때문에 마을 사람들은 그에게 「곰 가죽」이란 별명을 붙여 주었습니다.

「흥! 아등 바등 일만 한다구 사나? 가만 앉았다가도 곰만 잡으면 되는 거지.」 하며 곰 잡이로 이름을 날리던 젊은 시절을 생각합니다. 산 비탈에 붙은 곰은 어떻게 잡으며 시내로 물을 먹으러 온 곰은 어떻게 잡으며 사람을 물려고 덤비는 곰은 어떻게 잡으면 된다는 여러 가지 수를 잘 압니다.

「에라. 더는 말고 올 가을엔 한 마리만 잡히려마. 그러면 한 겨울 동안 놀고 먹을 수 있는데, 이놈의 곰아 정말 한 마리만 나에게 잡혀라.」

정말 곰을 한 마리만 잡고 보면 값나가는 곰의 열에, 가죽에, 기름에, 고기에… 그것들을 두루 팔면 한 겨울 나긴 걱정없지요. 생각할수록 「곰 가죽」에게는 땀을 많이 슬려야 되는 농사일은 싫어지며 어쩐지 곰잡이만이 제일 같았습니다. 그러나 곰을 잡으려면 깊은 산 속으로 들어 가야 될텐데 곰도 앉아서 기다리기만 하니 아무리 운수가 좋기로 곰이 나를 잡아가소 하고 그를 찾아 오기까지야 하겠습니까…" (『아동 문학』 14호, 1953)

• 명일식, 「사회주의현실주제의 연극예술에서 양상의 특징」, 『조선예술』 1994년 7호, 43쪽.

경희극 〈우리가 사는 집〉은 맹산산골에서 사는 할아버지와 할머니가 토성랑에 일떠선 천리마거리로 이사온 손자네 집에 나들이와서 현대적으로 꾸려진 살림집 구석구석에 미치고있는 어버이수령님과 당의 은혜로운 사랑의 손길을 가슴뜨겁게 느끼는 과정을 깊은 서정성과 현실긍정의 열정이 넘쳐흐르는 락천적인 웃음속에 감명깊게 보여주고있다. 이 작품에는 오늘의 현대적인 천리마거리와 그 옛날 토성랑을 대비하면서 토성랑의 움막집에서 살던 때를 회상하며 그자리에 일떠선 천리마거리의 현대적인 살림집을 보고 언제나 더운물 찬물이 흐르는 수도장치와 온돌방 구석구석이 골로루 더운 온수난방, 갖가지 현대적인 부엌세간들에 깃든 어버이수령님과 당의 은덕을 생각하며 고마움에 눈물짓는 두 로인의 감정세계에서는 서정성이 넘쳐나고있다. 여기에다 처음 보는 신기한 현상을 놓고 가지가지 경희극적착오를 저지르는 로인들의 생활과 해학적인 다툼질을 통하여 환기되는 락천적인 웃음이 배합되고 있다.

따라서 작품에서는 갈등과 부정선이 전혀 없는 생활을 바탕으로 하여 서정적이고 락천적이며 해학적인 웃음이 련이어 촉발되고 있다.

황홀(恍惚)

황홀하다 형 ① 너무 찬란하거나 화려하여 어리어리하다. ② 한가지 사물에 마음이나 눈이 쏠리여 어리둥절하다. ¶ 황홀한 마음. ③ 정신이 아찔하고 흐리멍텅하다. ④ 아리숭하다.

▷▷▷『조선말대사전(증보판)』 3, 평양: 사회과학출판사, 2007.

• 천세봉, 「호랑령감」(1949), 『조선단편집』 2, 문예출판사, 1978, 146쪽.

우차의 대렬은 동구를 빠져 논벌가운데로 길차게 뻗어내려간 한길에 들어섰다. 금방 이글이글한 불덩어리가 솟아오를듯 동쪽하늘이 시뻘겋게 물들어온다. 사람들의 얼굴도 그대로 붉고 씩씩해온다.

(…중략…)

범령감은 벌써부터 이 화려하고 자랑스럽고 떳떳한 행렬이 장거리로 들어갈것을 생각하면서 마음속이 눈부시게 황홀해온다.

• 리북명, 「빛나는 전망」, 『조선문학』 1954년 6호, 40쪽.

(…전략…) 비를 맞으며 작업하고 있는 혜숙의 용접기에서는 맹렬한 불꽃이 일고 있었다. 윤호는 혜숙의 모습을 황홀한 눈추리로 지키였다. 그러한 안해의 모습은 차음 화선에서 반돌격해 오는 적들을 겨누고 원쑤놈들을 한놈이라도 더 죽이겠다는 복수의 일념에 사로잡혀 있는 전사들의 모습으로 바뀌였다. (…하략…)

• 리북명, 「빛나는 전망」, 『조선문학』 1954년 6호, 42쪽.

어느덧 점점 훤해 가는 하늘에 구름장이 트이며 새파란 조각 하늘이 군데 군데 나타나기 시작했다. 거기로 쏘아나오는 햇빛이 깍지를 끼고 걸어가는 부부의 얼굴을 해바라기 같이 밝은 웃음으로 환히 비치였다.

혜숙의 눈앞에는 하늘에 선 무지개처럼 황홀한 꿈이 되살아 왔다. 그것은 행복한 래일에 대한 빛나는 전망과 동경이였다.

• 진재환, 「고기떼는 강으로 나간다」, 『조선문학』 1964년 1호, 53쪽.

사실 새끼 고기를 개울에 풀어 놓은 대성의 마음은 첫 아기 설이를 하는 젊은 새악시 같았다. 배안에서 옴지락거리는 아기의 놀이를 느낄 때마다 겁을 집어 먹기도 하고 어머니가 된다는 기쁨이 포근히 안겨 오기도 하고 자그마한 소리에도 잘 놀랐고 자주 황홀하고 막연한 생각에 끌리기도 하였다.

• 김상훈, 「흙」, 『조선문학』 1970년 11호, 73쪽.

(…전략…)

이른 봄철이나 늦은 가을날에
수령님께서 뜻밖에 마을에 들리시여
늙인이는 백발 숙여 절을 하옵고
철부지 어린것은 손길에 매달리며
거리와 집집마다 자랑이 넘치고
온 산천이 눈부시게 밝아올
그 가슴 저리도록 황홀한 순간을
농토와 농군들이 함께 꿈꾸나이다.

(…하략…)

• 김현구, 「잠수견습공」(1962), 『조선단편집』 3, 문예출판사, 1978, 73쪽.

태고연한 바다속은 얼마나 넓고 깨끗하고 투명한가. 그리고 또 얼마나 많은 은금보화를 간직하고있는것인가— 수중 암층이 별반 없어

보이는 바다속은 때로 누누한 금싸래기같은 모래바닥이 흔들거릴뿐이다.

그속에서 잠수아바이의 작업하는 광경은 어느 작업에 비할수 없을 만큼 더욱 황홀한 느낌을 주었다.

• 한태수, 「알락두더지의 소원」(1983), 박춘선 편, 『조선아동문학문고 9: 불꽃훈장』, 금성청년출판사, 2010, 88쪽.

알락두더지는 제 소원을 그대로 다시 말하고 별나무열매를 먹었습니다. 모든게 다 알락두더지의 소원대로 되였습니다.

그날의 반달곰의 머리에 돋은 금빛뿔과 뿔사슴이 입은 고운 비단옷 그리고 새별처럼 반짝이는 노랑새의 눈은 볼수록 황홀했습니다.

동무들의 달라진 모습을 보고 알락두더지는 기쁨을 금치 못했습니다.

그러나 알락두더지의 달라진 모습을 본 동무들은 너무도 기가 막혀 아무말도 하지 못하였습니다.

알락두더지의 아름다운 모습은 가뭇없이 사라지고 뾰족한 입과 수수알만한 눈 그리고 새까만 옷을 입은 두더지가 앞에 나타났던것입니다.

≪애들아, 다시는 땅속벌레때문에 나무잎이 시드는 일이 없을거야. 더 아름답고 살기 좋은 동산을 위해 우리 힘껏 일하자. 그럼 잘들 있어. 난 땅밑에서 동산의 기쁨을 함께 나눌테야.≫

두더지는 동무들과 헤여져 땅속으로 들어가버리고말았습니다.

뭇짐승들은 금빛뿔도 비단옷도 다 내놓은 두더지한테서 이 세상 그 무엇과도 비길수 없는 가장 아름다운것을 보았습니다.

비록 땅속에 들어가 눈에 보이지 않았지만 두더지는 언제나 동무들의 길동무가 되고 마음의 거울이 되였답니다.

여러 짐승들은 옛날의 그 모습이 변했어도 두더지만은 그 모습도 그 마음도 변함이 없답니다.

• 김정민, 「생의 축복」(1985), 『조선단편집』 3, 문예출판사, 1987, 147쪽.

인자하신 표정으로 그이께서는 말씀을 이으시였다.

≪우리 선조들은 옛적부터 은장도를 행복의 호신부로 여겼고 금가락지를 행복의 상징으로 삼았습니다. 그래서 내 생각엔 세쌍둥이 총각애들에게는 은장도를 채워주고 녀자애들에게는 금가락지를 주자는것입니다. 물론 애들의 부모들도 큰 상으로 표창하고… 좋지요?≫

≪…≫

설순은 그저 꿈꾸는듯한 황홀한 눈길로 인정깊고 덕스러운 그이의 존안을 우러러볼뿐이였다.

• 최낙서, 「두 공예사에 대한 이야기」(1990), 박춘선 편, 『조선아동문학문고 9: 불꽃훈장』, 금성청년출판사, 2010, 256~257쪽.

인동이가 조개껍질을 한창 갈고있는데 웬 낯선 청년 한사람이 찾아왔습니다. 그 청년은 많은 재산을 모아 요란한 부자가 되여 한번 떵떵거리며 살아볼 황홀한 꿈을 안고 여기저기 떠돌아다니는 사람이였습니다.

그는 인동이가 만들어놓은 그림들을 넋을 잃고 바라보며 생각하였습니다.

(음, 저 그림만 가지면 돈더미우에 올라앉겠군.)

그 청년은 인동이에게 말을 걸었습니다.

≪나는 먹고살길을 찾아 정처없이 떠돌아다니는 금달이라는 사람일세. 이 그림들을 구경하노라니 나도 자네의 그 좋은 재간을 배우고 싶구만. 나를 받아주겠나?≫

• 박명재, 「나의 꿈」(2000), 박춘선 편, 『조선아동문학문고 11: 꽃축포』, 금성청년출판사, 2010, 230~231쪽.

얼마나 황홀하냐 / 저 별의 세계는 / 저 넓은 우주를 한가슴에 안아보라고 / 장군님 놓아주셨구나 / 만경대 우리 궁전의 / 천체망원경

다시한번 더 보자 / 우주여 / 사랑의 이 절정우에서 / 내 크나큰 꿈을 펼쳐본다

(…중략…)

별들을 징검돌처럼 딛고다니며 / 온 세상이 깜짝 놀랄 / 위성도시를 우뚝 세우고 / 한복판에 / 아름다운 별의 궁전을 세우리

그 궁전의 지붕우에 / 보란듯이 / 람홍색공화국기발을 띄우고 / 아버지장군님을 제일먼저 모시리

온 세상을 한눈에 굽어보며 / 21세기 강성대국 내 나라를 경축하는 / 눈부신 축포 하늘가득 터치고 / 우주의 대음악회를 열리라

• 유명철, 「극장분수장식의 조형예술적효과」, 『조선예술』 2004년 5호, 73쪽.

분수장식에서는 색조명을 효과적으로 리용하는 문제도 주요형상적과제로 제기된다. 색조명에 의한 분수장식은 주로 밤풍경의효과를 목적으로 하는 장식형상으로서 여러가지 물줄기에 색조명등을 유기적으로 배합하면 그것이 물줄기와 서로 어울리면서 신비로운 황홀감을 펼쳐놓게 된다. 색조명의 장식형상에서는 여러가지 색갈의 조명등을 보색관계에 기초하여 조성해야 하며 물속에서 색효과의 특성을 고려하여 조명등의 위치와 높이를 합리적으로 정해야 한다.

• 오정로, 「명승의 의미」, 『최첨단』, 문학예술출판사, 2012.

황홀경에 취해

숭엄함에 젖어

굽이굽이 오를수록 내 넋을 잃는
황해금강 장수산아

아찔한 벼랑중턱
기묘한 현암에 오르니
우리 장군님
찾아주신 그날
사람들이 올라가보는가고
뜻깊에 하신 말씀
뭉클 이 가슴을 울리네

걸음걸음
금강문을 지나 오르니
비단인가 장검인가
하늘에서 내리는 세심폭포수
여기에도 사람들이 많이 오는가고
그이 하신 말씀 이 가슴 적시여
뜨거움에 목이 메이네
(…하략…)

희극(喜劇)

희극 명 ① <문학> 력사발전의 견지에서 놓고 볼 때 낡고 반동적인 것, 저속하고 보수적인 것, 뒤떨어진것을 웃음을 통하여 폭로규탄하며 비판하는 극의 한 형태. 경희극이나 풍자극같은 것이 있다. 희극에서는 주인공이 대체로 풍자 또는 해학의 대상으로 되며 사건의 결말이 그러한 희극적인 주인공의 멸망이나 개조로 이루어진다. ② 웃음거리가 되여 사람들의 웃음을 자아내는 행동이나 사실을 비겨 이르는 말. ⁋ ~이 벌어지다. ~을 부리다. ↔비극.

▷▷▷『조선말대사전(증보판)』 3, 평양: 사회과학출판사, 2007.

[참고] 북한미학에서 '희극적인 것'은 긍정범주인 '비극적인 것'에 대비되는 부정범주로 다뤄진다. 김정본에 따르면 그것은 "인민대중의 요구에 맞지 않는 것을 맞는 것으로 인정하거나 가장하는 것으로 하여 비판적 웃음을 자아내게 하는 미적현상"이다. 여기서 희극이 관여하는 웃음이 '비판적 웃음'이라는 것이 중요한데 왜냐하면 그가 말하는 희극적인 우스움은 '기쁘고 즐거울 때 웃는 웃음, 행복할 때 웃는 웃음, 환희와 랑만에 넘치는 웃음'과 같은 아름다운 웃음들뿐만 아니라 '서글픈 웃음, 쓰거운 웃음, 얄미운 웃음' 같은 보통의 웃음을 배제한 것이기 때문이다. 리기도에 따르면 희극적인 웃음은 "낡고 반동적인 것의 허위와 위선을 폭로하고 그 반동적본질을 조소하고 야유하는 비판적성격을 띤 웃음"이다. 따라서 희극적인 것은 아름답고 고상한 미적 현상들과는 직접 대치되는 것이다. 그것은 "온갖 낡은 것을 웃음으로 불태우고 사람들을 아름답고 고상한 생활에로 이끌어 가는데서 중요한 작용을" 한다. 북한문예에서 희극의 의의는 비

판적 웃음을 통해 현실의 투쟁심을 고취시키는 데 있다. 이를테면 기소, 조소 등을 아우르는 풍자적 웃음은 "인민대중의 리상에 상반되는 반동적인 것을 규탄하며 그 현실을 파멸과 죽음에로 유인하는 웃음"이고 경희극의 웃음은 근로자들의 머릿속에 남아있는 낡은 사상잔재, 결함들을 극복하는 웃음이다. 전자가 무거운 웃음이라면 후자는 가벼운 웃음이다. 이 가운데 경희극과 가벼운 웃음은 북한문예에서 매우 중요하다. 리기도에 의하면 "긍정적인 것이 사회의 기본을 이루는 사회주의 현실"에서는 "낡은 사회에서 말하는 희극적인 것이란 있을 수 없고" 단지 "부분적으로 남아있는 낡고 부정적인 측면"만이 존재한다. 그가 보기에 이런 부정적인 것들은 "가벼운 웃음을 가지고 동지적으로 비판함"으로써 "결함이 고쳐지고 동지적 통일과 단결이 강화되는것"이다. 이런 가벼운 웃음을 목적으로 등장한 장르가 바로 경희극이다. 리기도에 따르면 경희극은 "우리 인민의 미학적 감정을 반영하여 우리 시대에 발생한 새로운 예술형태"다.

▷▷▷김정본, 『미학개론』, 평양: 사회과학출판사, 1991, 172·181쪽; 리기도, 『조선사회과학학술집 철학편 45: 주체의 미학』, 평양: 사회과학출판사, 2010, 230~232쪽.

• 리현길, 「긍정인물형상의 독창적인 경지를 개척한 새형의 풍자희극: 혁명연극 <성황당>을 놓고」, 『조선예술』 1991년 6호, 17쪽.

혁명연극 〈성황당〉이 긍정인물형상에서 개척한 독창적인 경지는 다음으로 이 인물의 성격과 생활을 사실주의적으로 생동하고 진실하게 그림으로써 명작으로 하여금 특색있는 극양상을 가진 <u>풍자희극으로</u> 되게 하였다는데 있다. 생활의 본색을 정서적으로 드러내는 형상의 독특한 색깔이며 색채인 작품의 양상은 생활그대로의 모습을 떠나서 작가가 미리 정하여놓고 인위적으로 조작하거나 꾸며낼수 없다. 그런데 종래의 풍자희극들을 보면 그것이 반영하는 생활과 인물성격에는 관계없이 유일무이한 정서, 풍자적인 색채만으로 일관되여있는것을 느낄수 있다. 이러한 리유는 지난날 창작가들속에서 풍자극은 풍자적인 정서만으로 일관되여야 한다고 하면서 현실의 희극적인 부정적현상들만 주로 취사선택하여 그렸거나 간혹 긍정인물을 등장시켜 그리는 경우에도 이 인물들의 성격과 생활을 부정인물들처럼 우스꽝스럽고 기형적인 것으로 그리면서 사람들을 웃기려고만 한데 있다. 그러나 혁명연극 〈성황당〉은 부정인물과 함께 긍정인물을 많이 등장시키고있는 조건에서 부정인물은 그의 희극적성격에 맞게 그리고 긍정인물은 그의 아름답고 고상한 성격과 생활에 어울리게 현실그대로 진실하게 형상함으로써 작품전반에서 독특한 정서적향기가 흘러넘치게 하였다.

• 명일식, 「5대 혁명연극의 다양한 양상적특성」, 『조선예술』 1992년 12호, 26쪽.

우리의 현실속에는 정극적인것과 희극적인것이 따로 분리되여있는 것이 아니라 호상 침투되여있으며 정극적인 성격과 희극적인 성격 역시 갈라져있지 않고 언제나 생활속에서 호상 교제하며 교감하고있다. (…중략…) 혁명연극 〈딸에게서 온 편지〉는 정극적인것과 희극적인것이 유기적으로 결합되여 이야기를 정극적으로 끌고가면서도 웃음이 저절로 나오게 희극적형상을 진실하게 창조할수 있었다.

• 김영, 「희극영화의 흐름속도」, 『조선영화』 1992년 8호, 36쪽.

오늘 우리의 희극영화는 천리마속도, 90년대속도로 달리는 우리 인민의 드높은 신심과 락천적인 기백이 흐르는 우리의 생활 속도를 반영한 흐름 속도로 되어야 한다. 그래야 우리 인민들의 현대미감에 맞게 될 수 있다. 다 아는 바와 같이 연극의 기본형상수단은 대사이고 가극의 기본형상수단은 노래이지만 영화에서 기본형상수단은 배우의 행동이다. (…중략…) 희극영화에서 연출가는 긴 대사에 매달리지 말고 뜻이 깊고 우수한 짧은 한두마디 대사로 웃음이 터지게 하는 재간이 있어야 하며 배우들의 연기를 깊이있게 끌어낼 줄 알아야 한다. 그래야 연출가로서의 예술적 재능과 창발성이 있는 것이다.

• **전종팔, 「청춘의 랑만과 희열 속에서 익힌 사회적문제」, 『조선영화』 1996년 2호, 54~55쪽.**

경희극영화에서 웃음은 반드시 웃을수 있는 생활과 개성화된 희극적인 인물들의 성격에서 터져나오게 된다. 그러므로 경희극영화에서는 처음부터 마지막까지 웃을수 있는 생활과 성격을 그려내기 위해 피타는 노력을 다해야 한다. (…중략…) 웃어야 될 대목에서 관중이 웃지 않는다면 조그마한 파장도 큰 파장으로 나타나며 결국은 관중의 인상을 흐리게 한다.

• **리월미, 「연기색채규정과 그 실현을 통해서 본 연기성과: 경희극 <동지>에 출연한 배우들의 연기형상을 보고」, 『조선예술』 1999년 10호, 55~56쪽.**

경희극 〈동지〉에서 소대장역을 담당한 배우는 부정인물의 형상을 경희극적으로가 아니라 정극적으로 가져갔다. 경희극무대에 나타난 웃음을 동반하지 않는 부정인물형상, 이것은 하나의 새로운 발견이라 볼수 있다.

(…중략…)

그러면 배우는 왜 웃음을 허용하지 않고 정극적으로 인물을 형상하였는가. 그것은 바로 배우가 작품의 양상적특성을 깊이 파악하고 그에 철저히 기초하여 연기색채를 결정하였기 때문이다.

(…중략…)

즉 작품의 중심에는 경애하는 최고사령관동지의 전사들에 대한 한없이 숭고한 동지적 의리와 사랑이 놓여있는것이다. 따라서 이러한 정극적인 사상감정, 즉 밝고 숭엄한 감정을 기본감정색채로 규정한 작품에서 큰 몫을 가지고있는 주요인물들 중의 하나인 소대장의 형상이 희극적으로 창조된다면 작품의 양상적특성이 원만히 살아날수 없는것이다. 배우가 만약 소대장의 형상에 주관적으로는 경애하는 장군님의 뜻대로 살겠다고 다짐하면서도 실지로는 욕설, 추궁으로 사업하는 부정적 측면이 있다고 하여 역인물을 희극적으로 형상하였다면 작품의 기본감정색채인 밝고 숭엄한 감정이 웃음속에 깔려 작품의 사상교양적가치를 떨구게 될것이다. 이것은 참으로 심각한 문제가 아닐수없다. 또한 소대장역을 형상한 배우가 연기색채를 정극적인것으로 잡게 된 중요한 리유의 하나는 역인물이 지휘관이라는데 있다. 작품에서 소대장은 당의 군사중시사상과 조성된 긴장한 정세를 놓고 군사력강화는 나라의 생사를 판결하는 중대사라는 것을 깊이 자각한 인물이다. 그래서 그는 하루빨리 대원들을 펄펄 나는 싸움군으로 키우려고 노력한다. 그런데 그 방법에서 일부 결함이 있다고 하여 이 인물을 희극적으로 형상한다면 인민군군사지휘관의 고상한 풍격을 떨어뜨리게 되고 관중에게 부정적영향을 미칠 우려가 있다. 여기에 배우가 웃음어린 연기색채를 완강히 피하고 군사력강화라는 정세의 요구를 온몸으로 체험한 지휘관의 연기형상을 항상 진중하면서도 무게가 있고 다소나마 거칠게 창조해나간 리유의 하나가 있는 것이다.